鬼人幻燈抄④

幕末編　天邪鬼の理

中西モトオ

双葉文庫

鬼人幻燈抄④
幕末編　天邪鬼の理

目次

幕《ばく》末《まつ》編

登場人物紹介

◇**甚夜**（じんや）
鬼退治の仕事を生活の糧にする浪人。自らの正体も鬼で、170年後、葛野《かどの》の地に現れる鬼神と対峙するべく力をつけている。

◇**三浦直次**（みうらなおつぐ）
旗本・三浦家の嫡男。右筆《ゆうひつ》として登城する。

◇**三浦定長**（みうらさだなが）
失踪した直次の兄。蕎麦屋『喜兵衛《きへえ》』の店主。

◇**おふう**
定長の娘で喜兵衛の看板娘。正体は鬼。

◇**夜鷹**（よたか）
吉原近くの路上で客を引く街娼の一人。元は武家の娘。

◇三代目・**秋津染吾郎**（あきつそめごろう）
金工《きんこう》の名職人で知られる秋津染吾郎の名を継ぐ三代目。付喪神使い。

◇**奈津**（なつ）
甚夜の義理の妹。

◇**善二**（ぜんじ）
日本橋の商家『須賀屋《すがや》』の番頭。お調子者。

◇**鈴音**（すずね）
甚夜の実の妹。正体は鬼で、甚夜の最愛の人・白雪《しらゆき》の命を奪う。葛野での悲劇の後、行方は知れず。

妖刀夜話《ようとうやわ》　～飛刃《ひじん》～

1

ぬるり。
不意に手を伸ばし触れた傷口。
絡みつくような、妖しげな手触りに酔いしれる。
温かく冷たい奇妙さが心地好い。
皮膚の裂け目から覗く肉。
この手には、ひと振りの鈍い輝きが。
女子の肌よりも艶《なまめ》かしい刃。
鎬《しのぎ》を伝い滴《したた》り落ちる血液。
足元に転がるは妻の骸《むくろ》。

優美な夢想の中で、握り締めた鮫肌《さめはだ》の感触だけが現実だった。

今し方妻を斬ったばかりだというのに、宵闇《よいやみ》でも眩《まばゆ》い白刃を見れば心が浮き立つ。にたりと、愉悦《ゆえつ》に表情が歪んだ。

だから気付く。

ああ、私は。

――妖刀に、心を奪われたのだ。

◆

文久《ぶんきゅう》二年（1862年）。

酒を巡る騒動から六年、江戸は仄暗《ほのくら》い不安に揺れていた。

第十三代征夷大将軍・徳川家定《いえさだ》の逝去。次々に交わされる他国との通商条約。ペリー来航を発端に長く続いた鎖国体制は崩壊して、海外の文化が少しずつ国を変えていく。欧米諸国の圧倒的な力を前に開国を決定し、弱腰の外交を続ける幕府。朝廷は開国に反対し、これを受けて尊王攘夷を訴える者達は幕府に激しく抗議。また、開国を望んでいた武士達も惰弱な幕府に不満を募らせ、反抗の気運は徐々にではあるが高まりを見せていた。

そして乱れる世相に紛れ、鬼もまた江戸の街にあった。

気付かれず、密やかに魔は蠢《うごめ》く。

時は幕末。

一つの時代が終わりを迎えようとしていた。

ある冬の日、三浦直次《みうらなおつぐ》は城下にある刀剣商へ訪れた。

刀剣商とは単純に言えば刀屋である。刀剣の販売の他に、著名な刀匠へ製作を依頼する場合の仲介、研《と》ぎ師の紹介など刀にまつわる諸々を一手に引き受けている。江戸の愛宕下《あたごした》・日蔭町《ひかげちょう》は多くの刀剣商が軒を連ねており、直次がいつも刀を研ぎに出す『玉川《たまがわ》』もその一つだった。

「三浦殿は、相変わらず丁寧な扱いをなさりますな」

砥ぎに出した無銘の刀を返却しながら、玉川の主はにこにこと商売用の顔を作って語りかけた。

「いえ、単に使う機会がないだけです」

「それでも歪みも曇りもない刀身を見れば、普段どれだけ手をかけているかが分かります。刀は武士の魂と言いますが、三浦殿は我が子のように扱いなさる。刀も喜んでいるでしょう」

褒められてもあまり嬉しくはない。刀を抜いて砥ぎ具合を確かめる直次の表情は硬かった。

「何かご不満でも？」

「いいえ。出来に不満はありません。ただ曇りのない刀身に、これでいいのかと思ってしまいまして」

直次は今年で二十七になった。妻《めと》を娶り子も生まれ、順風満帆と言える日々を過ごしている。現状に不満はないが、刀の綺麗さにほんの少し陰鬱な気持ちになる。

義を重んじ勇を為し仁を忘れず礼を欠かさず。徳川に忠を尽くし、有事の際には将軍の意をもって敵を斬る刀とならん。ただ忠を誓ったもののためにあり続けるが武家の誇りであり、そのために血の一滴までも流し切るのが武士である。

近頃、母の教えをよく思い出す。武士は忠を尽くした者の刀たるべし。常々直次はそう教えられてきた。しかし、自分は実戦を経験していない。以前、雨の夜に鬼と立ち合う機会もあったが、結局は甚夜《じんや》が斬った。一度も使っていないのだから刀が綺麗なのは当然で、そうであればあるほど疑ってしまう。

使われぬ刀に果たして価値はあるのだろうか。

異国の者が日の本に迫るこの時代、少しずつ変化していく武士の世に、だからこそ曇りのない刀の意味を自問し続けていた。

「は？　綺麗ならば、それに越したことはないと思いますが」

「そう、ですね。本当はそうなのでしょう」

　歯切れ悪く返し、刀を収めて腰に携える。深く呼吸をしてみたが気分は晴れない。直次の硬い表情を見て玉川の主はふむ、と一度頷いた。

「どうやら三浦殿は気分が優れない御様子。どうでしょう、ここは珍しい刀でも見て気を落ち着けては？」

　刀で気を落ち着けるとは奇妙ではあるが、ありがたい申し出だった。というのも、直次は刀剣類には目のない好事家《こうずか》だ。玉川の主は刀の扱いを褒め称えたが、実際のところ刀に手入れが行き届いている理由は半ば趣味である。

「……すみません。何か気を遣わせたようで」

「いえいえ、三浦殿にはご愛顧いただいておりますからな。少し待っていてください」

　店の裏手に姿を消した主人は、ほどなくして細長い桐《きり》の箱を仰々しく抱えてきた。玉川秘蔵の一品というのであれば、いやが上にも期待は高まる。

　注がれる興味に気を良くした主人は、緩慢な動作で蓋を開けて中から一口の刀を取り出した。

「銘を兼臣《かねおみ》といいます。鬼太刀兼臣などという呼ばれ方もしますが」

　鉄鞘に収められた一振りだった。受け取った瞬間、ずっしりとした重さに危うく落としそうになる。こしらえは最低限の体裁を整えた程度、外見だけで言えば野暮ったい印象さえ受けた。

「抜いてみても？」

「どうぞ」

抜刀して白刃が目に入った瞬間、抱いた印象は払しょくされた。肉厚で無骨な刀身だが、造りは丁寧。濡れたような鉄の艶めかしさに思わず見惚れてしまう。深い反りの入った二尺四寸ほどの太刀は、素人目にも名刀だと分かるほどの出来栄えだ。

「これは見事な……」

「鉄師の集落葛野《かどの》、その中でも随一の刀匠と謳《うた》われたのが兼臣です。製作は天文《てんぶん》（16世紀半ば）の頃になります」

「ほう、にしてはこの反りは珍しい」

反りとは刀身の峯《みね》の曲がり具合を意味し、作製された年代によって大きく異なる。概して古いものほど反りが深くなり、これを太刀《たち》と呼ぶ。直次の友人である甚夜が携えている夜来《やらい》も太刀に分類される。

そもそも日本刀は、元来直刀《ちょくとう》が基本だった。しかし時代が奈良、平安に入ると個対個による戦闘を考慮し、甲冑をも断ち切るべく直刀から厚みと反りのある太刀へと変化した。さらに時代が下り室町、南北朝時代を境に反りの浅い打刀《うちがたな》が主流となる。直次の刀はこちらに属する。

太刀は頑強で切れ味が鋭く、打刀は刺突に優れる。反りは刀の強度や鋭利さを左右するため、その変遷は単なる流行《はや》り廃《すた》りではなく時代ごとの戦法に大きく影響を受けた。

「甲冑ごと叩き割るための深い反りと厚い刀身、波紋は少しでも折れにくくするために簡素な直刃《すぐは》。ことごとく実戦を意識した造りが兼臣の特徴です」

「ええ、これは戦うための刀だ。だというのに、この美しさ。素晴らしいの一言です」

「機能美、というやつですな。下手な装飾を排し華美な波紋もない、実戦一辺倒であるが故に古い武士の潔さを感じられる。懐古と言われればそれまでかもしれませんが、こういう刀も良いものです」

直次は古い武家の男である。彼にとって飾り立てず、ただ武器たらんとするこの刀のあり方は好ましい。先程までの陰鬱な気分もいつの間にか薄れ、素直な心持ちで兼臣に見入っていた。

「しかし、これだけの刀匠だというのに、あまり名を聞きませんね」

「流行ではないのでしょう。この手の戦いのための刀は、公方様の御世では人気がありません。それに兼臣は著名な刀派に属するでもなく、後継もいない一代限りの刀匠ですからね。兼臣の銘を切られた刀はそもそも数が少ない。そのせいで質のいい刀ではありますが、知る人ぞ知る隠れた名作に留まっています」

これほどの刀が、なんとももったいない話だ。そうは思うが同時に興味深くもある。

この手の裏話というのは、好事家の心をくすぐってくれるのだ。

聞き入る直次に玉川の主人は口元を吊り上げ、「といっても、ある意味では有名ではありますが」と一段声を低くした。

「というと」

「兼臣の作には、四口ほど特別なものがありまして。三日前なら実物をお見せできたのですけれど……」

「四口の刀、ですか。それほどの名刀が？」

「いいえ、名刀ではありませんね」

主人が噛み締めるように、おどろおどろしい調子で囁く。

「いわゆる、妖刀というやつですよ」

刀には付随する伝説が数多く存在する。

例えば、酒呑童子《しゅてんどうじ》を斬ったとされる童子切安綱《どうじきりやすつな》。稲荷明神《いなりみょうじん》が童子に化けて相槌《あいづち》を打ったという小狐丸《こぎつねまる》。伝説を持つが故に名刀と呼ばれるのか、名刀故に伝説が生まれるのか。往々にして名刀と謳われる刀には、相応の曰《いわ》くというものがある。

その中には稀に血生臭い伝説を持つ刀もある。持ち主を不幸にする刀。血を好み、使い手に殺人を強要する人斬り包丁。それらは妖刀と呼ばれ、まつわる怪異譚《かいいたん》は講談でも多く語られている。

「それは、骨食藤四郎《ほねかみとうしろう》のような」

「振るうだけで骨を砕く骨食は有名ですが、兼臣の場合は少し違います。なんでも兼臣は鬼と交流を持ち、その力を借りて人為的に妖刀を造ろうとしたという話です」

「人為的に……そのようなことができるのですか？」

「さあ、私からはなんとも。ですが、この刀匠には色々と曰くがありまして。彼の鍛冶場には数体の鬼が出入りしていた、鬼を妻に娶《めと》った、その妻を鉄に溶かして刀を打ったなどと妖しげな話が多いのです。兼臣の刀が鬼太刀と呼ばれる所以ですな。後代の脚色もいくらかあるでしょうが、兼臣が妖刀を造ろうとしたのは事実のようです」

以前ならば世迷い言をと思ったかもしれないが、今となっては疑う気持ちは微塵もない。そういった怪異に好んで首を突っ込む友がいる。鬼がいるのだから妖刀くらいあってもおかしくはない。そう思えば途端、嫌な気分になった。また誰かが怪異の犠牲になるのか。

知らず直次は玉川の主を睨み付けていた。

「兼臣は最後に四口の妖刀を打ち、以後は鍛冶に関わらなかったそうです。一説にはもう一口名もなき刀を鍛えたともありますが、それは眉唾ですね。ともかくこういった経緯で兼臣の最後の刀はある意味で有名なのですよ、勿論真っ当ではない方々に、ですが」

「そのうちの一口がここにあった……いえ、妖刀と知りながら売ったのですか？」

責めるような問い方になったが、主人は商売用の笑みで躱《かわ》す。

「ええ。三日前に江戸住みの会津藩士が買っていかれました。三浦殿、私は刀剣商にございます。正邪にかかわらず刀を扱うのが生業。名刀であっても妖刀であっても、お望みであれば売ります。それが、商人の一分というもの」

それはそれとして人の道を捨てる気もありませんがね——張り付いた笑顔のままでそう締めくくる。その頑固さに兄である定長《さだなが》の、そして甚夜の姿が重なる。玉川の主もまた彼らと同じ一度決めたら梃子《てこ》でも動かない類の男だと察せられた。

「世の中には頑固な方が多すぎる……」

彼は商人として為すべきを為しただけ。咎《とが》めるのはお門違いだし、どうせ言っても聞きはしない。なによりちゃんと責任を感じているようだ。

あえて江戸住みの会津藩士と明かしたのは、妖刀を売ったことにわずかでも罪悪感があるからだ。そうでなければこんなあからさまな真似はしない。「うっかり口を滑らせて客の話をしてしまった」。それが彼にできるぎりぎりの妥協だ。そこから直次が何をしようと関知しない、というところだろう。

「申しわけない。商人とはそういう生き物でして」

「いえ、慣れていますから」

「それはまたご苦労様です」

「自分で言いますか……ところで、刀の名はなんというのです？」

「はい。彼の打った妖刀は夜刀守兼臣《やとのもりかねおみ》と呼ばれています」


蕎麦屋『喜兵衛《きへえ》』。

直次が暖簾を潜れば、いつも通りの笑顔で看板娘のおふうが迎え入れてくれた。店内を見回せば、やはりというか相変わらず甚夜の姿があった。初めて会ってから何年も経つというのに、その外見は以前と変わらず若々しい。

「直次か」

「どうも、甚殿」

軽く一礼して彼の前に座る。

さて、何から話したものか。とりあえずかけ蕎麦を注文し、直次は先程聞いたばかりの話を自分の中で組み立てていった。

「妖刀？」

「はい、馴染みの刀剣商の話では、夜刀守兼臣という刀を三日ほど前に売ったと。甚殿の仕事の範疇《はんちゅう》からは若干外れますが、一応伝えようかと思いまして」

直次の説明に耳を傾けながらも、甚夜は厨房から出てこない。無視をしているのではなく、作業に没頭しているようだ。その顔付きは真剣で、さながら鬼とやり合うような厳しさだった。

「ありがたい。鬼を妻にした男が打った人為的な妖刀……面白いな」

「簡単に受け入れるのですね。もしや以前にも見たことが？」

甚夜は話しながらも、こね鉢から取り出した蕎麦生地を一つの大きな塊にし、打ち粉を振りながら丸く伸ばしていく。蕎麦打ちの最中なのだが、店主に比べればやはり多少ぎこちない。それは本人も自覚しているらしく、均等にするためか細々と生地の形を整えていた。

「いいや、ない。だが、物には想いが宿るものだ。ならば歳月を経た刀が鬼と化しても不思議ではなかろう」

「そういうものですか」

「ああ。ましてや夜刀守兼臣とやらは、そうなるべくして鍛えられたのだろう？」

「それは、そうですが」

生地を折りたたみ、駒板《こまいた》で押さえて細目に切り揃えていく。それが終われば鍋で火を通す。慣れない分、甚夜は丁寧に作業を進めていく。しばらくして蕎麦が茹で上がったようで、肩が安堵に揺れたのが見て取れた。

「実際のところは見て確かめればいい。そら、できたぞ」

「はーい、三浦様、おまたせしました。かけ蕎麦です」

　おふうが明るい笑顔と共に蕎麦を運んできた。目の前に置かれた丼からは湯気が立っている。茹で置きが基本の店屋だが、今回は打ち立てである。寒い時期だけに温かい蕎麦が実にうまそうだ。それはそれとして、そろそろ物申さなくてはいけないだろう。

「あの、今さらなのですが、よろしいですか？」

「どうした？」

「これは純粋な疑問なのですが。何故甚殿が蕎麦を打っているのでしょうか？」

　すると店内が静まり返ってしまった。もしかしたら聞いてはいけなかったのだろうか。直次が戸惑っていると、頬を掻きながら言いにくそうに甚夜が口を開いた。

「……店主が蕎麦打ちを教えてくれるというので、つい」

　相変わらずの仏頂面だが、気のせいか照れているようにも見える。目を逸らされてしまったので、直次は蕎麦打ちをふんぞり返って見ていた店主に目をやった。

「いやあ、旦那もいつまでも浪人ってわけにはいかないでしょう？　ここいらで手に職をつけといた方がいいかと思いまして、以前から少しずつ仕込んでたんですよ。それにおふうからも花の名を習ってるらしいですし、そんなら俺が蕎麦打ちを教えようってことで」

　店主の言葉に甚夜も重々しく首を縦に振っていた。

「何事も経験だ。花の名にしろ蕎麦打ちにしろ、触れてみるのも一興と思っただけだ」

以前、甚夜自身から「ある目的のために己を磨いている。鬼を討つのもその一環だ」と聞いた。しかし鬼を斬る夜叉にとっては、どう考えても蕎麦打ちは必要のない技能だと思うのだが。

「それに、気遣いを無下にするのも気が引けてな」

甚夜がかすかに、落とすような笑みで付け加える。声音の優しさに直次はなんとなくだが彼の胸中を理解した。

今から六年ほど前だったか。この店の常連だった二人の男女がぱたりと来なくなった。同じ時期、甚夜は普段通り振る舞っていたが、どこか沈んだ雰囲気を醸《かも》し出していた。店主はそんな彼を見かねて気分転換がてらに蕎麦打ちを教えたようだ。

「甚夜君、腕を上げましたねぇ」

「そうか？」

「ええ、これならお店が開けるかもしれません」

「世辞とはいえ、悪くない気分だ」

「もう、お世辞なんかじゃありませんよ」

常日頃、生き方は曲げられないとのたまうこの友人がそのような余分に付き合ったのは、おそらく裏にある気遣いを知っているからだ。

それにしても甚夜は少し変わった。祭りの誘いも断っていた以前とは違い、近頃は寛ぐような穏やかさがある。それは間違いなく店主やおふうの尽力のおかげだった。

「そうしていると、まるで仲の良い夫婦ですね」

和やかな会話を聞きながら、直次は頭に浮かんだ通りのことを口にする。夫婦で営む蕎麦屋。ありきたりな情景が想起されて自然と頬が緩む。

「いやですねぇ、三浦様。からかわないでくださいな」

ちらりとおふうを見れば、頬を少しだけ赤く染めて嬉しそうにしている。この二人が結ばれる未来も本当にあるのではないか。それは直次にとっても喜ばしいものだった。

「夫婦といえば、細君は壮健か？」

多分照れていたのだろう、甚夜が誤魔化すように話を変えてくる。

「きぬですか？　ええ、よろしければ遊びに来てください。妻も喜びます」

「あれが私の顔を見て喜ぶとは到底思えんが」

きぬ、というのは直次の妻である。貧乏旗本とはいえ武士、それが恋愛結婚をしたのだから周りにはひどく驚かれた。しかし昔気質の母も、今ではきぬを認めてくれている。夫婦仲は良く、息子は今年で四歳になる。慎ましいながらに円満な家庭を築いていた。

「いえ、そのようなことはありません。それで甚殿は、所帯を持つ気はないのですか？」

「特には」

「妻を娶《めと》り、子を為す。なかなか良いものですよ」

「そう言われてもな」

さほど興味はないのか、肩を竦《すく》めて言葉は途切れた。彼は鬼を斬る以外はとんと無頓着で、直次ですら心配するほどだった。自分が妻を娶ったからというのもあるが、いつまでも一人でいる甚夜をどうしても案じてしまう。

「いや、直次様はいいことをおっしゃる！　旦那もそろそろ身を固めた方がいいんじゃないですかい？　ところでいい娘がいるんですが、紹介しましょうか。気立ても器量もいい、旦那にぴったりの娘なんですがね」

「どうあってもそこに持っていきますか……」

ここぞとばかりに店主が話に加わってきて、さすがの直次も呆れ混じりになった。以前から店主はおふうの婿に甚夜をと画策していた。蕎麦打ちを教えたのは気遣いではあるが、喜兵衛を継がせるための一環でもあったのだろう。

「もう、お父さんは……」

横目で見たおふうは溜息を吐くが、それほど嫌がってはいない。むしろいつもの調子だと苦笑している。父の言動は慣れたものだろうし、甚夜を憎からず思っているのは直次の目にも十二分に察せられた。

「以前から思っていたんだが、何故お前はそこまで私をおふうとくっ付けたがる？」

「そりゃあ俺は親ですからね。娘の婿には相応しい人をと思うのが普通でさぁ」

「定職を持たん浪人が夫では、おふうも可哀想だろう」

「いやいや、ですからここはうちの店を継いでですね」

「それはできんと何度も言っているが」

「ぐぅ、旦那は相変わらず頑固ですね」

甚夜の方はその手の色恋沙汰には鈍く気付いた様子はなかった。それも彼らしい、と思うのは直次だけではない。おふうも軽い調子の掛け合いを楽しそうに眺めていた。

「店主殿は相変わらずですね」

「ふふ、そうですね。でもいいんですよ、あれはあれで。甚夜君もたまには息抜きをしないと」

「そういうものですか」

「そういうものです。あの人は少し張り詰めすぎていますから、気を抜ける時って必要だと思います」

そう言ったおふうの目はとても優しく、妻どころか母親を思わせた。飽きもせず店主と甚夜は問答を続けているが、彼女からすれば取り立てて騒ぐ必要もないらしい。

実際、これは日常の一幕。わざわざ無粋な真似をする必要もない。ぐだぐだと考えるのは止めて冷めないうちに蕎麦を啜《すす》る。

「うん、うまい」

生きていればこんなこともあるだろう。

ただそれだけの、平和の肖像である。

2

変わらないことの何が悪い。

杉野又六《すぎのまたろく》は、常々そう思っていた。

「あんた、今日もしっかりね」

「おう、勿論だ」

朝起きて支度をしていると、妻がぽんと背中を叩いてくれた。それだけでやる気になるのだから、男というのは大概単純だ。

又六は妻と同じ武家屋敷で働いている。彼が御坊主《おぼうず》（雑用役）で妻は女中。杉野家は武家とは名ばかりの貧乏な家で、又六ももともとは町人のような暮らしをしていた。しかし、とある縁で知り合った武家の当主に引き立ててもらったのだ。今は当主に恩を返すべく毎日仕事に精を出している。新しい住居も用意してもらい、忙しいが以前と比べれば生活の質は雲泥の差だ。当主には足を向けて寝られない。

「そういや、昨日、泰秀《やすひで》様に呼ばれたって聞いたけど、何の話だったんだい？」

「いや、それが。へへ、なんと言おうか。うふ」

「なんだい。あんた、油虫くらい気持ち悪いよ」

「それは言い過ぎじゃないか」

虫扱いはどうか。妻のあんまりな罵倒に思わず又六は叫んだ。

「あんまり大きな声出さないで欲しいんだけど。で、結局なんだったのさ」

「それがな……泰秀様が、俺のために刀を用意してくださったんだ」

「刀を？」

今度は妻が驚きに声を上げる。

「俺の仕事ぶりが目に留まったらしくてな。『毎日尽くしてもらっているお前には、報いるものがなければな。刀を渡そうと思う。受け取ってくれるか？』なーんて言われちまってよ！」

似ていない声真似で当主の言葉を繰り返してみせる。又六は喜びのあまり顔をくしゃくしゃにして笑っていた。

というのも杉野家は本当に貧乏で、又六は生活のために刀を売り払ってしまっていた。武士の魂を手放してしまったことを本当は後悔していた。だから、この手にもう一度刀を握れると聞いて、嬉しくて仕方がなかったのだ。

「もう金も払ってあるってよ。後は店で受け取るだけなんだ、これが」

「そっか、泰秀様が……だからあんた、そんなに興奮してるんだね」

「おうよ。今日はこれから玉川っていう刀剣商に寄って、俺の、俺の刀を取ってくるんだ。そりゃ興奮もするさ！」

「うん。嬉しいのは分かるけど、寝入りばなに耳元で飛んでる蚊くらい鬱陶《うっとう》しいね」

「だからいちいち例えがひどいんだよ、お前は！」

妻の態度は相変わらずで、怒鳴りつけはするが決して嫌な気分ではない。

一緒になる前から二人はこうだった。おしどり夫婦とは言えないが、昔のままでいられるのだからそれはそれで喜ばしかった。この口の悪い妻と毎日を過ごしていく。それだけでも十分だというのに、ここに来て刀まで取り返せるとは、まさに幸福の絶頂だった。後から後から込み上げてくる笑いは、やはり止められなかった。

「ったく、とりあえず行って来らぁな！」

そうして又六は妻に見送られて家を出た。

直次が玉川を訪ねる三日前のことである。

◆

桜田門外の変で大老・井伊直弼《いいなおすけ》が暗殺された後、久世広周《くぜひろちか》と共に幕府の実権を握ったのは老中・安藤信正《あんどうのぶまさ》だった。

安藤の基本は井伊の開国路線の継承であり、幕府の存続及び幕威を取り戻すことを旨としていた。その一歩として朝廷（公）の伝統的権威と幕府及び諸藩（武）を結びつけて幕藩体制の再編強化をはかる、いわゆる公武合体を政策として打ち立てる。

しかし日米和親条約に見られる弱腰の外交から、徳川の権威は取り返しがつかないほどに失墜し、攘夷派の武士達や開国派にとっても害でしかなくなっていた。地方では脱藩する者も増え、薩摩・長州などは表立って幕府と敵対する姿勢を崩さない。長く続いた徳川の治世も終わりが見え始めていた。

そんな中で会津藩は古くより徳川に付き従い、幕末の動乱にあって変わらぬ忠誠を幕府へ誓う稀有《けう》な存在である。幕府も会津藩に江戸湾警備の任務を命じ、鴨居《かもい》と三崎《みさき》の地に陣屋を構えて三浦《みうら》半島のほぼ全域を藩領とするなど大層厚遇した。

諸藩の信頼を失った幕府にとって、会津藩は最後の砦と言ってもいい。そのせいか、あるいは単にお国柄か、江戸住みの会津藩士もまた一様に徳川へ強い忠義を捧げた者達が揃っていた。


「杉野又六……」

「はい、江戸城下にある会津畠山家中屋敷で御坊主をしている男です。話によるとつい数日前に刀を新しく買ったとのこと。玉川のご主人が妖刀を売ったのは彼でしょう」

甚夜と直次は江戸城より西の牛込《うしごめ》に位置する、いわゆる山の手の武家町を歩いていた。

目指す先は件《くだん》の武家屋敷、畠山家である。

牛込は大名や旗本の住む武家屋敷が集中している一方で町屋も少なからず建っており、町人や武士の交流が活発に行われている。自然と武家のこぼれ話は町人に伝わり、道行く者へ問えば割合軽い調子で畠山家に関して教えてもらえた。

「畠山家は会津藩の中でも歴史が古く、もともとは江戸湾の警備に当たっていたそうです。今では家督を譲り、牛込の中屋敷で悠々と隠居暮らしをしているのが先代の当主である泰秀。杉野某《なにがし》はこの泰秀殿が引き立てた、という話です」

「よく調べられたな？」

「ええ。牛込の気風もありますが、これでも私は右筆《ゆうひつ》。目録をつけるためと言えば大抵の者は疑わずに教えてくれます」

「……お前も大概いい性格になった」

「朱に交われば、でしょう」

直次は快活に笑う。昔は融通が利かなかったが、最近では立ち回りが上手くなってきた。鬼とは違い人は変わるもの。彼もある意味成長したのだろう。

「ところで、よかったのか？」

横目でちらりと表情を覗き見ながら甚夜は言った。

この日、直次は妖刀をひと目見ておこうと牛込へ向かった甚夜に同行していた。いくら少しずつ変わっているとはいえ、基本的には実直で勤勉な性質だ。そんな直次が自ら怪異に首を突っ込むのは、多少の違和感があった。

「もともとこの話を持ち込んだのは私です。また怪異の犠牲になる者がいるかもしれない。それを思えば放り投げるわけにもいきません。……私にできることなど限られていますが、情報を集めるくらいならできますから」

そう言った彼は、どことなく愁《うれ》いをまとっているように見えた。

「しかし妙な話だ」

「何か気になることでも？」

「御坊主というのは屋敷の雑用役だろう？　それが葛野の刀を求めるのは、どうにもな」

「妖刀の話を置いておくにしても、実戦を重視した品ですからね」

何気なく零《こぼ》した疑問に直次が表情を暗くした。言葉を切って立ち止まり、腰に携えた刀、その柄頭《つかがしら》に指先で触れる。

「ですが不思議な話でもありませんよ」

薄く雲がかかった灰色の空。見上げればどこかで鳥が鳴いた。渡り鳥だろうか。それを探すように直次の視線が動く。

「土佐《とさ》勤王党《きんのうとう》の話は、ご存知でしょうか」

声は出さず、ただ首を振った。何故か声を出してはいけないような気がした。

「昨年、土佐出身の武市瑞山《たけちずいざん》殿が同郷の武士を集め、土佐勤王党と呼ばれる組織を結成したそうです」

文久元年、江戸に留学中であった武市瑞山は尊王攘夷思想を掲げた一派、土佐勤王党を立ち上げた。このような動きは彼らだけに限らず、近年では多くの若い志士が国のために水面下で活動をしていた。

「嘉永《かえい》の黒船来航からの公儀の外交は、私から見ても頼りないものでした。諸藩の不信も分からないではありません。土佐勤王党の志士達は挙藩勤王、つまりは個人ではなく土佐藩をあげて勤王を行おうという者達です。きっと、これからもそんな武士が増えていくのでしょう」

「詳しいな」

「江戸住みの土佐藩士もいますから。今の時代、刀は主のために振るうのではなく、思想を通すための武器だと考える者の方が多い。だから、誰が刀を求めたとしても驚きはありません」

もう主君に刀を捧げる時代は終わろうとしているのでしょう。

多分、彼は自嘲の笑みを零《こぼ》したつもりなのだろう。ただ、それは強張っていて形にはならなかった。

「そのあり方は、武士として間違っている。けれど彼らを見ると思うのです。私はこのままでいいのか。弱腰の外交を続けて武士の誇りを捨て去ろうとしている公儀に仕えるのが、本当に正しいのか。私は……」

そこまで口にして直次ははっとなった。これでは叛意《はんい》有りと取られかねない。

「すみません、忘れてください」

最後にそう締めくくって直次は再び歩き始め、甚夜もまたそれに倣《なら》って後を追う。もう一度、ぴいと鳥が鳴いた。高い細い声がいやに寂しげだった。

なんとなく彼の憂いの正体が分かった気がした。右筆は文書作成・整理を主とする役職である。武士とはいえ戦う機会のない直次にとって、分かりやすく国のために行動する者達は眩しく映るのかもしれない。

果たして自分は何をしているのか。動乱に差し掛かった今という時代、己が行いに意味などないのでは。彼の苦悩の根底には、自身に対する深い疑念がある。甚夜に随行し助力を買って出たのも、おそらくそれが理由だろう。直次は誰かのために役立っているという実感が欲しいのだ。

一種の逃避とさえ取れる行動だが、それを責める気にもなれなかった。甚夜も明確な答えなどいまだに見つけられていない。直次の感じている焦燥には覚えがあった。

「私も似たようなものだ」

「……甚殿も、ですか？」

「ああ、情けないがな。時折、自分が何をしているか分からなくなる」

人を滅ぼすと言った妹。斬るを躊躇《ためら》い憎悪も捨てられず、ただ力だけを求め無為に生きてきた。甚夜にとっても、命を懸けて時代に立ち向かう若き志士達の姿は眩しく感じられる。

「ままならぬものだな」

「……ええ、本当に」

呟きに力はなく、二人はただぼんやりと道の先を眺めながら歩いていた。

しばらく経って件の屋敷、畠山家が見えてきた。鬼瓦の立派な屋敷は趣のある造りだ。外壁を回り正門へと辿り着けば、重厚なその佇まいに圧迫感さえ覚えた。

「ここが」

「ええ、畠山家ですね。しかし、どうにも騒がしいようですが」

門を潜り玄関へ向かえば、確かに直次の言う通り女中や御坊主が慌ただしい、というよりも浮き足立った様子である。ちょうど御坊主が二人並んで玄関から顔を覗かせたので、これ幸いと直次が声をかける。

「すみません、ここに杉野又六殿はおられますか」

御坊主がびくりと体を震わせる。あからさまに怪しい挙動は、隠し事をしていると喧伝しているようなものだった。

「は、はあ。又六、ですか」

「はい。と、私は三浦直次と申します。杉野殿に少しお話を伺いたいことがありまして」

「あー、いえ、今は少し……おい、ちょっと」

なにやら耳打ちをしたかと思うと、一方の御坊主が屋敷の奥へ引っ込む。残された男はしどろもどろになりながらせわしなく視線を泳がせるだけで、どれだけ待ってもまともな返答をしてはくれない。

いい加減に痺れを切らし、強めに詰問しようとしたその時、御坊主の後ろから体格のいい男が現れた。

「どうした」

「あ、土浦《つちうら》様……」

土浦と呼ばれたのは七尺に届くのではないかという長身の、肩幅の広い偉丈夫《いじょうふ》だった。帯刀をしていないところを見るに武士ではないようだが身なりは小綺麗だ。ただ、たくましすぎる体格のせいで着ている素襖《すおう》がえらく窮屈そうだ。髪は甚夜以上に乱雑で、縛らず肩まで伸び放題になっている。

およそ武家屋敷には見合わぬ風体の男は、じろじろと甚夜達を観察している。おそらく先程の御坊主がこの男を呼んできたのだろう。だとすれば、この屋敷ではそれなりに位が高いのだろうが、その容貌からは彼の立ち位置が今一つ読み取れなかった。

「この方々が、又六に会いたいと……」

「ふむ。客人、又六にいかなご用向きか」

野太い声で睨みを利かせる土浦。一歩前に出たのは甚夜である。

「失礼、甚夜と申す。突然の来訪、申しわけない。杉野又六殿が三日程前、夜刀守兼臣という刀を手に入れたと聞いて訪ねさせてもらった。できれば面を通していただきたいのだが」

大男は考える素振りを見せたが、対応は意外に落ち着いていた。

「そうか。だが又六ならばいない」

「そうですか。いつごろ戻られるか分かりますか」

「いや……おそらくは、もう戻ってはこんだろう」

直次の問いに抑揚も変えず、平静な調子で答えた。

「それは、どういう」

「今朝方、杉野又六は妻を斬り殺して屋敷から姿を消した」

平坦に告げる土浦の目からは何の感情も読み取れなかった。しかしここで嘘を吐く必要もなく、語った言葉に嘘はないと感じられた。

「甚殿」

「一歩、遅かったか」

戦国後期の刀匠・兼臣。彼が残した四口の刀は、鬼の力をもって生まれた人為的な妖刀だという。いかな経緯で造られたとて妖刀であることに変わりはない。それを彩る説話には、やはり血生臭さが必要なのだろう。

3

「お初にお目に掛かります。この屋敷の主、畠山泰秀と申します」

畠山家の座敷。飾り立てない質実剛健といった部屋の雰囲気は、なんとも武士らしいと思える。目の前には六尺を超え七尺に届こうという大男、土浦。そして彼の主であろう細目の男が正座していた。

「は、わたくしは三浦直次。公儀より右筆の役を承っております」

同じく正座した状態で男と正対している直次は恭しく一礼をする。さすがに登城を許された武士、振る舞いは典礼に則った秀麗な所作だ。

杉野又六の失踪を聞き早々に屋敷を離れようとしたのだが、土浦に「泰秀様がお前達に会いたいとおっしゃっている」と言われ、半ば強制的に奥の座敷まで連れてこられた。

面会した泰秀は三十代後半といったところで、家督を譲り隠居したとは思えないほど若々しい。畠山家は会津藩の旧臣と聞いたが、体格が良いわけではないし、柔和そうな表情は武家の人間らしからぬものである。

「私は」

「甚夜殿、ですね」

名乗るより早く泰秀が先回りをする。警戒が強まり、手にも力がこもった。

「噂は聞き及んでおります。江戸には鬼を斬る夜叉が出る……なんでも刀一本で鬼を討つ怪異の請負人だとか」

江戸で退魔を生業としてから長い年月が経った。人の口に戸は立てられないし、その存在を知っているものも少なからずいる。しかし、泰秀のような立ち位置の人間の耳に入るような話だとも思えない。知っているのはわざわざ調べたのか、他に理由があるのか。どちらにしろ胡散臭いことこの上なかった。

「目端が利くようで」

護衛として控えていた土浦が殺気立ったが、腰が上がるより早く「構わん」と泰秀は手で制した。

「甚殿、もう少し態度を。畠山殿、御無礼をお許しください」

代わりに謝罪をする直次に、泰秀は武家の当主に相応しい貫禄で、些末《さまつ》だとでも言うようにゆったりと首を横に振った。

「いえいえ三浦殿、お気になさらず。喋りやすい口調で結構。なにより私は既に隠居の身。そうかしこまらないでいただきたい」

懐が深い、ように見える。だがその張り付いた笑みは、どこか得体のしれない印象を抱かせた。

「甚夜殿もそう警戒しないで欲しい。ここに呼んだのも他意はなく、音に聞こえた剣豪をひと目見てみたいと思っただけなのです」

「見ても面白いものではないと思うが」

「いやはや、御謙遜を。いとも容易《たやす》く鬼を討つ、人の枠に収まらぬ力の持ち主。私でなくとも興味を抱くというものでしょう」

含みのある言い方をした泰秀が、うっすらと開けた双眸《そうぼう》でこちらを値踏みしている。本当に目端が利くらしい。どこから情報を仕入れてきたかは知らないが、泰秀は甚夜が鬼であるという事実を正確に掴んでいた。

「畠山殿は――」

「屋敷には、杉野を訪ねてきたのでしたな」

語気も強く問い質《ただ》そうと思えば、被せるように話題を変えられた。甚夜の眉が吊り上がり、それを確認した上でなおも泰秀は平然としている。

「あれはよく働いてくれる男でした。しかし今朝がた妻を斬り殺し、この屋敷から姿を消したのです。いや、彼は私が引き立てたのですが、まさかこのような事態になるとは。他の御坊主の話を聞けば、なんでも杉野は妖刀を手に入れたらしく。ああ、御二方の目的はそれですかな？」

踏み込んだはいいが見事に間合いを狂わされ、体勢を立て直す暇も与えない。刀を持てば違うだろうが、こと弁舌においては相手が巧者。のらりくらりと主導権を奪われ続けている。隠居の身とはいえ相手は会津藩に古くから仕える武家の当主、かなり食えない男だ。

「……ああ」

「噂に違わぬお方のようだ。怪異に囚われ身を滅ぼす者は多い。人心惑わす魑魅魍魎《ちみもうりょう》を討つ貴方は、まさしく民草の守り手ですな」

「世辞は結構だ」

静かで重い声には若干の苛立ちが混じった。

鬼を討つのは醜い感情から生まれた目的のため。とても褒められたものではない。今回も妖刀に鬼の力が込められているのならば喰えるのでは、そう考えたから首を突っ込んだに過ぎなかった。泰秀は詳しい事情を知らない。悪気があったわけではないだろう。けれど彼の物言いに、己のあり方を揶揄《やゆ》されたような気がした。

「ですが、貴方は怪異の犠牲になる者を見捨てられぬのでしょう」

「そう、だろうな」

それは義によるのではなく巫女守《みこもり》としての矜持《きょうじ》だ。人に仇なす怪異を討つ。守るべき巫女がこの世を去った今でも、背負った荷物は下ろせなかった。

「で、畠山殿の用向きは？」

「はて、それはどういう意味ですかな」

「まさか雑談をするために呼んだわけではあるまい」

早く本題に入れと視線で促す。

「はは。個人的にはそれでよかったのですが。確かに呼び立てたのには理由があります」

多くの無礼も軽く笑っていた泰秀は、打って変わって表情を引き締める。そこには先程の柔和な印象とはかけ離れた、一個の武士としての姿があった。

「甚夜殿は浪人だとお聞きしました。ならばどうでしょう、よろしければ当家に身を置いてみては」

「な……」

驚愕は誰のものか、突飛な提案に場の空気が固まった。

「私は帯刀こそ許されているが、身分で言えば町人と変わらない。武家に仕えるには相応しくない男だと思うが」

「なに、正式な藩士になるわけでもなし。あくまで私個人が雇うだけで、問題はありません。事実、土浦も貴方と似たような身の上ですし」

控えている巨漢へ目を向ける。伸ばし放題の髪といい粗雑な格好といい、武士ではなく引き立てられた町人なのだろうと想像はしていた。しかし泰秀が言ったのは、そういう意味ではなかった。

「なるほど、似たような、か」

わずかに瞬《またた》いた土浦の瞳は、鉄錆のような赤色をしていた。もう一度瞬きをした後は黒の眼に戻っていたが、あの赤は決して見間違いではない。漏れた気配は強者のそれだ。

おそらくは歳月を積み重ねた高位の鬼なのだろう。

つまり畠山泰秀は、人の身でありながら鬼を使役する、およそ真っ当とは言い難い男である。

「今、この国は岐路に立たされております」

己が正しさを証明するかのような彼の語り口は、自信と気迫に満ち満ちている。

「嘉永の黒船来航より始まった諸外国との外交は、今や開国派が主流となっています。その権力は大老であった井伊殿、その後継たる老中の安藤殿により盤石となりました。ならうように多くの武士がそれに併合し、だが彼らは勘違いをしている。開国などと耳触りのいい言葉を使ってはいますが、諸外国が我が国に強いてきた条約はあまりにも横暴。それは外交ではなく侵略だ。このまま進めば日の本は植民地となる。幕藩体制は崩壊し、徳川が長らく保ってきた治世は失われるでしょう」

直次も泰秀の弁舌に聞き入っている。

事実、現時点で既に幕府は諸外国の言いなりだった。このままいけば政体を保てなくなるのは目に見えている。

「そして、その時には我ら武士もまた公儀と命運を共にする定めです。幕藩体制の崩壊は即ち武士が支配者として相応しくないという証明。ならば終焉を迎えた後に生まれるであろう政治機構には……新しい時代に武士は必要とされず、いずれその存在は消えてなくなるでしょう」

直次が反論する素振りを見せたが、小さく呻きそのまま黙り込んでしまった。熱に浮かされたようにまくしたてる泰秀の放つ独特の空気に加えて、なにより直次自身が語られる先を否定しきれなかったのだろう。

「それを開国派の連中は理解していない。徳川が没してもなお己が特権階級でいられると考えています。そんな愚昧《ぐまい》などどうでもいい。ですが私には、我ら会津藩士には自負があります。戦乱の世を乗り越え、太平の世を築いた誇り高き英傑の系譜たる自負が。我らはこの国を、今まで続いてきた徳川の治世を、武士の誇りを守らねばならない。そのためには、我ら武士が生き残る道は夷敵《いてき》を討ち払う他にないのです。……たとえ、どんな手段を用いたとしても」

力強く言い切った泰秀の目には、虚偽など欠片もないと感じられた。

詰まるところ、彼は典型的な佐幕派——江戸幕府存続を根幹に据えた、攘夷論を掲げる古い武士である。幕藩体制を保ちながら夷敵を討ち、古くから続いたこの国を守り通したいと願っている。それ自体はごくありふれた発想だ。武士として誰に憚《はばか》ることのない、一つのあり方だった。

「私は既に隠居の身。ですが、この国の未来を憂う一人でもあります。何人をも打倒し得る貴方の力、徳川の治世を守るために使っていただきたいのです」

ただし鬼を利用しようなどと考えなければ、の話ではあるが。

佐幕攘夷派は決して少なくない。今まであった幕府を守ろうとするのも、現体制を崩壊させかねない諸外国に対する忌避も至極当然のことだ。だが、その思想は致命的な弱点を抱えている。そもそも開国派が増えた理由は嘉永に来訪した黒船を、また諸外国の持つ力を実際に見た上で、現在の国力では直接的な侵略に出られた場合に抗《あらが》いきれぬと判断したからである。そのため幕府は開国し、欧米列強の技術を得て幕藩体制を立て直そうとした。

そこに佐幕攘夷の根本的な欠陥がある。この思想は欧米諸国の駆逐を掲げてはいるが、現実問題として、それを討ち払うだけの武力が今の幕府にはないのだ。故に攘夷派の多くは尊王を掲げ、幕府は開国に傾倒していく。佐幕攘夷が遠からず時代に淘汰されていくのは自明の理である。

それを畠山泰秀は鬼という理外の存在、盤外の一手をもってひっくり返そうとしている。諸外国を殲滅《せんめつ》するために鬼を欲する。はっきり言ってまともではない発想だ。

「甚夜殿。貴方はこの国の未来をどう思われますか」

「せっかくの御高説だが生憎と浅学でな。開国だ攘夷だと言われても、さほど興味がない」

「ほう。では、この国がどうなってもよいと？」

声には少なからず侮蔑《ぶべつ》が含まれていた。

仕方ないのかもしれない。方法はともかく泰秀はこの国の未来を憂い、現状を変えようと邁進している。そんな彼にとって甚夜の物言いは許せるものではないに違いない。

しかし、甚夜は軽く目を伏せただけで発言を改めはしなかった。

「昔、似たようなことを言う鬼がいたよ。この国はいずれ外からの文明を受け入れて発展していく。だが、早すぎる時代の流れに鬼は淘汰され、我らはいつか昔話の中だけで語られる存在になるのだと」

「面白い鬼もいるものですね。それは我らにも言えたこと。武士も同じく、時代に淘汰されようとしている。ならばこそ」

――力を貸せ。鬼も武士も、時代に取り残されようとしている。お前も同じく淘汰され往く存在だろう。

声ならぬ声で泰秀はそう訴えていた。

「悪いが、できそうもない」

はっきりと甚夜は言い切る。

「……私の考えを間違いだと思いますか」

緩慢に首を横へ振り、泰秀の問いを否定する。

「甚夜殿は人に仇なす鬼のみを討つと聞きました。貴方は、力無き人を守るためにしか力を使わないと?」

「まさか」

馬鹿なことを。自分には既に誰かを守る資格などない。何一つ守れなかった。大切だと心から想ったはずの妹を鬼へと変えた。母を、父をこの手で殺した。憎悪をもって全てを切り捨て、今も多くのものを踏み躙《にじ》り続けている。そんな男が守るなど、どの面を下げて言うつもりなのか。

「言いたいことは分かった。いかなる手を使おうが、悪辣《あくらつ》とも卑怯とも思わん。だが貴殿に目指すものがあるように、私にもまた目的がある。貴殿の志に比べれば薄汚い私怨でしかないが、私にはそれが全てだ。いくら望まれようとも今さら生き方は曲げられん」

「目的とやらが何かは分かりませんが、生き方を曲げさせる気も邪魔をするつもりもありません。ただ貴方が生きる長い年月、ほんの一瞬の間だけの助力が欲しい。それでも」

「ああ、できんな」

茶飲み話のような軽さで頑とした拒否を吐き出す。その答えに何を思ったのかは分からない。ただ泰秀は真剣に、真正面から甚夜と向き合っている。

選んだ手段はともかく、最低限の礼節はわきまえた男だ。礼には礼をもって応じる。ならばこそ誤魔化しや虚言は用いずに応じた。

「そもそも目的を別にしても、下にはつけない」

「それは何故。私が間違いではないとおっしゃったでしょうに」

「栄枯盛衰は世の常だ。貴殿の言う通り、いつかこの国は諸外国に踏み荒らされ、滅びゆくのかもしれない。時流に抗い剣を取ることが尊いというのも理解できる。ならばこそ私が関わるのは間違っている。隆盛も衰退もすべからく、あなたたちの手で行われるべきだろう」

あなたたち、という言葉が何を意味するのか泰秀はちゃんと悟ってくれた。

鬼を利用しようが外道に染まろうが、本当に何かを為したいと願うのならば否定する気は微塵もなかった。それでも自分が開国だ攘夷だと謳《うた》うのは間違っている。時代の変革は人の手で行うもの。化生《けしょう》が踏み入ってはいけない領域だろう。たとえこの国が滅びゆくとしても、それが人の選んだ道行きならば受け入れねばならない。

「だから力は貸せぬ、と？」

「ああ。なにより私は何のために刀を振るうかさえ見つけられていない。そのような男が、未来を切り開く戦に携わっていいはずがあるまい」

それは真にこの国を想う者達への冒涜《ぼうとく》だ。だから開国にも攘夷にも与《くみ》することはできない。いまだ刀に意味を見出せぬ半端な男の、せめてもの意地だった。

「曲げられませんか」

「曲げられたなら、ここにはいなかったろうよ」

我が事ながら呆れてしまう。だが今さら生き方は変えられないし、変えようとも思わない。

甚夜の姿勢にこれ以上は無駄と悟ったのか、泰秀は堪え切れず笑いを漏らす。

「くっ、面白い方だ。倫理にもとるからでも思想が相容れぬからでもなく、己が美学に反するから刀は振るえないと？」

泰秀の言は正鵠《せいこく》を射ていた。倫理や人道のためにあった身ならば、多少の屈辱にも耐えて国を憂い戦うだろう。しかし甚夜は今まで、ただ一つのために刀を振るってきた。余分を切り捨てて後悔し、それでもただ強くなりたかった。だから他人の願い、理想のために刀は振るえない。

「自らの行いを美しいとは思わない……だがどれだけ正しかろうと、意志を曲げて何かを斬ることは、私にとって耐えがたい堕落だ」

「いや、実に残念。これ以上は何を言っても無駄のようですな」

「ああ。貴殿を否定するつもりはないが、私も頑迷でな」

「そう卑下されずともよいでしょう。一度決めたならば、そこから揺らぐなぞできるものではありません」

見透かすような言い様だが、不思議と嫌な気分にはならなかった。今のようなことを自然に言えるからには、泰秀にも譲れないものがあるのだろう。そうと知れたから苛立ちは完全に消え、一種の共感さえ抱いていた。

「しかし、そうなると……次に会う時は、敵同士やもしれませんな」

泰秀は笑った。先程までの侮蔑はない。代わりに鋭くなった目には、濁りのない苛烈なまでの意志が宿る。

「できれば、そうなりたくはないな」

「それは勿論。ですが私もまた、この生き方を曲げるつもりはございませんので」

泰秀はたとえ民草が怪異の犠牲になろうとも止まらない。であれば、鬼を使役する男と鬼を討つ夜叉はどこかで対峙することになる。そして、立ちはだかるのならば開国や攘夷といった思想に関係なく甚夜はそれを斬る。互いに譲れない以上、衝突すれば我を張り合う。その結末が血生臭いものとなるのは容易に想像がついた。

「お互い、難儀なことだ」

「いや、まったく。ですが己があり方を貫くというのはそういうことでしょう」

「違いない」

双方今すぐどうこうするつもりはなく、控えた土浦にも動きはない。

満足そうに泰秀は息を吐き、そこで話は途切れた。最後に両者は静かに視線を交わし、それで話すこともなくなった。

「直次、そろそろ行くとしよう。妖刀を追わねば」

「あ、は、はい。では畠山殿、これにて失礼いたします」

「そうですか。では土浦」

二人が立ち上がれば、泰秀は案内するように指示を出す。主に無礼を働く輩に不満はあるだろうが、土浦はおくびにも出さずそれに従った。

人と鬼。奇妙な主従に違和を感じながらも甚夜達は座敷を離れる。

「ああ、そうだ。杉野ですが、どうやら富善《とみぜん》に興味があったようですね。そこで土佐者がどうとか、武市がなんだと。物騒なことにならねばよいのですが」

背後からとぼけたような言葉が聞こえた。

「土浦殿と言ったか」

玄関に辿り着き、先に直次が正面門を潜ったところで思い出したように甚夜は言った。

「かしこまる必要はない」

「そうか。ならば土浦、何故畠山殿に仕える？　お前も私と同じく開国だ攘夷だなどに興味はないだろう」

　土浦は会談の途中、甚夜の一挙一動に注意を払っていた。泰秀に危害を加えようとすれば瞬時に動けるよう、腰を軽く浮かしやや前傾。その佇まいには義務以上の何かが感じられた。何か企みがあって人にかしずいているわけではなさそうだが、では何故この鬼は畠山泰秀に従うと決めたのか。人間同士の主義主張にわざわざ首を突っ込む理由が分からなかった。

「俺はかつて人に裏切られた……いや、信じることができなかったのか」

　沈黙の後に土浦は目を細め、感情の籠らない声で語り始めた。遠い記憶を懐かしむような、なのに痛ましいと思わせるひどく複雑な様相だった。

「昔の話だ。人に裏切られ、失意に塗れた俺を泰秀様が拾ってくださった。その折におっしゃられた」

　正直なところ素直に答えるとは思ってもいなかった。表情は真剣であり、嘘を吐いているようには思えない。そもそも鬼は嘘を吐かないもの。ならば彼の言葉は掛け値のない真実なのだろう。

「鬼と武士は同じく時代に打ち捨てられようとしている旧世代の遺物、いわば同胞。ならば共に手を取り合うことができるはずだ、と。故に俺は泰秀様に仕えている。……俺は、あのお方を信じているのだ」

信じているとやけに強調する土浦の覚悟は本物に見える。過去に何があったのかは知らないが、この男はただの酔狂ではなく忠節を尽くしている。それは冷静な態度に隠れた、甚夜に対する敵意からも窺い知れた。

「聞いたのはこちらだが、随分と簡単に話すのだな」

「同胞への情けとでも思えばいい」

敵意はそのままに、けれどふと声音は弱まった。土浦は睨みを利かせているが、どこか憐れんでいるようにも感じられた。

「鬼は人と相容《あいい》れぬ。人の中で生きるのならば、お前も分かるだろう」

――近…らな…で化け……！

脳裏に映し出される女の姿が心の奥の奥を締め付ける。同じく人の世で生きる鬼、土浦もその手の痛みには覚えがあるのだろう。一瞬だけ揺れた瞳に彼の過去を垣間見る。

「だが泰秀様は受け入れてくださる。その意味、忘れぬことだ」

鬼ならばこそ、人に裏切られる痛みも受け入れられる喜びも知っている。彼が泰秀に仕えるのは、つまりそういうこと。語る言葉は確かに同胞への情けだ。

「配慮は痛み入る。しかし畠山殿の下には付けん」

甚夜は表情を変えぬまま土浦の言を切って捨てた。

「言っただろう。開国に攘夷、どちらにも興味はない。だが、お前達が鬼を使い無意味に人へ危害を加えるというのなら、私はおそらく刃を向けるだろう」

そうか、と一度目を伏せ、しばしの間、土浦は逡巡する。

「主の意向だ、今は手を出さん」

憐憫《れんびん》は掻き消え両者の立ち位置は明確となった。眼前の鬼は隠すこともせず、研ぎ澄ました敵意を甚夜へと向ける。

「貴様が静観を貫くのならばそれでいい。だが、もし泰秀様の邪魔をするというのなら
……」

餓えた獣を思わせる形相。赤い瞳、まとう殺気は本物。

肌が痛くなるほどに空気は張り詰める。

「それはこちらも同じ。お前達が私の道を塞ぐというならば」

甚夜はそれを真っ向から受け、左手を腰に携えた夜来へ掛けた。触れた金属の冷たさが意識を透明に変えていく。そして互いの視線が交錯し、

「潰す」

「斬る」

二人は同時に絶殺を宣言した。

4

ぬるりとした感触を覚えている。

それに恍惚を感じた時点で逃げ道はなくなってしまった。

妖刀に取り憑《つ》かれた。そのせいで妻を斬り殺した。

だから斬り続けなければならない。

己の感情なぞ関係ない。

この身は妖刀の意思のままに、斬ることを止められない。

だから、俺は、人を斬るのだ。

◆

「随分遅かったですね。何かありましたか?」

「少し、な」

先に門を潜り外で待っていた直次と合流し、畠山家を後にする。

土浦と呼ばれた鬼は、かなり泰秀に固執しているようだった。彼らが妖異の力による攘夷を志すのならば、あるいはいずれ殺し合うことになるかもしれない。短い会話ではあったがそれを予見するには十分すぎた。

先程の会話については濁して二人は喜兵衛へ向かう。毎度ながら何か話し合いをするには、あそこがいい。

「しかし畠山泰秀……胡散臭い、いえ、性質《たち》の悪い男でした」

普段ならば陰口を叩くなどしない男だが、直次は今日ばかりは歩きながら怒りをあらわにしている。甚夜は直次に正体を明かしていない。先程の話も裏の意図までは理解できていないだろう。それでもあの男の、まるで狂信者のような雰囲気に当てられたのか。忌々しいとでも言わんばかりだ。

「ああ……だが、面白い男ではあった」

「あのような男が、ですか?」

「そう睨むな。まともではないが、ああいった我の強さは嫌いではないな」

短い邂逅《かいこう》だったが人となりは何となく理解できた。畠山泰秀は目的のためには手段を選ばない類の男だ。直次にしてみればそこが受け入れられず、甚夜にしてみればそこが好ましい。

鬼を使って時代に抗う。およそまともではない発想だが、そうでもしなければ現状を打破できぬほどに、佐幕派は追い詰められているのだろう。そこまで逼迫《ひっぱく》しても退こうとしない男だからこそ、甚夜は胡散臭いと思いながらも泰秀を否定し切れず、それどころか一種の共感さえ抱いている。ただし同時に、決して相容れないであろうとも確信していた。

「最後に言った富善。何か心当たりはあるか」

「一応は」

泰秀を認めるような発言が気に入らなかったのか、直次はどことなく不貞腐《ふてくさ》れているように見える。しかし一度深呼吸をして、甚夜と視線を合わせた時には普段通りに戻っていた。

「富善というのは深川にある料理茶屋です。町人でも気軽にとまでは言えませんが、少し無理すれば利用できる程度の値段の店で、それなりに人気もあるそうです」

どうやら本当にただの料理茶屋らしい。とすると泰秀の言葉の意味が分からなくなる。

「では、杉野又六がそこに興味があるというのは」

「それは……すみません、よく分かりません。杉野殿がその店に入り浸っている、ということでしょうか」

唇を親指でいじりながら直次は思考に没頭する。甚夜の方も頭を捻ってはいるが、いくら考えても答えは出てこない。

「とりあえず行ってみますか？」

「そうだな。場所は分かるか」

悩んでいても仕方がない。まずは実際に見てから考えるとしよう。

そもそも江戸の食は粗野とされていたが、幕末の頃にもなると手の込んだ本格的な料理を提供する、趣向を凝らした座敷や庭を持つ料理茶屋が数多く生まれた。両国《りょうごく》や深川《ふかがわ》といった盛り場だけでなく近郊の行楽地にも贅《ぜい》の限りを尽くした料理茶屋は増え、文化人の会合に利用されることも多い。幕末には「京の着倒れ」「江戸の食い倒れ」と言われ、江戸は食文化の中心であった。

その中で富善は、江戸を代表する高級な料理茶屋よりも幾分価格の安い店だ。利用しやすいためか、下級武士や町人の会合など座敷では様々な人々の交流の場として賑わいを見せていた。

今も奥の座敷ではどこぞの武士達が集まって宴を開いているようだ。甚夜達の借りた小さな個室までその声が聞こえてくる。

太刀魚の塩焼きを一口かじる。皮は香ばしく脂も適度に乗っており、塩加減もちょうどいい。

「旨い……」

「……ええ、ですね」

直次があら汁を啜《すす》りながら曖昧に返す。あら汁も磯の香りがよく大変美味だ。

「酒も、いいものを揃えている」

「いや、まったく。ですが普通の料理茶屋でしたね」

直次は気まずそうにしている。畠山泰秀の物言いから、何があるか分からないと警戒しつつ富善に足を運んだ。しかし調べてみればいたって普通の店であり、肝心の杉野又六もおらず甚夜らは本当にただ食事を取っているだけだった。

店の者の話では杉野はここに時折訪れていたようだが、それは畠山家に仕える者達が宴会を開く時だけであり、足繁く通っていたわけでもないらしい。

「さて、どうしたものか」

甚夜は無表情のまま盃を呷《あお》った。酒も料理も旨いのはいいが、これではわざわざ来た意味がない。

「できれば早めに見つけたいものですね。杉野殿は妻を斬り殺したという。だとすれば夜刀守兼臣は本物の妖刀だ」

「ああ、次が起こる前に奪いたい。だが」

「肝心の行方が分からない。何か手がかりがあればいいのですが」

黙り込めば奥の座敷での大騒ぎがいっそう響いてくる。その分こちらの空気が重くなったように感じられた。

「そろそろ、出るか」

「そうですね」

若干気落ちしたまま二人は立ち上がった。

騒音がやけに遠く感じられる。軽く俯いたまま襖《ふすま》を開けて廊下へ出る。すると目の前に人影があり、思わず甚夜は立ち止まった。

「けんども先生は、まっこと遅いのー！　今日はもう来んがか、っぉと！」

前を見ずに歩いていた二人組の男とちょうどかち合い、ぶつかりそうになってしまう。途中で止まって相手の男も大げさに後ろへ退いたため実際には当たらなかったが、甚夜はすぐに小さく頭を下げた。

「失礼した」

「いやいや、謝るのはこっちじゃき。前ぇ見ちょらんかったわ！」

がはは、と豪快に笑っていた灰の袴に黒の羽織をまとった男は、意外にも素直に謝ってきた。二人とも既に相当な量の酒を呑んでいるのだろう、顔は真っ赤に染まっている。

「そうじゃ！　おまんら、こっちで騒がんか？　詫び代わりに奢っちゃるき！」

「はぁっ⁉」

もう一人の小柄な男が突然の提案に驚く一方、ぼさぼさ髪の土佐弁を喋る彼はまるで気にせず楽しそうに笑っている。

「そうほたえなや。ここで知り合うたのも何かの縁じゃやか」

「いや、ですがね」

困惑混じりに窘《たしな》められるも全く悪びれた様子はない。くいと親指で指したのは、先程から大層盛り上がっている一室。宴会を開いており、酒も料理もたんまりあるとのことだ。

ぼさぼさ髪の男の気楽な調子から、なんの裏もなく善意で誘ってくれているのだと分かる。だが、それとは対照的に連れの男は気乗りしていない。それどころか、あからさまに嫌そうな顔をしていた。

「あ、いや、せっかくの御厚意ですが遠慮させていただきます。少しまだ用がありますので」

そこで「では遠慮なく」と言えるほど直次の面の皮も厚くなかった。甚夜としても見知らぬ者達の中で酒を呑む気にはなれない。巻き込まれる前に離れようと、目配せをして頷き合う。

「ほうか？　あー、まぁさっきは済まんかった」

「いや、こちらこそ。そうだ、ついでと言ってはなんだが、一つ聞きたい」

「おう？」

「杉野又六、という男を知っているか？」

ぼさぼさ髪の男は甚夜からの問いに首を傾げ、右に左に頭を動かしている。

　それを何度か繰り返し、ぴたりと動きを止めて一言。

「いんにゃ、知らん！」

　清々しいほどの否定だった。じっと目を見ても動揺の欠片もなく、嘘は言っていないように思える。

「……そうか。妙なことを聞いた。感謝する」

「こんくらい、なんちゃやないちゃ！」

　よく分からないが、おそらく気にするなくらいの意味か。まあ、聞きたいことは聞けた。

「では、これで失礼させてもらおう」

「おう！　ほんなら、わしもいぬるぜよ！」

　男はずんずんと足音が聞こえてきそうな歩き方で、もう一人は小さく頭を下げて奥の座敷へ戻っていく。

　豪放というか、なんというか。気のいい人物ではあるのだが、あの手合いに振り回される方はなかなかに大変だろう。残された甚夜は何とも言えない気持ちで彼らの背中を見送った。

「騒がしい男だ」

「はは、本当に」

奥座敷に入って行った瞬間、どっと笑い声が聞こえてくる。

しばらくの間甚夜はそこで立ち止まっていた。彼の土佐訛《なま》りに土佐勤王党とやらを思い出したからだ。

「土佐の生まれ……あの方も攘夷を志す一人なのでしょうか」

直次の方も同じような考えを持ったらしく、目を細めて奥座敷の障子を眺める。もしかしたら騒いでいるのは若き志士なのかもしれない。直次の表情が少しだけ翳《かげ》った。大した慰めも思いつかなかった。

帰り際、女給に先程の男達について軽く聞いてみる。

「すまない、あの奥座敷にいる連中は？」

「はい？　ああ、うちのお得意様です。なんでもお国のために我らが立ち上がらねばとかなんとか、いつも難しいお話をしながらお酒を召していらっしゃいます」

「ほう、それは。では、先生とやらを知っているか」

「ええ。頻繁にではありませんが、何度かうちに来ましたね。武市さまでしたか、皆さまからよく慕われているようでした」

「やはり皆同郷なのか？」

「さあ、そこまでは……土佐訛りの方が多かったとは思いますが」

粗方聞き終えてから店を出れば、既にあたりは暗い。

店が暖かかっただけに冬の風の冷たさが身に染みた。

「甚殿、そういえば先程の質問は？」

帰路の途中、直次が思い出したように問うた。

「ん、ああ。先程の男は大所帯で、店にも慣れた様子だったからな」

「というと」

「先生と呼ばれる者がいるくらいだ。ある程度まとまって活動しているのだろう。常連だというし、杉野某が富善に通っているのは彼らと接触を図っているからではとも思ったのだが」

奥の座敷で宴会を開いていたのが江戸にいる攘夷派ならば、先程会った土佐弁の男もその一員だろう。もし杉野又六が彼らと関わりを持っているならば、名前くらいは知っているかと思った。しかしあの男は知らないと言い、女給に聞いても結果は同じ。さすがにそこまで上手くはいかないらしい。

「攘夷派と接触、ですか。今のご時世あり得そうな話ではありますが」

「だが、どうやら違ったらしい」

「まあ、杉野殿は会津藩に仕えていた身ですからね。同じ攘夷と言えど尊王を重きに置く者達とは相容れ……ぬ……」

そこまで言って、直次は急に固まった。立ち止まり口を噤《つぐ》む。いったい何事かと甚夜も歩みを止め様子を窺うが、直次は俯いたまま考え込んでいる。

「そうだ、会津と土佐では考えが違う。ならば、いがみ合って当然。邪魔立てもあり得る……」

そしてしばらく経ち、何かに気付いたのか肩を震わせながら言葉を絞り出す。

「例えば、ですよ。奥座敷に集まっていたのが攘夷派だったとして、土佐の者だというのならおそらく尊王の士だったはず」

同じ攘夷派であっても、幕府を守ろうとする会津藩とは相容れぬ者達である。逆に杉野又六は畠山泰秀に仕えていた。今も考えが変わっていないのなら、彼もまた佐幕派だろう。敵対してもおかしくない立ち位置だ。

「甚殿。あの土佐訛りの男は先生が遅いと言っていました。おそらく彼らの中でも重要な人物が、近日中に富善へと訪れる手はずになっていた。それを知った杉野殿が、敵対する佐幕派が行動を起こすとすれば、いったいどのようなものでしょうか」

「……単純に考えれば邪魔立てだな」

「私もそう思います。そして邪魔立てをするのならば、旗印に危害を加えるのが最も手っ取り早い。そしてもしも畠山殿が漏らした言葉が正しいなら、先生というのは……」

土佐勤王党の中心人物、武市瑞山。

土佐藩と会津藩は共に攘夷を掲げるが、両者の主張には決定的な違いがある。会津は幕府を助けて幕藩体制の存続を願っているが、土佐は天皇を立て徳川を政治から廃そうとしているのだ。そして、武市は分かりやす過ぎる勤王派の象徴。ここまで情報が出そろえば気付かないわけがない。

「では、杉野又六の目的は」

「意に添わぬ相手へ、刀を手にした男がとる手段。可能性は限られてきます」

ここで遠い未来において記述されるであろう事柄に触れておこう。

文久二年・十月。史書に曰く、江戸は深川某所にて土佐勤王党と江戸住みの攘夷派との会合があったとされる。

武市瑞山は活動方針として挙藩勤王を掲げると共に絶えず諸藩の動向にも注意し、土佐勤王党の同志を各地へ動静調査のために派遣しており、坂本龍馬もその中の一人だった。龍馬は武市の指示で諸藩の動向を探っていたが、文久二年・二月にその任務を終えて土佐に帰着した。同時にこの頃、薩摩藩国父・島津《しまづ》久光《ひさみつ》の率兵上洛するという知らせが土佐に伝わる。勤王義挙……天皇という御旗の下、幕府に明確な敵対意思を示す行動だった。

しかし土佐藩はそれに追随しなかった。これに不満を持った土佐勤王党同志の中には脱藩して京都へ行き、薩摩藩の勤王義挙に参加しようとする者が出て来ていた。龍馬もまた文久二年三月二十四日に脱藩している。

さらに同年十月、勅使に随行する形で武市は江戸に入る。そして現地で会合を行う際、先だって入府していた龍馬とも接触を図った。これを俗に「深川会談」といい、幕末期における分水嶺の一つと数えられている。

もっともそれらは後代の記述に過ぎず、現時点では武市瑞山も土佐勤王党も大きな影響力は持っていない。しかし畠山泰秀は彼らの行く末に何かを見出し、芽を早いうちに摘んでおきたいと考えたのだろう。

「暗殺か」

「勿論、普通ならばそこまで考えなしには動かない。ですが妖刀を手に入れたせいでたがが外れて短絡的な手段に出たとしたら」

「怪異に条理を求めるのもおかしな話だ。あり得ない、とは言い切れない」

杉野又六は妖刀を手にしたがために元々あった思想を抑えきれず、衝動的に暗殺を実行しようとした。話は繋がっているように思える。だが、所々に疑問は残った。

「しかし、よくそこまで思い付いたな」

「思い付いてなどいませんよ。畠山殿が誘導したい答えを口にしただけです」

妙な言い回しをする直次は、心底腹立たしいといった様子だ。

「畠山殿は、気付かせるためにわざと情報を漏らした。そうでなければ、このような突飛な考えには至りません」

「それが事実だったとして、何故畠山はそのような真似を？」

今一つ腑に落ちず意図を問おうとすると、怒りを堪えるように直次は唇を噛んでいた。

「そこまでは。ただ言えるのは、畠山殿にとって杉野又六という男にはもう価値がないのでしょう。おかしいとは思いませんか？ 私達が畠山家を訪ねたのは偶然です。だというのに畠山殿は私達を座敷に迎え入れ、あまつさえ甚殿を召し抱えようとした」

言われてみれば、たまたま訪れた浪人をその場で雇おうとするのは奇妙な話ではある。納得して頷くと、直次はやはり怒気を孕《はら》んだ表情で続けた。

「今日の様子を見るに、畠山殿は甚殿を初めから知っていたようです。浪人としてではなく怪異を討つ者として。おそらくは以前より貴方を迎え入れたいと思っていたのでしょう。だからこそ貴方を呼びつけた」

「呼びつけた？ 私は──」

妖刀を買った者が畠山家にいると聞いたから訪ねただけだ……そこまで考えてようやく理解した。

「妖刀は、単なる餌か」

「おそらく。今回は偶然にも私が甚殿へ伝えましたが、そうでなければ妖刀の噂を自ら流布するつもりだったのでしょう」

「つまり妖刀をどうしようと畠山泰秀にとってはどうでもいい」

「ええ、甚殿と直接会えた時点で用済み、その後の成否にはこだわっていなかった。杉野殿は手を伸ばしたところにあった道具にすぎません」

武市瑞山を討てればそれでよし。討てなかったとしても目的自体は果たしている。泰秀にとっては暗殺が成功すれば儲けもの、失敗しても腹は痛まないという寸法だろう。

「杉野又六が暗殺を企てるところまで想定していたならば、確かに性質の悪い男だ」

「ええ。ああいった男がのさばっているのは、佐幕派が相当追い詰められている証拠。公儀は、本当にもう駄目なのかもしれない」

武家の当主だからこそ現状に悔しさを感じるのか。それとも自身が仕えてきた徳川に対する失望か。直次が強く奥歯を噛んでいる。

「すみません。感情的になってしまいました」

「いや」

「それで、どうしますか？」

先程畠山家の座敷での会話を見ていたからこその問いだ。開国にも攘夷にも興味がない。だがここで妖刀を追って杉野又六を邪魔すれば、結果として一方に肩入れをしたも同義だ。しばし逡巡し、ゆっくりと口を開く。

「たとえ妖刀を使ったとしても真っ当に暗殺を企てたならば、私は邪魔立てをするつもりはなかった」

甚夜とて決して善人ではない。杉野が政敵を殺したとしてもそれ自体を非難はしないし、暗殺という手段も認められる。追っていたのはあくまでも怪異の真相を見極めるためでしかなく、人道や倫理を強要する気はさらさらなかった。

「だがこうなってくると話は別だ。もし本当に妖刀に影響されての凶行ならば放置できない。加えてどんなお題目を掲げようと、畠山泰秀は自身に仕える者を体《てい》のいい捨て駒にした。私はそれを是とはできん」

泰秀のやりようには、どうしても引っ掛かりを覚えてしまう。理外の力をもって何も知らぬ者を利用する、それは今まで討ってきたあやかしそのものだ。その犠牲になるものを捨て置けはしない。

そこまで考えて、甚夜は舌打ちをした。何を今さら綺麗ごとで取り繕っているのか。そもそも誰かのためにと謳えるほど立派な男ではないだろう。

「……いや、おためごかしだな。やり方が気に食わないし、妖刀が本物なら私にも利がある。理由はそれで十分だ」

泰秀には共感できる点もあり嫌いな類の男ではない。だが、こちらにも曲げられないものがある。今回の件はそれだけの話だ。

「では」

「初めに言った通りだ。妖刀を追うぞ」

迷いはない。

無意識に動いた左手は、既に刀へ掛かっていた。

◆

そして数日後。

文久二年・十月某日。

深川に向かう河川沿いの通りを、男は一人歩いていた。

左手に握り締められた刀から、ぞくりと何かが体を通り抜けた気がした。

夜刀守兼臣。戦国後期の刀匠兼臣が人為的に生み出した妖刀だ。その力は既に試した。

だから男は確信している。この刀をもってすれば、勤王を掲げる阿呆共を皆殺しにできる。

──あんた、なんで……。

耳に残る妻の声。関係ない、妖刀に操られるまま妻を斬り殺してしまった。今さら人斬りを止められるわけがない。斬って斬って、ただひたすらに斬って、その果てに斬り殺される。それくらいしかこの刀から逃げる術はないのだ。

向かう先は富善。今日は武市瑞山が訪れるという。この好機を逃すわけにはいかない。

同じく攘夷を志す相手だが、武市は公儀を軽んじる。武士の世を壊そうとする国賊にすぎん。放っておけば厄介なことになると主がおっしゃっていた。

故に、武市瑞山は斬らねばならない。已に斬る理由がある。だから斬ってもいい。とにかく斬らないと、きっと自分は壊れてしまう。

「断っておくが――」

そうして深川の橋に差し掛かったあたりで、鉄のような声に止められた。

「私は暗殺という手段を卑劣とは思わない。刀にできるのは所詮斬るのみ。ならばいかな手段を用いたとて斬ってこその刀だろう。故に否定はせん。だが……」

宵闇に浮かぶ六尺近い偉丈夫は悠然と腰のものを抜き、切っ先をこちらに突き付ける。

「悪いな。邪魔はさせてもらう」

だから理解する。

この男は、敵だ。

5

夜に映し出された二つの影、それ以外に人はいない。

静けさが染み渡る川縁。深川に架かる橋の前、甚夜は橋を背に立ち塞がる。杉野又六がそれを忌々しげに睨み付けていた。

富善へ向かうためにはこの橋を渡らねばならず、しかし甚夜に譲る気はない。

脇構え。半身となり右脇に刃が見えないように太刀を構える。間合いを隠すと同時に相手を監視し、出方によって臨機応変な対応をとるための構えである。対する杉野は正眼。中段の構えは全ての基礎となる構えであり、攻防に最も適していると言える。

互いに為すべきは決まっている。故に会話は必要とせず、対峙は瞬きの間に終わる。

先に動いたのは杉野である。身を屈め、一直線に距離を詰める。同時に高々と刀を掲げ、一挙手一投足の間合いを無警戒に侵して勢いに任せ振り下ろす。

遅い。今まで鬼を相手取ってきた甚夜にとって、杉野の一刀はさしたる脅威とは映らなかった。だが油断はしない。相手に膂力《りょりょく》や速度で劣ったとしても、討ち倒す手段はあるのだ。甚夜もそうやって自身よりも遥かに強大な体躯《たいく》を持つ鬼を滅ぼしてきた。

放たれた一刀を右に半歩進んで躱し、脇構えから腕をたたみ小さく振るう。

相手はどうだか分からないが、甚夜に殺すつもりはなく刀が奪えればそれでいい。両の手を回して狙うは、はばき、鍔《つば》の上にある刀身の手元。そこを打ち据えて叩き落とす。それを読んだのか、咄嗟の反応か。相手は手首を返して打点をずらし、鍔とはばきの間で甚夜の一刀を受けた。そのまま刀身をずらし、鍔迫《ぜ》り合いの形まで持っていく。二人は膠着《こうちゃく》状態に陥った。

鬼の膂力ならば力任せに押し切って相手を退かせることもできる。しかし甚夜は敢えて鍔迫り合いを維持し、相対する敵の姿を見た。

ただの御坊主と思ったが、それなりに剣術を修めているらしい。とはいっても道場剣術を一通り学んだ程度のものだ。だからこそ違和感があった。甚夜との間には歴然とした実力差がある。それは杉野自身も感じているだろうに、どこか余裕めいたものを感じる。いや、余裕というよりも見下すような絶対の自信だ。

この状況で何故？

脳裏をかすめる疑念、それを振り払うより早く杉野が動いた。一瞬の硬直の後、杉野はほんの少しだけ力を抜いて半歩下がり、わずかにできた隙間から縫うように刀身を滑らせて脇腹を狙って横薙ぎに一閃。

狙いは良いがやはり遅い。その一撃はどこかぎこちなく、動作を見てからでも十分対応が取れる。

鉄と鉄がぶつかり合う。脇腹への剣を防いでみせるが、相手も止まる気はないらしい。振りかぶり、さらに追撃を加えようとする。挙動が大きすぎる。隙だらけの上にどこを斬ろうとしているかも容易に見て取れた。

ここに来て、下手を打ったとしか思えない行動である。好機だ。紙一重で躱して相手の腕を押さえ、刀を奪い無傷のまま制圧する。思い至ってからの行動は速かった。振り下ろされる太刀。間近に迫る白刃。それに合わせ右足を残し、左足を大きく引く。刃は体を触れるか触れないかの距離で空振り、甚夜は手首を極めるために左腕を伸ばす。

しかし、にたり、と男が笑った。

まずい。嫌な予感を覚えて伸ばした腕を引っ込め大きく後ろへ下がるが、今度はこちらが遅かった。端から紙一重で避けられるだけの距離は空けていた。普通に考えれば刀が触れるわけはない。事実、杉野の放った一撃は切っ先を掠《かす》らせることさえできずに終わった。

だというのに、鮮血が舞った。届かなかった刃が甚夜の身を裂いたのだ。胸元に熱を感じる。焼けた鉄柱を抱かされたような痛み。顔には出さず距離を取る。

杉野もこれ以上は追撃できなかったのか、下がってこちらの様子を窺っていた。

「妖刀、か」

傷に触れる。今も血が流れ続けている。鋭利な刃物で切られたような綺麗な切り口だった。

　刀には触れていないにもかかわらず刀に斬られていた。通常ではあり得ない創傷が、かの刀が理の外にあるのだと教えてくれる。夜刀守兼臣は妖刀の名に相応しく、高位の鬼が持つ力を宿しているのだ。

「斬撃を飛ばす力……面白い大道芸だ」

　単純だが、その効果の程はたった今実証された。杉野の使い方も悪くない。斬撃を飛び道具として使わず、紙一重で躱そうとした瞬間に放つ。見切った刃がすんでの所で伸びてくるのだ、大抵の相手はそれで終わりだろう。

　だからこそ血を流しながらも平然と立っている甚夜は想定外だったに違いない。杉野はあからさまに動揺していた。

「なんだ、てめえ。なんで、生きている」

「生憎と人よりは丈夫でな」

「なら斬る。何度でも斬る。斬らないと、斬らないと俺は……」

　距離を空けたまま妖刀、夜刀守兼臣を振り抜く。瞬間風を裂く音と共に、周囲の空気とは密度の違う透明な斬撃が飛来した。互いの距離は約三間弱。今度は純粋な飛び道具として力を使ってきた。

　空けられた距離を潰すために一歩を進みながら体を躱す。しかし踏み込みに合わせて杉野はさらに斬撃を放っていた。

回避は間に合わない。ほとんど反射的に飛来する斬撃を薙ぐ。

腕にはかすかな痺れがある。伝わった鉄の感触から想像するに、原理は分からないがあの透明な刃はかまいたちのようなものではないらしい。しかも一度放ってから二撃目を繰り出すまでの時間が短い。どうやら妖刀を振り抜けばそれだけで斬撃を飛ばせるようだ。向こうは素振り程度の労力でしかないが、防ぐにはそれなりの負担を強いられる。速さというよりも攻撃の回転率では杉野に分があった。

観察しながらも体は動く。距離を詰めようと試みるも、一歩進もうとすればそれに合わせて斬撃を繰り出してくる。いまだ間合いは三間以上空いたままだ。

膂力、速度、剣技、戦闘経験。全てにおいてこちらが勝っているが、杉野は妖刀の力という一点によって優位な戦況を創り出していた。

とはいえ自身の勝利を疑うことはない。焦燥も感じず、作業のように飛来する斬撃を処理する。厄介なのは事実だが対抗策なら幾らでもあるのだ。

例えば〈隠行《おんぎょう》〉により姿を消し、気付かれぬうちに斬り伏せればいい。〈犬神〉を放つだけで三匹の黒い犬が勝手に勝負を終わらせるし、〈疾駆《しっく》〉をもって一気に距離を詰めることだってできる。〈剛力〉ならば、あのような斬撃は涼風のように薙ぎ払えるだろう。

現状を打破しようとするならばすぐにでもできる。にもかかわらず甚夜はいまだ有効な手段を取らない。飛来する斬撃を捌きながら少しずつ距離を詰めようとしていた。

鬼の力を使う気になれなかったのは、杉野の目が気に食わなかったからだ。奴は初めからにたにたと笑っている。あれは自分の優位を確信している顔だ。

——お前の持つ刀では、この妖刀には敵わない。

その見下した態度が決定的に気に食わない。

柄を握る手に力が籠った。

妖刀を得たことがご自慢らしく、杉野は自分の刀こそが最も優れているとでも言いたげだ。それがどうしようもなく感情を逆撫でする。

「許せる、ものか」

甚夜は自身の太刀に想いを馳《は》せる。その銘を夜来《やらい》。産鉄の集落葛野において社《やしろ》に安置され、火の神の偶像と崇められた御神刀。曰く千年の時を経ても朽ち果てぬ霊刀。二十年以上前、旅立つ彼に集落の長が託してくれた、長い時を連れ添った愛刀だ。

——甚太《じんた》。

そして何より、夜来はいつきひめが代々受け継いできた葛野の宝である。その所有者として「夜」の名を冠した巫女は集落のためにその身を捧げ、ただ葛野の民の幸福を願った。

遠い昔、その愚かさをこそ美しいと感じ、だからこそ守ると誓った。全てを失っても忘れられない原初の想い。あの男の視線はそれに泥を塗るかのようだ。高々妖刀ごときに夜来を愚弄される謂《いわ》れはない。胸には懐かしい、まだ若人と呼べる齢《よわい》だった頃の青い激情が灯っていた。

「そんな、なまくらでよく防ぐ。だけど斬る、斬らなきゃあいつを」

続く拮抗《きっこう》に焦れたのか、杉野が小さく零した。忌々しいとでも言いたげな口調に胸が決まった。「夜」の名を冠するものとして、あの男は夜来をもって叩き伏せる。

三間。

空気を裂く音と共に飛来する斬撃。躱しながら重心を敢えて前に崩し、倒れ込みながら一歩を進んで地を這うように駆け出す。

二間。

己が領域を侵そうと進む甚夜へ杉野は斬撃を放つ。今さらその程度で躊躇するはずもない。夜来は左手、逆手に握る。そのまま薙ぎ払い、眼前の敵へ肉薄する。

一間。

杉野は刀を再度振り上げた。対してこちらは斬撃を防ぐために全力で刀を振るった後だ。夜来をもう一度構え直して防ぐよりも、杉野がこの身を斬り捨てる方が早い。相手もそう判断したらしい。この距離では避けられまいと妖刀が振り下ろされる。

恐怖はない、なにもかもが予想通りで退屈なくらいだった。

「な……っ⁉」

杉野の動きが驚愕に止まる。伸びきった腕では再び構えるまで一拍以上の隙がある。だから防げない、それが杉野の目論見だろう。しかし、実際には甚夜の脳天を叩き割るはずだった妖刀は届かなかった。

「振り抜けば斬撃を飛ばせる。逆に言えば振り抜かねば、ただの刀だ」

夜来を構え直す必要はない。柄頭《つかがしら》に右の掌底を叩き込み、動かない左腕で無理矢理突きを放つ。当然狙いは付けられないが、正確さはいらない。ただ相手の意表を突ければいい。

「ぎぃ……⁉」

次の手はないと思い込んでいた。そこに意識の外から突きを放たれ杉野は動揺し、その一瞬で十分。勢いを殺さず突きから払いに変化、妖刀の腹を打ち据える。

そもそも膂力が違う。杉野ではその衝撃に耐えきれず、振り下ろすはずだった刀が流れる。この距離で決定的な隙。先程までの余裕の面に戦慄が走る。互いに無防備、同じように体勢を崩してしまっている。

「がっ……」

状況が対等ならば、自力で上回る方が勝つ。杉野が持ち直すよりも甚夜の一刀が早かった。刹那の瞬間に横薙ぎの一閃を腹に叩き込む。確かな手応えが刀越しに伝わる。杉野は膝から砕けその場へ倒れ込んだ。

峰打ちだ。骨くらいは折れたかもしれないが、死には至らないだろう。

地に伏した杉野を見下ろす。完全に意識を失っているようだ。それを確認して構えを解き、ふう、とようやく一息を吐く。

「まだまだ、青い」

それは杉野に向けたのか、それとも年甲斐もなく激情に身を任せてしまった己への戒めか。妙に気恥ずかしくなって、誤魔化すように先程まで杉野が使っていた刀を左手で拾い上げる。

夜刀守兼臣。

これには鬼の力が込められていた。ならば案外、喰うことができるかもしれない。

〈同化〉——意識を刀に繋げる。目の前が白く染まった。

◆

『兼臣、それが』

「ああ、お前の血を練り込んで打った太刀だ」

『いい出来だ。だが本当に鬼の力を持った刀になるのか？』

「さあ？　鬼が百年を経て力を得るんなら、この刀が百年の後に力を持ってもおかしかないと思うが……実際のところどうなるかは分かんねぇな」

『……適当だな』

「だがよ、そうなったら面白いと思わねぇか？　鬼と人、異なるものが混じり合って新しいものが生まれる。俺はな、それが見たいんだ」

「お前はいつだったか聞いたな。鬼と人は互いに疑い、憎しみ合うしかできないのか、と」

「なあ、夜刀《やと》よ。俺は刀を打つしか能のない馬鹿な男だから、お前の疑問には答えられん。だが俺とお前は夫婦になれた。ならきっと、いつかは垣根を越えて共に生きられる日が来ると信じている」

『本当に？』

「ああ、勿論。だから俺はこの刀を打った。もしこの刀が百年の後に力を得たなら、それは俺の考えが間違いじゃなかった証明だ。……残念ながら俺にゃあ、それを見ることは叶わんが」

「悪い、夜刀。代わりにお前が見てきてくれねえか？　こいつの行く末を。そして、もしも力を得られたなら疑わないで欲しい。人は馬鹿で時々間違いを犯すが、鬼は自分を曲げられずぶつかり合うこともあるが。それでも俺達は共に生きられるのだと」

『……兼臣』

「お前の血を練り込んだ刀。そうだな……あと三口程打ってみるか。四口の刀に刻む銘は全て大銘を夜刀守、小銘を兼臣としよう。夜刀守兼臣……俺とお前の名を持つ刀が、鬼と人が百年後どうなるのか。お前に、確かめて欲しい」

『分かった……任せるがいい。お前の想いの行く先は私が見届ける』

「済まんな、面倒を押し付けるようで」

『なに、夫の願いを叶える……これも妻の務めだよ』

その時、鬼女が浮かべた笑みには。

何故か、見覚えがあって――――


がちゃん。

陶器が割れるような音に甚夜は目を覚ました。

「今のは……」

どこかで語り合う男女。夜刀と呼ばれた鬼と彼女を妻と呼んだ人。あれは、この刀の記憶なのだろうか。

兼臣は鬼の力を借りて人為的に妖刀を造り上げようとした。直次からはそう聞いたが、今の記憶を見るに夜刀守兼臣はそれほど禍々《まがまが》しいものには思えない。どう足掻いても先立つことになる夫が、妻のために何かを遺したかった。彼が妖刀を打とうとした理由は、ただそれだけだったのではないだろうか。

「皮肉なものだ」

鬼と人が共にあれるようにと願いを込めた刀は、鬼を利用する畠山泰秀の手によってくだらない謀略に巻き込まれた。

戦いには勝利したが、どうにもすっきりとしない。加えて杉野又六が妻を殺した時の記憶も流れ込み、思い出すだけで嫌な気分になる。それらを振り払うように甚夜は夜刀守兼臣を眺めた。

懐かしい鈍い色。葛野で作られた太刀の持つ無骨な輝きが、少しだけ心を落ち着けてくれた。

「残りは三振りか……」

夜刀守兼臣はまだ三口残っている。胸に刻み、転がった鞘を拾い上げて兼臣を収める。

静寂が響き渡る夜。今頃、富善では土佐藩士達が大騒ぎをしているのだろう。だが詮無きことだ。一度だけ橋の向こうに視線をやり、甚夜はその場を後にした。

深川会談当夜。

後の史書に記される出来事の裏で行われた、さして意味のない一幕である。

えた。

「ああ、杉野は富善に向かおうとしていた」

翌日、甚夜は喜兵衛で昼の食事を終え、食後の茶を啜りながら粗方の流れを直次に伝えた。

直次は複雑そうな表情で聞き入っている。徳川に仕える身として、暗殺という手段を取った者に思うところがあるのかもしれない。

「そう言えば件の刀はどこへ？」

「刀剣商に売った。確か玉川とか言ったか……なかなかの高値で売れた」

その言葉に直次がぎょっと眼を見開いた。

「甚殿、それはっ！」

「安心しろ。兼臣にはもう力は残っていない。今の兼臣は妖刀ではなくただの刀だ。それに玉川の主人はもう売る気はないそうだ。しばらく店に飾った後、適当な神社に奉納すると言っていた」

「そうなの、ですか？」

「ああ。玉川があの妖刀を売ったのだろう？　買い取ったのは詫びのつもりらしい。あれで一本芯の通った男のようだ」

商人の一分とでもいうのか、分かりにくいが仁義めいたものはあるのだろう。

安心したのか直次は一つ息を吐き、しかし今度は暗い顔になった。

「しかし、妖刀……人の心を惑わす刀。世の中には恐ろしいものがあるのですね」

それを聞いて、甚夜の片眉が小さく上がった。

「え？　ですから、杉野殿は妖刀に囚われて妻を斬り殺してしまったのでしょう？　それを恐ろしいと思ったのですが」

「何を言っている？」

不思議そうな表情を浮かべる直次に対し、ゆっくりと首を横に振ってみせる。

「それは違う。杉野は妖刀に囚われて凶行へ走ったのではない」

予想外だったのだろう。今回の件は妖刀が中心となっていると思っていただけに、理解が追い付かないといった様子だった。

だが夜刀守兼臣を喰らった甚夜は、今回の件の真実を知ってしまった。だからこそ、すっきりとしない気分は今も続いていた。

「夜刀守兼臣は真実、妖刀だった。だが、あの刀が有していた異能は〈飛刃〉。斬撃を飛ばす、ただそれだけの力だ。人を操る、持つだけで誰かを斬りたくなる、そういった妖刀らしいものではない」

「で、ですが実際、杉野殿は妻を」

そう、杉野又六は妻を殺した。それは間違いない。

夜刀守兼臣を喰らった時、その情景もまた流れ込んできたのだ。

「あんた、なんで……」

「え、あ」

手に入れた刀に浮かれ、その切れ味を試したいと思っていた。

それだけだったはずなのに。なんで、あいつが血に塗れている？

「あん、た」

「ち、ちが、違う！　俺は、違う！」

何が違う？　その手で斬り殺した。

お前は、再び手に入れることができた刀を振るいたかったのだろう？

「おい、しっかり、しっかりしろよ！　なんで、なんで俺……」

崩れ落ちそうな妻を抱きとめる。しかし、刀を投げ捨てることはできなかった。

「あ…ああ……」

そうして思い出す、夜刀守兼臣にまつわる噂を。

「ち、違う！　そ、そうだ、これは妖刀。斬ったのは、これが妖刀だったからだ。俺じゃない。……そうだ、俺は悪くない。この刀を持つと誰でも斬りたくなる、そういうものなんだ！」

ならば仕方がなかった。白刃を見れば浮き立つ心も、艶めかしい傷口に見惚れてしまうのも、全てはあやかしの所業だ。

追い詰められた杉野又六は衝動のままに叫ぶ。

「あいつを斬ったのは、この妖刀なんだっ！」

それが事の顛末《てんまつ》。初めから妖刀の意思など介在してはいない。今回の件は、全て杉野又六自身の凶行でしかなかった。

「直次。お前は刀剣の類の好事家だと言っていたが、集めた刀は飾るだけか？　業物を手に入れれば一度くらい使ってみたいと思うだろう」

巻き藁《わら》で切れ味を試すくらいは誰でもする。その意味に気付いた直次の顔がおぞましさに歪んだ。

「それは、つまり……」

夜刀守兼臣は妖刀だが、杉野はそれに魅入られて妻を殺してしまったのではない。彼はただ単に取り戻せた刀を喜び、妻で試し斬りをしたのだ。

「あの男は手近に妻がいたから斬った。それだけだ」

「そんな……」

「だがそれに耐え切れず、刀に操られて殺したのだと思い込んだ。案外そこに畠山は付け込んだのかもしれん」

その後も杉野は斬るべきものを求めた。妻を斬ったのは妖刀のせいだと証明するために。畠山泰秀は武市瑞山という斬るべきもの、己にとって邪魔な存在を提示して見せた。杉野にとっては願ってもない話であり、畠山にとっても使い捨てにできる手駒を手にすることができる。ある意味で二人の利害は一致していた。

「……杉野殿は国のためを思って暗殺を企てたのではなく、斬る理由を欲して畠山殿に与した、ということですか」

「所詮想像だ。本当のところは分からん」

「いえ、正直納得できる話です。……認めたくはありませんが」

真実だとすれば皮肉な話だ。夫が妻を想いながら打った刀は妖刀と呼ばれ、世のためにと語った男が人を血溜りへ駆り立てる。これではどちらが妖異なのか分かったものではない。

「正邪にかかわらず刀は刀。妖異は人心にこそ宿るものなのかもしれんな」

甚夜のぼやきを聞いた直次が俯いて肩を震わせている。しかし顔を上げた時には、何かを決意したような精悍《せいかん》さがあった。

「甚殿はよく生き方を曲げられないとおっしゃっていましたね」

力強く彼は言う。

「私もまた、生き方を決定しなければならないのかもしれません」

甚夜はそれ以上何も聞かなかったし、直次もそれ以上何も言わなかった。

だが言わなくとも分かる。彼の中に、一本の芯が通ったのだ。

高く遠い冬の空には、墨を流したように曇が広がっていた。


数日後、一人の会津藩士が斬り合いの果てに命を落とした。その武士は木刀で土佐藩士に斬り掛かり、返り討ちにあったという話である。

彼が何故襲い掛かったのか理由は分からない。

ただ息絶える際、彼は泣き笑うような表情で言ったという。

――俺は、妖刀に心を奪われたのだ。

天邪鬼《あまのじゃく》の理《ことわり》

1

……嘘だよ、これは。

文久《ぶんきゅう》三年（1863年）・七月。

「あー、腰が痛え」

黄昏《たそがれ》を過ぎた頃。喜兵衛でかけ蕎麦を食べていた甚夜は、その呻きに顔を上げた。見れば厨房に立つ店主が、二度三度腰のあたりを叩いている。蕎麦屋は立ち仕事が主だ。既に五十を過ぎた店主には辛いものがあるのだろう、以前よりも体の不調を訴えることが増えていた。

「お父さん、大丈夫ですか？」

「ああ、心配すんな。まだまだ大丈夫だ、っつ……」

おふうが心配そうに傍へ寄る。平気だと強がって見せてもやはり痛みは強いようだ。

「少しは休んだらどうだ」

「いや、ですがね」

「どうせ他に客もいない、座るくらいはいいだろう」

「はぁ……すんません。そんじゃお言葉に甘えて」

納得はし切れていないが、おふうの不安そうな瞳を見て渋々ながらも頷く。厨房から出てきた店主は甚夜の近くの椅子に腰を下ろした。

横目で盗み見た彼の顔には皺《しわ》が増えていて、それが時間の流れを否応なく理解させる。初めて会ったのは嘉永《かえい》の頃だったか。客が少ないという理由だけで選んだ店だ、ここまで通い詰めるとは思ってもみなかった。相変わらず閑古鳥《かんこどり》の鳴いている店内を見回せば、なにやら感慨深いものがある。

「もう十年近くになるか……」

「そんな経ちますか。ま、もうちっと旦那の腹が出てきてくれりゃ、お互い年を取ったな、なんて言い合えるんですがね」

「そいつは済まない」

「冗談ですって」

休憩がてらの雑談だ、気に留めるような話ではない。けれど多分、ほんの少しだけ彼の本音が混じっていたようにも思う。

実年齢はともかく甚夜の外見はいまだ十八の頃を保っている。いつまでも若い姿でいられるというのは、見る者が見れば羨ましく感じられるのかもしれない。だが、自然に齢《よわい》を重ねられない身では、その気持ちは上手く理解してやれなかった。

「あーあ、なんか俺だけ年を取っていくなぁ」

何でもないぼやきに、じろりと店主を睨み付ける。一瞬、何故睨まれたのか分からなかったようだが、おふうの方に目をやって気付いたらしい。彼女が浮かべていたのは泣き笑うような複雑な表情だ。

幸福の庭を抜け出した鬼女は、人と共に生きる道を選んだ。しかし鬼の寿命は千年以上あり、鬼女はいくら歳月を重ねても年若い娘のまま。店主は段々と老いる自分を嘆くが、おふうはどれだけ望もうとも老いていくことができない。たとえかつて自分を救ってくれた父が、老衰して死を迎えたとしても。彼女は若い姿のままそれを眺め、そして父がいない日々を何百年と過ごさなければならない。

おふうの憂いはそう遠くない未来に訪れる避け得ぬ別れを、それでも続いていく孤独な日々を予感しているからなのだろう。

「すまねぇ、おふう。配慮が足らなかった」

「分かっていますよ、お父さんがそんなことを言う人じゃないってくらい」

おそらくおふうは笑って誤魔化したつもりだった。うまく笑えてはいなかった。

「勘定を」

淀みかけた空気を振り払うように、甚夜は大げさに音を立てて丼を置いた。

はっとなった店主は、これ幸いと席を立つ。乱暴ではあったが、二人の間にあったぎこちなさもわずかながら和らいでくれた。

「へい、三十二文になります」

初めの頃の倍近い値段にほんの少し眉が動く。店主は疲れた笑みを浮かべながら、申しわけなさそうに小さく頭を下げた。

「すんません。近頃は物価が高くて、今まで通りの値段じゃやってけないんですよ」

嘉永の黒船来航を発端にした動乱は、収まる気配を見せない。倒幕を巡る武士達の争いは激化する一方であり、江戸では物価が高騰してここ最近、町人達の暮らしはひどく圧迫されていた。

状況は分かっているため、文句は言わず銭を払う。誰が悪いというわけでもない。責める気にはなれなかった。

「どうも。しかし、相変わらず旦那は金払いがいいですねぇ。羨ましい限りで」

「最近はどうにも仕事が多くてな」

人心が乱れれば魔は跋扈《ばっこ》するもの。江戸の民の不安は高まり、呼応するように鬼の起こす怪異も増えてきている。引っ切りなしに討伐の依頼が舞い込む現状は、世相の悪さの証明でもあった。

「それじゃあ、今夜も？」

「ああ」

おふうの問いかけに頷けば、手は無意識に夜来へと向かう。明確な答えを出せないまま、斬り捨てたものだけを増やしてきた。奪う命に今さらなんの感慨も湧かなかった。

おふうはそういうあり方を憂い、いつも気にかけてくれる。

「甚夜君は変わりませんね。……もう少し肩の力を抜いて生きることはできませんか？」

「生き方などそう変わるものではないし、元より変えるつもりもない」

以前よりは余裕が生まれたとしても、向かう先は揺らがない。全くままならぬものだと我ながら呆れてしまう。

「本当、貴方は頑固です」

「悪いな、性分だ」

おふうの溜息は呆れたような、それでも優しいと感じられるものだった。

二人の遣り取りは、結局いつもと同じように平行線で落ち着く。けれど彼女は機嫌を損ねたりせず、甚夜も煩わしいとは思わなかった。どれだけ窘《たしな》められても、年上ぶった彼女との会話は何故だか心地好く感じられた。

「気を付けてくださいね」

「ああ」

「油断したら駄目ですよ」

「分かっている」

「終わったらまた報告に来てくださいね」

「……いい加減、子供扱いは止めてください。寄り道もいけませんからね」

年齢的には彼女の方が遥かに上なのだが、見た目は年下の娘にこうまで世話を焼かれるというのはむず痒い。いつまで経ってもこれには慣れなかった。

「そう心配するな。下手は打たん」

逃げるように背を向けて店の外へ向かう――ようにも何も実際に逃げた。彼女の純粋な心配りに耐えられなかった。

「あ、もう、甚夜君は……。いってらっしゃい。ちゃんと帰ってきてくださいね」

彼女はいつもそう言って、心配しながらも止めはせず送り出してくれる。まともに返せたためしはなかった。

柔らかな言葉を耳にしながらも振り向かず、手を軽く振って無言のまま暖簾をくぐる。

何も特別なことはない。つまりはいつも通りの夜だった。

谷中《やなか》の寺町には、住職が亡くなって荒れ放題のまま放置された寺がある。瑞穂寺《みずほでら》。遠い昔、訪れたことのある場所だ。

曰く、この寺に鬼が住み着いた。なんでも人を攫い喰《さら》う鬼がここに出入りしているらしい。実際に誰かが攫われたという話はなく、しかし鬼の目撃談自体は多い。見たものは口を揃えて「あの鬼は人を喰う」と語り、不安に身を震わせている。事態を重く見た寺町の住職の一人が何かが起こる前に手を打とうと、甚夜にこの食人鬼の退治を願った。これが今回の依頼の経緯である。

以前もここには人を喰う鬼がいた。ほとほと鬼と縁がある寺だ。いつかの記憶を辿るように、敷地へと足を踏み入れた。

うらぶれた廃寺の中、ゆっくりと歩みを進める。本堂に辿り着いた瞬間、埃臭さが鼻を突いた。死臭、血の匂いは感じられない。けれど噂は本当だったらしい。表情を引き締め、本堂の中心にいる影を睨み付ける。

『うう……』

そこには人よりも遥かに大きい狐がいた。

白銀の毛が夜の闇の中でも一際眩しく輝いている。鋭く研ぎ澄まされた双眸《そうぼう》はやはり赤い。あれが件《くだん》の鬼に相違ないだろう。

「お前が人を喰う鬼か」

確認の意を込めて問うが、鬼は何も答えない。代わりに眼光をさらに鋭く変え、瞬間、計六つの火球が宙に浮かぶ。

問答無用ということらしい。あの火球が鬼の力なのだろうか。視界に捉えたまま夜来を抜き、脇構えをとる。

燃え盛る炎を前にしても熱は感じない。

睨み合う二体の鬼。互いに微動だにしない。

七月、まだ暑い盛りだというのに少しばかり温度が下がったように感じた。

『っぁあああああっ！』

白銀の狐の絹を裂くような叫び。燃え盛る火球がまずは二発。甚夜へ向かって一直線に襲い来る。それを大きく横に飛んで躱《かわ》す。火球は直線にしか放てないようで、速度こそそれなりだが単調。避けるのは容易《たやす》い。

しかし、単調な分だけ速射性には優れる。火球は気付けば倍以上浮かんでおり、鬼は雨あられと放つ。ここまで連射されると迂闊《うかつ》に近付けない。繰り出される炎。その向こうでは白銀の狐が、決死の形相でこちらを睨んでいる。

どうあっても近寄らせないつもりだ。放たれ続ける火球に、甚夜は鬼の目論見通り距離を詰められないでいた。

炎を紙一重で避けるのは危険だ。どうしても大きく躱さねばならず、積み重なって体力を消耗すれば動きは雑になる。このままだといずれは大きな隙を晒し、それを鬼は見逃さないだろう。

「だが、悪いな」

表情を変えないまま小さく呟く。

距離を保てば刃は届かず、長引けば最後にはこちらが負ける。ただ、相手は勘違いしている。間合いの外から攻撃できるのはなにもお前だけではない。

一度足を止めて上段に構え、息を吸って平静に眼前の敵を見据える。ぎり、と聞こえるほど強く柄を握り締め、狙うは喉元。一太刀で終わらせる。

〈飛刃《ひじん》〉――斬撃を飛ばす力ならば以前喰った。高々と掲げた刀を袈裟《けさ》懸《が》けに振り抜く。

傍目にはただ空振りしたように見えるが、振り抜いた瞬間、風を裂く音と共に周りの空気とは密度の違う透明な斬撃が刃から放たれた。

驚愕に鬼が止まる。鬼の火球の間を縫うように進んで飛ぶ一太刀は、正確に咽喉《いんこう》を捉える。

『あぐぅ……』

肉を裂く音がはっきりと聞こえた。

まさか間合いの外から攻撃してくるなど予想していなかったのだろう。銀色の狐は無防備にそれを受け、本堂に血飛沫が舞った。それで終わり。苦悶の声を漏らしながら、倒れるまではいかなかったが、もう動くことはできないようだった。

妙に呆気ない。そうは思ったが、罠を張っているようにも見えない。最低限の警戒は怠らず一歩ずつ近付いていく。

「名を聞いておこう」

やはり動けないらしく、相手は棒立ちの状態でなんとか掠《かす》れた声を絞り出した。

『夕《ゆう》、凪《なぎ》……』

名を刻む。また斬り捨てたものが増えた。自嘲しながらも懐に入り、おもむろに左腕を伸ばす。

「そうか。さらばだ夕凪。お前の力、私が喰らおう」

触れれば心臓のように左腕が脈を打つ。

〈同化〉——文字通り他者と同化する異能、鬼を喰らいその力を我がものとする異形の腕だ。慣れてしまったせいか、今では鬼にならずとも使えるようになった。

どくり。夕凪が左腕を通して自身と繋がっている。記憶が流れ込み、血管を通って全身に何かが巡っている。

〈同化〉は他の生物を内に取り込み己の一部へと変える。それ故に、喰らう対象の記憶や知識を多少なりとも読み取ってしまう。相手の内側を覗き見るようで気分が悪い。それに意識が混濁する。今日は普段よりさらに酷く、まるで酔っぱらってしまったように目の前が歪んでいた。

「自分を喰らう鬼……助けに来てくれたと思った、でも助けてくれなかった」

細切れの記憶が脳裏に浮かんでは消える。しばらくすると段々とそれも治まってきた。〈同化〉した異物が体に馴染み、安定してきたのだ。けれど頭の中がぐるぐると廻っている。

「一人。子供が、嫌い？　しかし、それは」

何か大きなものが入り込んだ。そして流れ込む記憶が止まり、一際大きく世界が歪む。

ほぎゃあ、ほぎゃあ。

どこか遠く、赤ん坊の声が聞こえた。

そうして夜が明ける。

「おや、旦那。らっしゃい」

鬼を退治した翌日、いつものように甚夜が喜兵衛を訪れると見知った顔があった。

「どうも、甚殿」

今では付き合いの長い友人となった三浦直次は既に食事を取り終えたようで、のんびりと茶を啜《すす》っている。

「今日は休みか」

「ええ。ですからここで息抜きをしています」

「きぬ殿を放っておいて、か？」

「誘ったのですが、遠慮すると」

助かった、と思ってしまったのは秘密にしておく。直次の妻、きぬはどうも苦手だ。何を話せばいいのか分からない。直次もそれを知っており、苦笑いを浮かべている。

普段から折り目の付いた所作をする彼は、喜兵衛ではこういった素直な表情を見せる。彼にとってもこの店は居心地がいい場所なのだろう。

「お帰りなさい」

穏やかな昼下がり、おふうがゆったりとした笑みを湛えながら近寄ってくる。彼女は心配性だ。鬼との戦いなど幾度も重ねているというのに、それでも安心はしてくれない。店へ訪れれば、本当に嬉しそうな笑顔で迎えてくれる。

「どこかお怪我はありませんか？」

待っていてくれる彼女に、ただ今帰りましたと素直には返せない。代わりに見ての通り無傷だと肩を竦《すく》めて示して見せる。

「はは、聞かずとも甚殿が後れを取ることなどないでしょう」

「それは、甚夜君が強いとは知っています。でも、あんまり危ないことはしないでくださいね？　貴方を心配している人だっているんですから」

おふうの振る舞いは容姿に反して母性的だ。年齢でいえば母どころか老婆でもいいくらいではあるが。無論本人に言うことはない。

「そうですね。あまり細君を心配させるものではありません」

直次は意味ありげに含み笑いをしながら、視線を横に流した。

「……ええ。私以上に、心配していたんですから」

おふうも同じ方向に目をやった。彼らが何を言っているのかよく分からずそれを追う。

「もっと言ってやって。この人は女を気遣うなんて器用な真似、できやしないんだから」

その先には、いつも通り赤子を抱いた女が座っていた。

襟元のゆったりとした、金糸の入った赤い派手な着物を崩している。黒髪を櫛《くし》三枚でまとめ、小さい簪《かんざし》の前ざしが六本。遊女のような出で立ちなのに、誰も疑問には思っていない様子だ。おふうよりも小柄で線が細い。その肌は病的に思えるほど白かった。

女は時々体を揺らして赤子をあやすが、その表情は甚夜に負けないくらいの仏頂面で面倒くさいと言わんばかりだ。それでも赤子は機嫌がよくなったらしく無邪気に笑っている。

「夕凪さんも大変ですね」

「ほんと、気の利かない旦那を持つとね」

「でも、少し羨ましいです。甚夜君はあれで優しいですし、やっぱり子供は可愛いですから」

「それならあげるよ？　私はもともと子供が嫌いだし」

「そんなこと言っちゃ駄目ですよ」

「はいはい、おふうは本当いちいちうるさいんだから」

おふうに窘《たしな》められても女はどこ吹く風だ。けれど口でどう言おうとその手つきは優しく、慈《いつく》しむように赤子を抱いている。

傍目には和やかな語り合い。微笑ましくも見えるのだが、その奇妙さに立ち眩みを起こす。

「夕、凪……？」

おふうが口にした彼女の名は、どこかで聞いたことがあった。

いつ聞いた？　頭に靄《もや》がかかっている。いつも通りの光景に違和感を覚えるのは何故だろう。

呆然と二人を、正確には夕凪を眺める。視線に気付き彼女は小首を傾げた。

「どうしたの、あなた？」

また、くらりと頭が揺れた。

あなた。そうか、自分は彼女――夕凪と夫婦になったのだ。まるで雲の上に立つような錯覚だ。ふわふわとして足元が覚束ない。しかし遠い昔に思っていた。惚れた女と夫婦になり、緩やかに日々を過ごすのは幸福だと。これは甚夜が望んだ景色だった。

「……ああ、済まない。少し呆けていた」

まるで何かから逃げるように、無意識にそう答えていた。顔を少し俯かせれば、夕凪の腕の中の赤子が甚夜を見て垂れた目をさらに緩ませていた。

「この子は……」

「本当に、どうしたの？　あなたの娘でしょう」

自身の子供だと言われても実感はないが、母である彼女がそう言うのなら間違いないはずだ。

「そろそろ名前を付けてあげないとね。私はそういうの苦手だから、あなたが考えて」

娘の名が思い出せなかったのは、そもそもまだ決めていなかったからだ。なにもおかしくはなかった。

「ん、ああ」

歯切れ悪く返すと、夕凪は怪訝そうにこちらを覗き込む。彼女の目にはほんの少しの不安が見て取れた。

夫だというのなら妻の不安を和らげるのも務めだろう。そう思い、ぎこちないながらも夕凪に笑いかける。

「ほんと、どうしたんだい？　何か変だよ」

「いや、別に」

「ふうん」

納得はしていない様子だが、いつも彼女は無理に聞こうとはしない。気が強いように見えて繊細な娘だった。

けれど眩暈《めまい》がする。彼女というのは、本当に夕凪のことだったろうか。

「気にするな。大したことではないんだ」

それ以上は考えたくなくて話題を断ち切る。曖昧に濁したせいだろう、夕凪の疑いはさらに深くなった。

「どうだか。あなたは隠し事が多いから信用できない」

「夕凪……」

うろたえる甚夜が面白かったのか、目の前にいる妻はくすりと笑う。

「ふふっ、嘘だよ」

その笑顔はいつか見たような、初めて見るような。ゆらゆらと不思議な感覚に心が泳いでいる。

「そもそも、最初から心配なんてしてないしね」

言いながらも夕凪は、妻として甚夜を気にかけているようだった。

「刀一本で鬼を討つ旦那も女房にゃ敵いませんか」

先程から甚夜が動揺してばかりなのは妻に弱いからとでも勘違いしたらしく、店主は心底面白がっている。

「そのようですね」

直次も同じような態度だ。二人はこの状況を常日頃のものとして受け入れている。当然だ、これはありふれた日常の一端に過ぎない。ならば疑う方がどうかしている。なのに違和感が拭い去れない。

「……甚夜君？　どうかしましたか？」

「ああ、いや」

おふうは普段との様子の違いから心配してくれている。しかしそれは彼女が優しいだけで、彼女も現状に順応していた。

「旦那は最近、連日鬼退治に行ってましたからねぇ。疲れがたまっているんじゃないですか？」

「そうですね。甚殿、今日くらいは体を休めてはどうでしょう」

男二人でにやにやと楽しそうだ。視線の先には夕凪がいる。彼らは言外に「家族水入らずで過ごしたらどうだ」と言っていた。

「いや、それは」

「駄目ですよ、甚夜君。ちゃんと奥様を大切にしてあげないと」

「おふうまで……」

味方はどこにもいないらしい。溜息を吐いて夕凪を見れば、妻もからかうような笑みを浮かべている。

「いいじゃないか、たまにはのんびり過ごそうよ」

そうして今日も始まる。

何も特別なことはない、いつも通りの一日だ。

2

昔々のことです。

お婆さんが川で洗濯をしていると川上から瓜《うり》が流れてきました。お婆さんは瓜を拾い家に持ち帰ります。それをお爺さんが割ってみると中から可愛い女の子が。瓜から生まれたので、二人は女の子を瓜子姫と名付けました。

大事に育てているうちに瓜子姫は成長し、機織《はたおり》をしてお爺さんとお婆さんを助けるようになったそうです。

ある時、お爺さんとお婆さんが出かけて留守の間に瓜子姫がいつも通りに機を織っていたところ、天邪鬼《あまのじゃく》が現れて瓜子姫をだまして家の中に入ってきました。

鬼は嘘を吐かない。けれど天邪鬼は嘘を吐く鬼だったのです。

天邪鬼は瓜子姫に包丁とまな板を持ってこさせると、そのまま彼女の皮をはいで、肉を切り刻んで食べてしまいます。後には指と血だけを残し、自分は皮をかぶって瓜子姫になりすますことにしました。お爺さん達が帰ってくると、指は芋、血は酒だと偽って食わせました。

こうして天邪鬼は瓜子姫として日々を過ごします。そのうち瓜子姫を嫁にしたいという長者が現れました。

瓜子姫に化けた天邪鬼はまんまと長者の妻になります。

けれど夫婦となった二人が長者の屋敷へ行く途中、それを見ていた烏《からす》が、

「瓜子姫の乗り物に天邪鬼が乗った」

と鳴くではありませんか。

いったい何のことかと思いながらも長者の家に着いて姫が顔を洗うと、長者は驚きました。

化けの皮が剥がれ、瓜子姫はもとの天邪鬼になってしまったのです。

長者に正体がばれてしまった天邪鬼は山の中に逃げていきます。

その後の天邪鬼の行方は、ようとして知れません。

これが古く伝わる「あまのじゃくとうりこひめ」のお話です。

大和流魂記《やまとるこんき》『天邪鬼と瓜子姫』より

◆

甚夜はいつも通りかけ蕎麦を注文し、少し遅めの昼食となった。

慣れ親しんだ味だ。特別旨くはないが、他の店のものよりも舌に合う。夕凪はもう食

事を終えていたようで、子供を抱いたまま何をするでもなくただ隣に座っていた。

「しかし、なぁ。旦那はおふうと一緒になってうちを継いでくれるもんだと思ってたんですが」

「お父さん⁉」

思わず箸が止まり、表情も強張った。妻が隣にいるというのにいったい何を言い出すのか。

「へえ、そうなの？」

怒るかと思えば、夕凪は店主が振った話題に平然と乗っかってきた。ちらりと覗き見た横顔は悪戯っぽいとでも言うのか、実に面白そうである。

「そのために蕎麦作りを仕込んだり、俺なりに色々やってきたんですがねえ。おふうも結構積極的に二人で過ごそうとしてたんですが……」

「違います！　花について教えてただけでっ」

「おふう、そんなに慌てると逆に怪しいよ？」

わやわやと言い合う三人をよそに甚夜は無言で蕎麦を食べる。参加し辛い話題が続いている。首を突っ込んでもろくなことにならないのは容易に想像がついた。

「嬢ちゃん、実際のところ、この鉄みたいに頑固な旦那をどうやって陥《お》としたんで？」

店内の視線が甚夜に集中した。できれば無関係のままいさせて欲しかったのだが、そうもいかないらしい。

「さぁ、付き合いが長いからじゃないかな」

夕凪は遠い目をしている。まるで昔を懐かしむような佇まいだ。彼女が妻になった経緯はどんなものだったろうか。思い出そうとして、くらりと頭が揺れる。

「では、甚殿とは以前からの知り合いだったのですか？」

直次が問うと妻は悪戯っぽい笑みを浮かべて頷く。夕凪が言うからにはそれが正しいのだと思う。なのに靄のかかった頭では、はっきりとしたことは分からなかった。

「同郷の出でね。故郷に流れる川を一望できる小高い丘で、私の方から想いを告げたの。いつか、私をお嫁さんにしてって。それが本当になるとは思っていなかったけど」

「そうだったんですか……いいですね、そういうの。少し憧れてしまいます」

どくん。

ひときわ大きく心臓が高鳴る。待て。それは、何の話だ。

「かぁ……付き合いの長さ。そいつは有利ですね」と店主が言えば、小さな笑いが起こる。

けれど知らない。一緒に暮らしていたのは夕凪ではなかったはずだ。

「故郷というのは葛野でしたか」

「うん。昔は同じ家に住んでたんだよ。しばらくして別々に住むようになったけどさ」

「では、甚殿の小さな頃も知っているのですか？」

「勿論。昔からこの人は頑固でね。生き方は曲げられない、ってのがほとんど口癖だったよ」

最後の最後に誰かへの想いではなく己の生き方を選ぶ。甚夜はそういう男だと、彼女が言っていた。

「甚夜君は昔から不器用だったんですね。夕凪さんも大変だったでしょう？」

「そりゃあね。でも嫌いじゃなかったよ。だからずっと一緒にいたんだ。それに」

妻は覚えのない過去を語る。疑問は言葉にならない。短い空白の後、柔らかな笑みと共に夕凪は穏やかに息を吐く。

「この人は私がいないと何にもできないんだから」

心臓が一際大きく跳ねた。

だから待て。お前は、何を、言っているのか――

「まあ、全部嘘なんだけどね」

焦《こ》げた胸の内に水をかけられた気分だった。遠い目をしていた夕凪の表情はいつの間にかにまにまと意地の悪い笑みに変わっており、ぺろりと舌を出してそんな言葉で締めくくった。

「……へ？」

遅れて今までの話が全て冗談だと理解した店主は、ぽかんと大口を開けている。他の者も騙されたと気付いたようだが、雰囲気が唐突に変わるものだから上手くついていけず茫然としていた。

「嘘、全部嘘だよ。男女の話を突っ込んで聞くのは野暮って話さ」

全員が呆気にとられる中、夕凪だけはやけに楽しそうだ。男女の仲を根掘り葉掘り聞くものじゃない。彼女が言いたいのはそういうことだ。けれど甚夜はひどく戸惑っていた。その嘘は彼にとってひどく大切なものだったからだ。

「さ、そろそろ行こうか？」

囚われた思考を無理矢理引き上げる、おどけた声音。夕凪は赤子を一度二度あやすように揺すると、軽やかに席を立った。

「……ああ」

聞きたいことは色々あった。それでも幼い娘を抱いてゆったりと微笑む彼女が眩しく見えて、甚夜は口を噤《つぐ》んだ。疑問をぶつければ、穏やかな今は壊れてしまうような気がした。

そうして甚夜と夕凪は暖簾を潜る。

親子三人並んで店を出る、いつも通りの光景。多少の引っ掛かりはあるが、それでも安らげる距離感だ。なのに、何故かそれが寂しい。

雲一つなく広がった抜けるような青い空だった。息を吸えば熱せられた空気が肺に満ちて、横たわる夏の重苦しさを強く意識させた。

周囲の思惑通りに事が運び、結局は親子三人で出かけることになった。しかし、家族水入らずで過ごすと言っても行きたい場所もない。歌舞伎や落語を見に行くにも赤子を連れてはいけないし、食事も終えている。やれることといえば、特に目的もなく江戸の町を歩くのがせいぜい。それでも夕凪は満足なのか、微妙に口元を綻ばせていた。

途中、何気なく立ち寄った貸本屋で夕凪は流行の読本を物色している。彼女がそうしている間は甚夜が娘を抱いて、店の前で待っていた。

ふにゃりと柔らかい肌で首もまだ据わっていない。生まれて間もない赤子はすぐに壊れてしまいそうだ。そのせいで肩には必要以上に力が入っており、緊張して突っ立っている甚夜の姿は傍から見れば相当に滑稽だろう。事実、貸本屋にいた数人の客、それも女性客がくすくすと笑っている。何ともいたたまれない状況だ。

「新刊では大和流魂記や心中天目草子《しんじゅうてんもくぞうし》なんかが人気ですよ」

「それはどんなの？」

「大和流魂記は怪異譚《かいいたん》を集めたものです。『天邪鬼と瓜子姫』や『寺町の隠行鬼《おんぎょうき》』など講談になっていないような地味な話まで載っているため、読む人は多いですね。心中天目草子は名前を聞くと心中もののようですが、内容は妻に先立たれた男の苦悩に焦点を当てた読本となっています」

「ふうん、どうでもいいけど夫婦に勧める話じゃないね」

「ごもっとも。他には……」

夕凪はまだ貸本屋の店主から話を聞いていた。

貸本屋とはその名の通り本を借りることのできる店である。紙や製本した和本は高価で、町人ではなかなか手が出ない。そのため草双紙、読本、洒落本などを貸し出す貸本屋という生業が生まれ、江戸に住む庶民の手軽な娯楽として親しまれている。

「うん、詳しくありがと。でも、今日は行くところがあるからまた借りに来るわ」

「左様ですか。よろしくお願いします」

散々話を聞いたはいいが、借りるつもりはなかったらしい。その手の客は少なからずいる。店主も慣れたもので、深々とお辞儀をして送り出す。

店から出てきた夕凪は晴れやかだ。当然、行くところなんてなかった。

「お待たせ」

「いや」

子供を渡そうとすると彼女は少し顔を顰《しか》めた。不思議に思っていると唇をとがらせて言う。

「私は子供が……この子が嫌いなんだよ」

幼い娘から目を背ける。煩わしいと強調するような振る舞いだった。

「ま、でも仕方ないいか。あなたに任せきりってわけにもいかないしね」

諦めた夕凪が娘を受け取り、二人は並んで江戸の町を歩き始めた。

やはり男親に抱かれているよりも嬉しいのだろうか、娘は気持ちよさそうにしている。

しかし肝心の夕凪は不機嫌なままだ。

「何故嫌う。お前の娘だろう」

「違うよ。だって、この娘はもともと捨て子なんだから。腹を痛めて産んだ子供じゃないんだ。愛着なんてわかないさ」

「捨て子……」

言われてみれば、そうだったような気もする。だが深く考えようとすると頭が痛む。

妻のこと、娘のことなのに思い出せない。

「ならば何故」

「それより、どこかで休もうか？　ちょっと疲れたし」

何故拾ったのだ。そう聞こうとすれば、誤魔化すように夕凪は近くの茶屋へ向かう。

足取りは軽く、とてもではないが疲れているようには見えなかった。

「お茶二つと団子一皿、ああ、磯辺餅があるんならそれも」

夕凪は手早く茶を注文して、店の前の長椅子に座って寛いでいる。

全く勝手なものだ。憮然とした表情で甚夜も彼女にならって腰を下ろす。

「不機嫌だね」

夕凪はくすくすと悪戯っぽい笑みを浮かべていた。

「別に腹を立ててはいない。ただ、真意が掴めない。……お前は、嘘ばかりを言う」

「女はもともと嘘吐きなんだよ」

夕凪は容易《たやす》く嘘を認める。問い詰めたいと思い、しかし二の句が継げない。何故か彼女に決定的な問いを投げかけられなかった。

分からないままに疑問は流れてしまう。

「ありがと、磯辺餅はこの人に」

しばらくして磯辺餅と茶が運ばれてきた。磯辺餅は蕎麦以上の好物だった。

「よく知っていたな」

「なに言ってるんだい、あんたが教えてくれたんだろう？　たたら場の育ちで子供の頃は餅なんて滅多に食べられなかった、好物はと聞かれれば蕎麦よりも磯辺餅だって。じゃあ、食べようか」

夕凪という女は分からないことだらけだ。どこかで聞いたような過去を語り、それを嘘と呼ぶ。子供が嫌いと言いながら捨て子を拾い、夫婦として振る舞う。彼女の何が真実で何が嘘なのか、甚夜はそれを計りかねていた。

それでも一つだけ知っていることがある。

夕凪が嘘を吐くのはおかしい。何故ならば、彼女は――

「お前は……」

ほぎゃあ、ほぎゃあ。

お前は、いったい誰だ？

無意識に問おうとしていた。しかし口に出そうとした瞬間、遠く聞こえてくる泣き声に言葉を掻き消された。

見れば夕凪の腕の中で赤子がぐずり始めていた。

「ああもう、仕方ないね。本当にこの娘は面倒くさい」

呆れたような、だが優しさに満ちた声だ。夕凪の横顔は柔らかく溶け、目尻はこちらが微笑ましく感じるくらい垂れ下がっていた。

体をゆすって泣く子供をあやす妻の姿は美しい。たとえ何者であったとしても、彼女は間違いなくこの娘の母親なのだ。滲んだ優しさがそう信じさせてくれた。

「なにか言ったかい？」

首を横に振って何でもないと示す。彼女は妻で母だ。きっとそれでいいのだろう。

「ならいいんだけど」

「ああ、気にしなくていい。さて、十分に休んだ。次はどこに行くか」

「別に特別な所に行く必要はないだろ？　町をぶらぶら歩くだけでも私は十分楽しいし」

「それでいいのか？」

「うん。こんな機会は滅多にないんだからのんびりしようよ、家族水入らずでさ」

「そうだな、そうするか」

疑念はいつの間にか消えていた。代わりに気安い、本当の家族のような温もりがあった。自然と甚夜も小さな笑みを零《こぼ》す。

「そろそろこの娘に名前を付けてやらなきゃ。ねえ、あなた？」

「ああ……どういう名前がいいか」

名前は一生のもの、よく考えてつけてやらねば娘が可哀想だ。難しい問題に頭を悩ませることさえ嬉しいと思える。今まで知らなかった、まるでぬるま湯に浸っているような気分だ。

「ま、それはあなたに任せるよ」

向けられた笑顔に思う。もう少しこのままでもいいのかもしれない。

本当に、そう思った。

ああ、それなのに懐かしい声が聞こえる。

結局、私達は、曲げられない自分に振られたんだね。
いつかの景色と胸に宿る想い。その温かさに何故か、遠い別れを幻視した。

3

「……こうして正体がばれてしまった天邪鬼は、森の中に逃げていったとさ。はい、おしまい」

茶屋で雑談を交わしている途中、先程貸本屋で見ていた書物に話題が移った。ぱらぱらとだが夕凪は目を通していたらしく、それに記されていた『天邪鬼と瓜子姫』という話を語ってくれた。と言っても、甚夜自身も知っている話である。

天邪鬼の話は有名な怪異譚《かいいたん》だ。この天邪鬼と瓜子姫の物語には様々な形があるのだが、甚夜が知っているものも夕凪のそれとほぼ同じ内容だ。

「面白い話だろ？」

「そうか？　よくある怪談だろう」

「駄目駄目、あなたは説話の楽しみ方を分かっちゃいない。こういうのはね、奥の奥まで考えるのが面白いんだ。例えば……なんで、天邪鬼は瓜子姫を殺したんだと思う？」

瓜から生まれた娘が鬼に殺される。桃太郎や竹取物語に代表される異常生誕、鬼の犠牲になる力なき民。物語の命題としてはさほど珍しくはない。だから話はそこで終わり。何故、なんて考えたこともなかった。

「何故？」

「そう。答えなんかないんだから考えてみなよ」

「……む。瓜子姫憎し、ではないだろうが」

誰かを殺す理由として一番に出てきたのは、やはり憎悪だった。

我ながら想像力がない。夕凪も安直な発想を笑っている。

「いやいや、それもありじゃないか？　実は裏で二人には確執があった、なんてのは意外といいかもしれないね」

「そういうお前はどう考える？」

「私は、そうだね」

逆に問いかければ、夕凪は俯いてかすかに唸る。しばらく考え込んで何やら思い付いたのか、にやりと悪戯っぽく口の端を吊り上げた。

「この話に出てくる鬼はさ、瓜子姫をお爺さんとお婆さんに食わせちまうだろう？　だったらそいつは瓜子姫を食おうと考えてたんじゃない。天邪鬼は瓜子姫を殺して入れ替わることの方が目的だったんだ」

「ふむ、つまり」

「簡単だよ、天邪鬼は自分が嫁入りしようと思ったのさ。多分こいつ女だね。実は、長者が瓜子姫を嫁にっていう話を最初から知ってた。だから玉の輿《こし》に乗りそうな瓜子姫に嫉妬して、入れ替わろうと考えたんだよ」

なんとも俗っぽい鬼である。それに面白いかと言えば微妙だ。物語の裏など読者には分からない。所詮は想像、どこまでいっても益体《やくたい》のない雑談に過ぎなかった。

「ありゃ、納得いかないかい？　私は結構、的を射てると思ったんだけど」

「ああ、いや。ある、かもしれない」

「だろう？」

本人も単なる冗談のつもりだったのか、ぎこちない返答にもさほど気分を害した様子はなかった。

会話が途切れると、自然に夕凪の目は腕の中の赤子へ向かう。嫌いと言いながらも見つめる目は優しく、やはり彼女は母なのだと思える。

「……天邪鬼、だな」

ぽつりと呟けば不思議そうに夕凪がこちらを見る。そして思い出したように「私は子供が嫌いなんだ」と付け加えた。

そういうところが天邪鬼だと言っているのだ。甚夜は落とすように笑い、湯呑に残った煎茶《せんちゃ》を飲み干す。それを見て夕凪はふうと一息吐くとゆっくり腰を上げた。

「そろそろ行こうか？」

「そうだな」

二人は茶屋を後にした。

日が落ちるまではまだ時間がある。もう少し町を巡ろうか。そんなことを考えながら、ふと昔を思い出す。そう言えば以前もこうやって何をするでもなくただ二人歩いた。過《よぎ》る懐かしさに隣を見る。何もかもがあやふやだったが、妻はちゃんとそこにいた。

「あ、可愛いね、これ」

途中で寄った商家は簪《かんざし》や小間物を取り扱っており、店先には様々な商品が陳列されていた。夕凪は赤子を甚夜に預け、根付《ねつけ》を一つ手に取ってしげしげと眺めている。

「福良雀《ふくらすずめ》か」

彼女が手にしたのはでっぷりと肥えた雀の根付だ。愛嬌のある造形をしているが、可愛いとは思えなかった。作品の出来がどうこうではなく、甚夜にとって福良雀はどこぞの男が扱う武器のようなものだからだ。

「知ってるかい？　雀はね、蛤《はまぐり》になるんだよ」

「何だそれは」

「まあ嘘だけど」

何気ないやりとりに苛立ちはない。むしろ幸せと感じているはずなのに、どうしても違うと思ってしまう。

「お前は……」

「そんな顔しないでもいいじゃないか」

いや、本当はもう分かっているのだ。こんなにも幸せなのに寂しいと思ってしまう。その理由を甚夜は理解してしまった。

だから空を見上げた。

夕暮れが近付いている。そろそろ今日は終わろうとしていた。


大通りを二人並んで歩く。妻の腕の中ですやすやと眠る娘。ありきたりな家族の肖像だ。当てもなく歩くだけで心安らかになれるのならば、それも悪くないと思えた。

通りの店を冷やかし、妻にからかわれて苦笑し、娘の眠る姿に安堵を覚える。甚夜の歳は四十一。もしも真っ当に年老いていれば、こうやって過ごす未来もあったのかもしれない。

あたりは橙《だいだい》に染まっていた。夕暮れの色はどこか曖昧で、綺麗だと思うのに少しだけ不安になる。もうしばらくすれば夕日は溶けて夜が訪れる。それを知っているから、この眩さは寂しく見えるのだろう。

「夕凪だね」

空を眺めながら夕凪は目を細めた。意味を理解できず不意に彼女を見る。

「海辺ではね、天気のいい昼には海風が、夜には陸風が吹く。だから海風が陸風へ切り替わる時の、ほんの少しの時間だけ凪が止んで、海は波のない穏やかな顔になるの」

夕凪が浮かべたのは、今まで見せてきた悪戯っぽい笑みではなく柔らかな微笑だった。

「それが夕凪。あ、これは嘘じゃないよ」

紡ぐ言葉は唄うように。染み渡る声を聴きながら甚夜は彼女と同じものを見る。

「この空を見たら思い出したんだ。夕凪の海は鏡みたいに澄み渡って、本当に綺麗なんだ。いつかまた見たいなぁ……できればあなたと一緒に」

風がなく雲の流れない夕暮れの空に夕凪を重ねたのだろう。妻の瞳は昔を懐かしむように潤んでいた。

「泣いているのか」

「夕日が目に染みただけ」

また嘘だ。

だが、わざわざ問い質《ただ》したりはしない。くだらないことでこの穏やかさが消えるのはもったいない。もう少しだけ夕凪の時間に浸っていたかった。

「夕凪の空、か。なら夕暮れはお前の時間だな」

「なんだい、それ。意外に恥ずかしいことを言うね」

我ながら似合わない物言いだった。お互い笑いを噛み殺しながら歩けば、しばらくして玉川の河川敷に辿り着く。周りを見回しても人はいない。そこには静かに流れる川の音と、夕日にあたり朱に染まる小さな花があった。

「へぇ、綺麗だね……」

薄紅、白、黄。一株ごとに色違いの花をつけたそれは、風のない夕暮れに彩りを添えている。見事な風情に誘われ、二人は花が群生する土手に足を踏み入れた。

「白粉花《おしろいばな》だな。夕化粧《ゆうげしょう》や野茉莉《のまつり》という別名もある。夏から秋にかけて咲く花だ」

「おしろいばな……？　黄色や赤もあるけど？」

「この花の種子の皮の中には白い粉が入っている。子供が化粧遊びに使うから白粉花と呼ばれるようになったそうだ。そして白粉花は、何故か夕方から花を咲かせ始める」

「詳しいじゃないか」

「受け売りだ」

誰からかは言わない。ここで他の女の名前を出すほど無粋ではない。妻も追及はせず、夕暮れに揺れる花を見渡す。

甚夜はそれを美しいと思った。目を奪われたのは白粉花か、それとも彼女だったのかは考えないようにした。

「でも不思議な花だね。夕方から咲き始めるなんて」

「ああ。何故かはよく分かっていないらしい」

「案外、目立ちたがり屋だったたり」

「そう、かもな」

冗談のような言葉を交わし合う間にも、ゆっくりと日は沈んでいく。

「夕凪、今日は楽しかった」

話の流れを無視して甚夜はそう言った。少しの名残惜しさはあったが、夜はもう間近だ。そろそろこの甘やかな夢想に向き合わないといけない。

「なんだい急に」

「いや、素直な気持ちだ」

「そんな仏頂面で言われてもねぇ」

「それは許せ。だが嘘はついていない」

違和感は最後まで拭えなかったが、それでも間違いなく楽しかったと言える。妻や娘と一緒に江戸の町を冷やかして、穏やかな夕暮れを見詰めながら家路を辿る。そんな平凡な一日が、甚夜にはどうしようもないくらい幸せだった。

「昔、な。こんな景色を夢見ていた頃があった。惚れた女と夫婦になって緩やかに年老いていく。そうあれたら、どれだけ幸せだろうと。そんなふうに考えた」

結局、生き方は変えられなかったが。

突然の独白にも夕凪は何も言わずただ耳を傾けてくれた。

「……なあ、私の名前を呼んでくれないか?」

　思えば彼女は甚夜を「あなた」としか呼ばなかった。だから知らなくてはならない。彼女が、誰の傍らにいたのかを。

　横たわる沈黙に耐えかねたのか、おずおずと夕凪が口を開いた。

「……甚太。これでいいのかい」

　何気なく零れた名は想像以上に甚夜を打ちのめす。夕凪は平静なままこちらを見詰めている。正確にはただ取り繕っているだけで、気遣う色がちゃんと見て取れた。そうあってくれるから報いたいと素直に思えた。

　彼女は妻だと名乗った。腕の中にいるのは娘だと言った。ならば夫として、父として恥ずかしい姿は見せられない。

「そうか、ありがとう」

　心からの感謝を今ここで絞り出せたことが少しだけ嬉しい。短い時間だったが、彼女達の家族になれた証だと感じられたから。頑固で不器用な己のあり方を、傍目には愚かにさえ見えるだろうこのちっぽけな意地を誇らしいと思えた。

「本当は、後悔していた」

　夕日が落ちるまであとわずか。明確な終わりを前にして甚夜は淡々と語り始めた。

「もしも私がもっと上手くやれていれば、白雪《しらゆき》が死ななかった。そうすれば子を為し、穏やかに年老いていく未来もあったかもしれない。けれどそれは叶わなかった。私は足が遅いらしい。どんなに走っても、間に合わない方が多くてな」

白雪の時だけではない。見捨ててしまった父も、もしかしたら妹になったかもしれない娘も守りたかった。なのに間に合わなくて、父をこの手で殺し妹に憎まれて、大切にしたかったものを自分自身で踏み躙《にじ》ってしまった。

「だから白雪も。父も奈津《なつ》も。やり様によっては別の結末があったんじゃないか……本当は、ずっと悔やんでいたんだ」

嘆いても忘れられなくて、胸の奥に突き刺さった欠片は今もそのままだ。あの時こうしていればなんて情けないことを時折考える。

きっとこの景色は、そういうものだ。

「これは、お前の力なのか。それとも私の……俺の後悔だったのかな」

彼女達にはもう二度と会えない。だから、ここにいるのは白雪でも奈津でもなく夕凪なのだろう。

「分かってた。嘘を吐いていたのはお前じゃない」

夕凪が甚太の名を知っているはずはない。たとえこの不可解な現状が鬼の力によって生み出されたものだとしても、捨てたものは拾えない。

「……天邪鬼は、私だ」

つまり、最初からこれは嘘だった。

「あなた……」

「そもそも、お前がここにいるはずはない。お前は、私が」

何故忘れていたのか。放った〈飛刃〉は彼女を切り裂いた。

夕凪は、この手で――

「いいえ」

ゆっくりと首を横に振って、彼女が言葉を遮った。

懺悔《ざんかい》を覚えながらも夕凪に視線を向ければ、そこには慈しむような微笑みがある。

「それはあなたの勘違い」

「だが……」

「だって本当は、私なんてどこにもいないんだから」

彼女が何を言っているのか、意味が分からない。

「言ったただろう、全部私の嘘。妻だってことも思い出も、今ここにいる私だって嘘なんだ。あなたは私を殺してなんかいない。だからなにも気にしないでいいの」

「お前は、何を」

「でもよかった。来てくれたのが、あなたみたいな人で」

言いながら彼女は腕の中にいる娘を甚夜に手渡した。されるがままに受け取り、一度赤子に目を落とす。

安らかに眠る娘。もう一度顔を上げれば、夕凪は慈愛に満ちた子供の成長を喜ぶような母親らしい表情をしていた。

「私は子供が、嫌いなんだ。だから後は任せるね」

なにも聞けなかった。夕暮れに溶ける彼女は見惚れるほどに優雅で、何を言ってもその美しさを汚すだけのような気がした。

黙る甚夜を見て、夕凪はやれやれと溜息を吐いた。

「大丈夫。あなたにならこの娘を託せる」

まるで本当の妻が夫へ向けるような、しっとりと濡れた眼差しだった。優しい分だけ頼りなくて、彼女の微笑みはするりと手から逃げていく。

「じゃあね、また逢いましょう」

そして最後にあまりにも穏やかな笑顔と、一つの優しい嘘を遺して。

夕凪の空は夜に消えた。


ほぎゃあ、ほぎゃあ。

赤子の泣き声が遠くから聞こえてきた。

甚夜は瑞穂寺の本堂にいた。夜は深く、おそらく狐の化生《けしょう》と戦ってから時間はそれほど経っていない。

気付けばいつの間にか鬼の姿になっていた。浅黒くくすんだ鉄のような肌。袖口から見える異常に隆起した赤黒い左腕。白目まで赤く染まった異形の右目。顔は右目の周りだけが黒い鉄製の仮面で覆われている。そのせいで異形の右目が余計に際立つ。

もう一つ変化がある。触れた髪は闇の中でも輝く銀色になっていた。

心を鎮《しず》めて鬼から人へ戻る。目を瞑れば、先程喰らった鬼の記憶に触れることができた。

「〈空言《そらごと》〉。幻影を創り出し他者を騙す……。ただし幻影は使用者の記憶に依存し、自身が想像できないものは創り出せない」

それがあの鬼の——夕凪の行使した力。

白銀の狐や火球は夕凪が創り上げた幻影。それを甚夜は幻影と気付かぬままに夕凪ごと斬り伏せた。そして、彼女の異能を〈同化〉によって取り込んだ。その時点で力の所有者は甚夜に移る。ただ喰らう際に不具合でも起こしたのか、あるいは死に際の彼女の想いが強すぎたのか。暴発した〈空言〉の見せる幻に惑わされてしまった。

夕暮れの景色の中で触れ合った夕凪は、白雪や奈津といった甚夜と関わりの深かった娘の記憶を統合して造り上げられた、先程討った鬼とは何ら関係のない存在なのだろう。

『だって本当は、私なんてどこにもいないんだから』

想像を形にして見るものを惑わす異能。あやかしらしい真実を隠す力、では少し的を外している。彼女の力の本質は、言うなれば「嘘を吐く」ことだ。

「私は騙されたわけだ」

今回の依頼は瑞穂寺に人を喰う鬼が棲み付いたという噂から始まっている。しかし本堂を見回しても死骸は見当たらず、血の匂いなども感じられない。つまり人を喰う鬼自体が〈空言〉によって生み出された騙《かた》りに過ぎなかった。

そうまでして為したかった目的が彼女にはあった。

ほぎゃあ、ほぎゃあ。

本堂に響く赤ん坊の声。

ゆっくりと本堂の奥に安置されている仏像に近付く。目を凝らせば、荷葉座《かしょうざ》に隠されるような形で布にくるまれた何かがあった。いや、いたと言うべきか。

『だって、この娘はもともと捨て子なんだから』

そこには赤子が捨てられていた。

もともと瑞穂寺は誰も寄り付かない廃寺だった。新しい鬼の噂がなければ甚夜も足を運ばず、赤子はそのまま死んでいたに違いない。

「なるほど、大した天邪鬼だ」

ようやく繋がった。夕凪はこの娘が捨てられているのだと誰かに伝えたかった。鬼の噂は物好きをおびき寄せるための盛大な嘘なのだ。天邪鬼は瓜子姫の皮を被ったというが、どうやら夕凪にとっては天邪鬼の方が皮だったらしい。

本当は、私なんてどこにもいない。彼女はそう言ったが、それは間違いだと思う。だから甚夜は誰に聞かせるでもなく呟いた。

「そんなことはない。あの時のお前は確かにいた。……ちゃんと、この娘の母親だったよ」

捨てられた赤子を抱き上げる。

鬼の理を曲げてまで守りたかった子供。真実を欺く力を行使してなお、隠しきれなかった想い。この赤子と夕凪には血の繋がりなどないはずだ。それでも人を呼び寄せ、託せる誰かを探していた。どのような経緯で生まれた鬼なのかは分からない。けれど夕凪は間違いなく母だった。それが、どうしようもなく嬉しい。

「そう言えば、名を頼まれていたな」

腕の中にいる赤子を見詰める。どんな名前がいいだろう。できれば母にちなんでやりたいのだが。そう考え、ふと思い付いた名を口にしてみる。

「夕凪に咲く花……野茉莉《のまり》というのはどうだ」

その響きが気に入ったのか。まだ小さな瞳は潤んでいるが、それでも娘は——野茉莉は笑ってくれた。

「いつか大きくなった時、お前の母の話を聞かせよう」

子を守ろうとした母のこと。嘘吐きな彼女の精一杯の愛情を、いつか語って聞かせよう。

その時、野茉莉はいったいどんな表情をするのだろうか。それを想像しながら、甚夜は静かに笑みを落とした。

鬼を退治した翌日、甚夜が喜兵衛を訪れると、やはりいつもの通り見知った顔があった。

「おや、旦那。らっしゃい」

「どうも、甚殿……っ⁉」

軽く挨拶をしようとした直次の動きが途中で止まる。その目は甚夜の腕に抱かれている、可愛らしい赤子に向けられていた。

「じ、甚夜、君？　その子は……？」

「ん、ああ」

おふうもまた驚愕に目を見開いている。

さて、どう返そうか。

普通に拾った、と言う？　いや、犬猫ではあるまいにそれでは軽すぎる。だが夕凪の話はあまりしたくない。

『本当に、どうしたの？　あなたの娘でしょう』

不意に、優しい囁きが耳をくすぐった。

店内を見回すが、当然夕凪の姿はない。しかしあの悪戯っぽい笑みが背中を押してくれたように感じられて、甚夜は覚悟を決めた。後を頼まれたのだ。ならば「その娘は何者か」と問われれば、返す答えなど初めから一つしかない。

『大丈夫。あなたになら、この娘を託せる』

遠く、誰かの声が聞こえた。だからほんの少しだけ穏やかに笑える。

甚夜は普段からは考えられないほどに晴れやかな表情を浮かべた。そして、はっきりと誇らしげに、その言葉を口にする。

「私の、娘だ」

それでいいのだろう、夕凪？

余談　剣に至る

1

「ありがとうございましたー」

兵庫県立戻川《もどりかわ》高校、そのすぐ傍には名前の通り戻川という大きな川が流れている。校門までの道は銀杏並木になっており、景観豊かな通学路は実にのどかなものだった。

さて、その途中。高校から十五分くらいの所にあるコンビニ「アイアイマート」で自分が働き始めてから、もう随分と時間が経つ。もともとは以前の同僚が葛野で働いていたから、その程度の軽い理由で訪れて偶然オーナー募集の広告を見つけ、応募して現在に至るという形だ。

正直に言えば勤労意欲というものはほとんどなく、叶うならば働きたくはない。が、働かねば金はもらえず飯も食えん。仕方なくアイアイマートの店長として、それなりの毎日を過ごしている。

しかし何事も長く続けてみるものだ。コンビニ店長という仕事もなかなかに興味深い。一番気に入っているのはレジ打ちで、アルバイトは雇っているが好んでこの業務に携わっている。何が面白いかと問われれば、やはり様々な客模様であろう。

この店は立地上、戻川高校の教師及び学生がよく利用する。特に学生は朝に菓子類や昼食を買って行き、放課後には買い食いをして帰るのでありがたい存在だ。一口に教師や学生といっても十人十色、買う物も千差万別。見ているだけでも案外と面白い。

「たばこ」

例えば毎朝この店に寄る教師は、新聞を乱雑に置き「たばこ」とだけ短く言う。毎日使っているのだから銘柄は覚えていて当たり前、とでも思っているのだろう。こういった横柄な客は間々いるため怒りも沸かぬ。

「またそれ？」

「うん。これすっごくおいしーんだ。みやかちゃんもどう？」

「私はいい、かな」

背の高い少女と、少女というよりも女童《おんなわらわ》といった印象の娘。二人組の女学生だ。おそらくは同学年なのだろうが、なんとも対照的な娘子達である。

女童が買ったものは新商品の「生クリームたっぷりのアップルパイ」に「ゴージャス

ミルクキャンディ」。アップルパイの方は棚に並んでからさほど日は経っていないが、女性にかなりの人気で売れ行きは好調。これはもう少し仕入れておいてもいいかもしれん。背の高い方は目覚まし用のミントガムだけ。若い女だからといって甘いものが好きとも限らんのか。なかなか難しいものだ。

「これを」

今度は学生服を着た男だ。この男も毎日昼飯を買ってから学校に行くのだが、今回レジに出したのは「カトーの切り餅」だった。以前にも幾度かあったが、思わず学生服の男に問うてしまう。

「……これは」

「ん?　以前も言ったが昼食だ。いや、好きな時に磯辺餅が食えるとは良い時代になった」

……こやつ、間違いなく頭がいかれておる。昼飯代わりに磯辺餅を一袋食う高校生がどこにおるか。ちなみに餅ではない日はカップのインスタント蕎麦かあんパンを買っていく。さすがに偏食が過ぎる。客の健康など知ったことではないが。

「すみません、これお願いします」

次の客も高校生、仲の良さそうな男女だった。

「なつき、最近お弁当続いてない？」

「親が旅行に出かけちゃっててさ。はっちゃんも今日は来ないし」

コンビニ弁当は毎日ほとんどが売り切れる。学生にしろ社会人にしろ、料理のできないものの味方である。

と、まあこのようにコンビニには様々な客が訪れる。叶うならば働かず趣味だけに興じて生きていたいと考えている自分がなんとか仕事を続けられているのは、この客模様の興味深さ故だろう。

近頃になって思うのは、客にもそれぞれ生き方があるということだ。例えば先程の女学生二人組にも、弁当を買っていった少年にも、餅を馬鹿のように食う先程の男にも。それぞれの悩みが、楽しみが、目指すものがある。何気なく買ったもの一つとっても、彼らがそれを買うに至るまで何かしらの理由がある。それを深く知るのは叶わないが、いくつもの物語が世にはあるのだと、この歳になって考えられるようになった。

などと語ったが別に大仰な話ではない。何が言いたいかといえば、コンビニの店長という生き方にもこのように細やかではあるが楽しみもある、というだけの話である。

「いらっしゃいませー」

考えている間にも新しい客が来た。次の客は何を買っていくのか。

にこやかな作り笑いを浮かべながら仕事を続けていく。

忙しい朝の時間は、まだ始まったばかりだった。

◆

元治《げんじ》元年（1864年）・三月。

夜は深く、星以外に灯りのない武家町を三人の男が闊歩《かっぽ》していた。年若く血気盛んそうな若者達は、今し方会合を終えたばかりだ。

「やはり既に公儀は形骸、我ら武士は今こそ立たねばならぬのだ！」

「やめろ、どこに耳があるか分からん」

彼らは国の行く末を憂い、未来のために剣を取った倒幕の士だった。

公方は当てにならぬ。来たるべき新時代のために戦わねばと、同じく開国を志す者達と幾度も会合を開いている。いまだ実際に動けてはいないが、それでも国を憂う心は確かだ。少し酒が入ったせいか各々の考えをぶつけながら三人は歩き、しばらくしてその足取りが止まった。

「かっ、かかっ」

星の天蓋《てんがい》、月のない夜。春は終わり、しかし夏にはなれず曖昧なままに滲む季節。不意に流れた生温い風が砂埃を巻き上げる。空気が抜けるような薄気味悪い笑い声。宵闇に佇む人影一つ。

「何奴！」

　三人の男は身構えた。ゆるりゆるりと人影は近付く。薄暗がりに浮かび上がる不審な男は三十代前半といったところだろうか。五尺半ば程度の背丈、肩幅も狭く決して体格は良くない。しかしその首は奇妙なほどに筋張っており、尋常ではない鍛錬を積んできたのだと分かる。

　ぎょろりとした目が男達を見た。手には、抜身の刃が。

　刀を見て緊張はさらに高まった。真意を確かめようと一人の男が怒鳴り付ける。

「貴様、何のつもりだ！」

　しかし、それこそ瞬きにも満たぬ間に彼の首は落とされていた。

「刀を見てなおも弁舌を抜く……濁っておるな」

「なっ⁉」

　目を離しはしなかった。なのに謎の男は一瞬で間合いを詰め、ひゅっという軽い音が響いたかと思えば既に斬り付けられていた。まるで妖術にでもかかってしまったようだ。

　あまりにも現実感がなく、だというのに血溜まりが、転がる死体が現実を語る。

　彼らは今、得体の知れない何かに遭遇してしまったのだ。

「きさぁぅ……」

　刀を抜く暇さえない。

　一人に付き一太刀、それだけで命は容易《たやす》く消え去る。

月のない夜には、気色の悪い笑い声だけが残った。

「かっ、かかっ」

興味を失くし、男は死骸に背を向け夜に紛れて消えていく。

「まこと、濁っておる」

見下ろす男の目に感情はない。ただつまらなそうに一言呟く。

悲鳴は上がらず、逃げられもしない。何事もなく死骸が三つ転がった。

「おぁ……」

◆

甚夜は喜兵衛の奥にある、普段店主らが使っている畳敷きの寝床にいた。

赤子を寝かせて木綿の布を臀部《でんぶ》の下に敷く。もう一枚小さな布を間にかませ、ずれがないように木綿の布を巻いていく。

「慣れましたね」

「そうだな」

十年近い付き合いになる友人、直次に抑揚もなく答えた。会話をしながらも手は止めない。目付きこそ厳しいが、やっていることは赤子のおしめ替えである。最初は苦労したが、今では慣れたもので手際も良くなった。素早く終わらせると愛娘の野茉莉を抱き上げた。

「たぁた」

「どうした、野茉莉」

目は冴えているらしく腕の中で父をじっと見つめている。時々体を揺すってやると、その動きに野茉莉は笑った。それに釣られる形で甚夜の頬も緩む。

「お父さん、ですねぇ」

感嘆か呆れか、おふうが小さく息を吐く。

「私の娘だ、なんて言って野茉莉ちゃんを連れてきた時は何事かと思いましたけど」

「いや、まったくです」

鬼を容易に斬り伏せる六尺近い偉丈夫《いじょうふ》が赤子と戯れる姿は、傍から見ると違和感があるのかもしれない。

「そう言ってくれるな。私自身似合わんとは思っている」

おふう達には夕凪の話はしていない。ある人から事情があって育てられなくなった娘を託された、とだけ告げた。いずれ野茉莉には母について教える。それまでは嘘吐きな彼女の愛情を大事にしまっておこうと決めていた。

「似合わない、ということはないでしょう」

赤子の世話に関して、直次は初めの頃の右往左往まで知っている。なにせ彼の妻であるきぬに頭を下げて教えを乞うたのだ。甚夜が半端な気持ちで野茉莉を娘と呼んでいるのではないと理解しているせいか、擁護をするような発言が多い。

「そう、ですね」

おふうの方は若干引っかかるところがあるらしく曖昧な態度で見守っている。どちらにせよ、娘ができてからは二人との関係にも変化があった。

「旦那、ちょっといいですかい？」

しばらくすると店の方から店主が顔を出した。

「ん、ああ。すまんな、寝床を借りた」

「いや、それはいいんですがね。あー」

「どうした」

「なんというか、旦那にお客さんが来てるんですが」

「客？」

言い難そうにしているが、決して珍しいことではなかった。どこかから鬼を討つ夜叉の噂を聞き付けて依頼のため喜兵衛を訪れる者は少なくない。大方、今回もその類なのだろう。

「分かった。今行く」

「なんか、すんません」

歯切れの悪さを不思議に思いながらも、野茉莉を抱いて店の方へ向かう。

「ああ、甚夜殿。突然の訪問申しわけない」

その姿を確認した途端、甚夜の動きがぴたりと止まる。待っていたのは、格の高い武家の出自であると一目で分かる、豪奢ではないが立派な羽織をまとった二本差しの男。佐幕攘夷を掲げる武士、畠山泰秀だった。

「畠山殿……」

「お久しぶりですね。壮健そうでなによりおや、その娘子は甚夜殿の？」

ゆったりとした語り口は、どこか芝居がかっている。店主が動揺するのも仕方がないだろう。この男はそもそも庶民の蕎麦屋に訪れるような身分ではない。泰秀自身は平然としているが、本来ならばあり得ない光景だ。

「何故ここに？」

「鬼を討つ夜叉の下に訪れる理由……一つしかないでしょう」

泰秀は甚夜を見据え、にいと不敵に笑った。

「貴方に、討って欲しい鬼がいるのです」

「岡田貴一《おかだきいち》。配下の中でも随一の腕を持つ男です。今までにも夷敵《いてき》を討ち払うため、剣を振るってくれました」

甚夜の正体を知らない直次に、これ以上は聞かせられない。ちょうど昼時も過ぎたところだったので、申しわけないが彼には店を出てもらった。気遣ってか、おふうと店主も店の奥で待機してくれている。店内で甚夜は泰秀と対峙する形になっていた。

「暗殺であろうと襲撃であろうと、貴一は揺らがずあらゆる者を斬って捨てた。が、ここに来てちと問題が出てきました。彼は開国派や異人以外にも手を出すようになってしまったのです。攘夷派の武士も通りすがりの浪人であっても、果ては女子供でさえ斬り殺す始末。詰まるところ、ただの人斬りと化してしまった」

泰秀は滔々《とうとう》と語り続ける。まるで能面のようで、その奥にある感情は読み取れなかった。

「私としてもこれは捨て置けぬ。武士の世のためならばいかな犠牲も払い、神仏であろうと駆逐しましょう。だが、無軌道な惨殺は私の是とするところではない。とはいえあれに言葉は届かぬでしょうし、力ずくで止めようにも敵う者などそうはおりません。そこで貴方を思い出したのです」

一度話を区切り、じっと甚夜を見る。

「私のために刀を振るえとは言いません。ただ、これ以上被害が出る前に止めたい。貴方の力、この一度だけお貸し願えぬでしょうか」

ただの浪人に対して真摯に頭を下げる。一見すれば誠実な振る舞いだが、この男はどこか胡散臭い。正直に言えば、泰秀の信念にこだわる生き方は決して嫌いではなかった。ただ同時に相容《あいい》れぬとも思う。その姿勢に共感はできても、いとも容易く何も知らぬ者を利用するやりようはいけ好かない。

「分からんな」

「貴一の狙いが、ですか？」

「貴殿の狙いが、だ。何故その話を私に？」

この男は鬼を配下としており、それなりに力を持った手駒がある。金を払ってまでこちらに頼む必要はない。ならば裏はあってしかるべき、疑うのは当然だ。

「土浦、だったか。あの男にでも命じればいいのでは」

「あれは信の置ける男ですが、今回ばかりは……。なにせ、仮にも貴一は同胞。身内に討たせるわけにもいかぬでしょう」

悠々とした態度に疑念は深まる。普通に考えれば逆だ。身内が凶行に走ったならば、外に漏らさず内々で終わらせるべきだろう。わざわざ自分達は一枚岩でないと喧伝する馬鹿がどこにいる。

道理の通らぬ物言いに自然と目付きは鋭くなるが、泰秀に動揺は欠片も見えない。

「相も変わらず胡散臭い男だ」

「なかなかに辛辣ですな。で、いかがでしょう。この依頼、受けてくださいますか？」

即答はできなかった。　無軌道な惨殺を繰り返す人斬り。　放っておけるような存在ではないが、見えてこない真意が返答を躊躇《ためら》わせた。

「一つ確認したい。その人斬りは本当に鬼なのか」

「ええ。もっとも下位の鬼、膂力《りょりょく》は人と変わらず異能も得てはおりません。ただし、その剣技のみで高位の鬼にも匹敵する使い手です。一筋縄ではいかぬでしょうな」

人に仇なす怪異であれば甚夜の範疇《はんちゅう》ではある。だが、なんの力も持たぬのであればやり合う旨味はない。そしてなにより畠山泰秀自身が信用ならない。

果たして受けてもいいものか。

逡巡を繰り返すが答えは出ず、沈黙を守ったままの甚夜に泰秀は一つの提案をした。

「すぐに答えは出せませんか。ならばこうしましょう。三日後の夜……そうですな、江戸橋に貴一を呼び寄せます。斬りがいのある相手がいる。そう言えばまず間違いなく彼は来る」

おそらくは端から用意してあったのだろう。語り口に淀みはなく、現状を楽しんでいるような雰囲気があった。

「もし貴方が受けてくださるならば江戸橋へ。そのつもりがないならば無視してくださって結構、貴一は土浦に任せましょう。では、私はこれで」

言うだけ言って立ち上がり、振り返らず玄関へと向かう。離れていく背中は、体格の良くない小男だが妙に力強い。

「畠山泰秀。貴殿は何を考えている」

「無論、この国の……そして武士の行く末を」

それだけ残し、今度こそ去っていく。

堂々とした歩みに揺らぎはない。痛々しいほど不器用な彼のあり方が、そこに滲んでいた。

2

牛込にある畠山家の屋敷、その庭には白木蓮《はくもくれん》が植えられている。

白木蓮は三月から四月にかけて、銀の毛に覆われた蕾《つぼみ》が空を仰ぐように花開く。大輪に見えるが開花してもかすかに蕾《つぼ》んでおり、その慎ましやかな佇まいが優美さを醸し出している。

「土浦よ、見事とは思わんか」

座敷に座する畠山泰秀が、手にした小太刀の刀身をしげしげと眺めている。

「は、それは……」

「葛野、と言ったか」

軽く指先で刀身を弾けば、涼やかな鉄の音が座敷に響く。

それを泰秀は楽しげに、土浦は眉を顰《ひそ》めて聞いていた。

「先日、刀剣商が屋敷を訪れてな。葛野の刀に興味があって買うてみたのだ。日の本有数の鉄師の集落と聞いたが……なかなかのものだ。凡庸な造りに見えて味がある」

土浦は主の言葉にただ黙して俯く。葛野の太刀の良さは土浦も知っている。だからこそ返答はできなかった。

「かっ、かかっ」

代わりに空気が抜けるような気味の悪い声が通った。

「畠山殿は見る目がある。葛野の刀は濁りがない。まこと、名刀と呼ぶにふさわしき代物よ」

乱雑に襖《ふすま》をあけて座敷に入って来たのは、ぎょろりとした目が印象的な男、名を岡田貴一といった。畠山泰秀の下で要人の暗殺に携わる人斬りである。

「貴一、帰ったか」

「貴殿の命は果たした。斬りがいのない相手ではあったが、そこは我慢をせねばなるまい」

「その割には、随分と楽しんできたようだが？」

貴一の腕は確かであるが、彼はあまりにも斬り過ぎる。今回、泰秀は開国派の武士の暗殺を命じたが、標的以外の者も斬り殺して帰ってきた。それでいて悪びれもしないのだから面の皮は相当厚い。

「かっ、かかっ。仕方あるまいて。所詮儂《わし》は人斬り。ならば赴くままに人を斬るが道理よ」

にたりと貴一は笑う。不快な態度に土浦は奥歯を噛み締めた。

「下衆《げす》が」

共に泰秀を主と仰ぎ志を同じくする身だが、許せぬこともある。土浦は敵意を隠そうともせず睨み付け、しかし貴一は童をからかうような接し方をする。

「おお、土浦。ぬしは儂が気に食わんか」

「当然だ。貴様が下らない趣味に興じれば泰秀様に累《るい》が及ぶ」

「相も変わらず濁った男よな。ぬしには余分が多すぎる」

言い争いと呼べるほどうまくは噛み合わない。いくら怒りを向けても貴一はまともに取り合おうとせず、話もそこそこに切って今度は泰秀に向き直った。

「畠山殿は、累をこそ嬉々として受け入れると思うがの」

含みのある寸評を当の泰秀は否定も肯定もしない。だが、張り詰めた空気が緩んだような気がした。

「さて貴一よ、一つ頼みたい。お前に斬ってもらいたい男がいる」

「構わん。また軟弱な開国派の武士か？」

「いや、今回は斬りがいのある相手だ。聞いたことはないか、江戸には鬼を討つ夜叉が出ると」

それが琴線に触れたらしい。

ほう、と一言。貴一は沸き上がる感情に、ただ表情を歪めた。

べたつくような肌触り。じっとりとした、鉄錆の匂いのする凄惨な笑みだった。

◆

畠山泰秀との邂逅《かいこう》から二日後。約束を前日に控え、甚夜はいつものように喜兵衛で蕎麦を啜《すす》っていた。

「よしよし」

食べている間はおふうが野茉莉を抱いている。厳めしい男よりもやはり優しげな女の方が安心できるのか、愛娘は心地よさそうに寝息を立てていた。

「いつもすまんな」

「いいえ、気になさらないでくださいな。他にお客さんもいないですし」

鬼の討伐に出かける際、おふうはいつも野茉莉の面倒を見てくれる。ありがたいが手を煩わせるのは心苦しくもある。足を向けて寝られないとはこのことだろう。

こういう時にいつもからかってくる店主が今日は一言もない。不思議に思い厨房を覗き込むと、店主は竈《かまど》の火の近くにいるのに青い顔をしていた。

「お父、さん？」

気付いたおふうが声を掛けるも、聞こえていないのか反応はない。再び呼ぶもやはり同じ。頭がゆらりと揺れて体がふらつき、今にも倒れてしまいそうだ。

「お父さん⁉」

「うぉ⁉　な、なんだ⁉」

三度目の大声にようやく反応するが顔色は青いままだ。歳のせいで以前より痩せたとは思っていたが、ちらりと見えた手首は想像以上に細くなっていた。

「どうしたんですか、何度も声を掛けたのに」

「お、おう。そうだったか。すまん、ぼーっとしてた」

語り口に活気はない。近頃は店主の体調の優れない日が増えていた。単なる疲れだけではなく体が衰えてきているのだろう。歳月を重ねて老いれば当然だが、元気だった時分を知っているからこそ寂しくもあった。

「少し休んだらどうだ」

「いやいや、仕事休んだら飯が食えませんて」

快活な笑み、少なくとも店主はそう見せようとしたはずだ。だが疲労の色は濃く、頬は引き攣《つ》っていた。

「大丈夫だって、そんな心配そうな顔すんな」

「でも……」

おふうも瞳をかすかに潤ませている。愁いを帯びた視線に気圧されたのか、ばつが悪そうに店主は頭をがしがしと掻いた。

「あー、分かった。今日は早めに店を閉めて休む。それでいいんだろ？」

頑固で我が強く、しかし娘に弱いのが彼だ。愛娘の憂慮を無視はできなかったらしく、溜息を吐きながらそう答えた。

おふうは満足げに大きく頷く。やれやれと呆れながら、それでも嬉しさを隠しきれない店主は、まさに父親といった印象だ。二人のやり取りを見届けた甚夜は手早く蕎麦を食べ終え、懐から銭を取り出した。

「勘定は置いておくぞ」

「あ、甚夜君。ちょっと待ってください」

野茉莉を受け取って玄関へ向かおうと思ったが、おふうは抱いたまま離そうとしない。そして憂いを残したまま首だけ父親の方に向け、二人して頷き合う。

「あの、お父さん」

「ああ、構わねえよ。旦那を送ってやんな」

親娘の間では意思の疎通ができているのだろうが、傍から見る甚夜には意味が分からない。不可解に思ったが、もう一度向き直ったおふうがたおやかに微笑む。

「少し、出かけませんか？」

蕎麦屋を離れ、彼女に連れて来られたのは神田川の近くにある瀬戸物屋だ。誘われるままに訪れたはいいが肝心のおふうは真剣に器を選んでおり、甚夜は所在なく陳列された品を眺めていた。

「これ、どうですか？」

そう言っておふうが差し出した陶器は、小振りな茶碗である。

「ん、ああ」

問われても器の良し悪しなどよく分からない。返答は曖昧なものになってしまった。

「たぁた」

「どうした、野茉莉」

腕の中では野茉莉がきゃっきゃっと無邪気に笑っている。武骨な男には似合わないと思いながらも、やはり子供は可愛いものだ。

「ふふ、甚夜君も娘さんには勝てませんね」

「あまりからかうな」

「別にからかったつもりはありませんよ」

親娘の触れ合いの微笑ましさを喜びつつ、おふうはまた茶碗選びに戻ると、一つ一つ手に取ってじっくりと見比べている。

「あ、これなんてどうですか？」

新しい陶器を差し出し、再び甚夜に判断を仰ぐ。今度は普通のものよりも小さく、底が広い深めの器だ。

「どう、と言われてもな。そもそも何に使うのかが分からん」

「野茉莉ちゃんの丼をと思ったんです。店のだと大きすぎるでしょう？」

なんでもないことのように言うものだから、甚夜は呆気にとられた。

「こういったものがあれば、野茉莉ちゃんに小さなお蕎麦が作れますから。あと一年か二年もすれば必要になると思ったんですけど……迷惑でしたか？」

「まさか。私ではそこまで頭が回らなかった。気を遣ってもらって済まない」

「いえいえ。常連さんには報いないといけませんから」

おふうは安堵にほっと息を吐いて、優しく目を細める。

「だったらこれ、買ってきますね」

なら金を、と言うより早く店の奥に行ってしまう。

彼女の店の者の域を越えた配慮に、甚夜は思わず笑みを落とす。

本当にありがたい。そう思えるのは、少しは父親をやれている証拠だった。

「済みません、付き合わせてしまって」

「なにを。野茉莉のためにしてくれたことだろう」

金は結局、おふうが払ってくれた。帰り道はのんびりと連れ立つ。男女が並んで歩き、腕には赤子。傍目からはそういう間柄に見えるかもしれない。

「そうだ、少し寄り道していきませんか？」

おふうが一歩前に出て、ゆっくりと振り返る。静々とした微笑みだった。甚夜が黙って頷くと、嬉しそうに彼女は先を進んだ。

慣れ親しんだ江戸の町。店を冷やかしながらの散策はしばらく続き、気が付くと日は暮れ始めていた。ゆったりと落ちながら空に溶けていく夕日。遠く笑い声が聞こえる。おそらく仕事帰りの若い衆だろう。騒がしくはあるが昼の活気は薄れ、騒音に包まれた夕暮れ時はどこか頼りなく映った。わずかに感じる寂寞《せきばく》の中で少しだけ目を細め、流れる町の様相を眺めながら二人は歩く。

荒布橋《あらめばし》を渡って堀のように整然と整備された神田川を沿うようにいけば、草が生い茂って柳の立ち並ぶ場所に辿り着く。近付いて見れば、それはただの柳ではない。しな垂れた枝には五弁の真っ白な小花が咲いていた。

「ここに来るのは久しぶり……」

おふうは雪柳の傍で立ち止まると、そっと手を添えて花を見た。

慎ましやかな佇まい。雪柳は傍目には柳に見えるが、実際には桜の仲間である。一つの枝に所狭しと咲いている白い花は、それこそ雪が積もっているようだ。

「そうか、もう雪柳の季節だったか」

「ええ。今年の花もきれいですね」

夕暮れの中の白。以前、この花のもとで語り合った。

変えられないものはあるが、少しだけゆっくりと歩けるようになったのは間違いなくおふうのおかげだ。彼女には感謝している。同時に融通の利かない自身を情けなくも思ってしまう。

「寄り道して正解でした」

「よかったのか」

「何がですか？」

「父親の傍についていてやらなくて、だ」

「大丈夫です、病気ではありませんから」

取り繕ってはいるが、それが強がりということくらいは分かる。そう感じ取れる程度には歳月を共にしてきた。本当は心配で傍にいてやりたいと思っているのだろう。しかし、おふうは雪柳から離れようとはしなかった。

「それに、今は甚夜君の方が心配ですよ」

仕方がないですね、とでも言いたげにおふうは苦笑する。女というのはどうしてこうも男を子供扱いしたがるのか。彼女の表情は姉が弟に向けるそれだ。いつだって不器用で無様な男を気にかけてくれた、おふうの優しさだった。

「私が、心配？」

「済みません、盗み聞いてしまいました」

遠慮がちにおふうが言う。畠山泰秀からの依頼を聞きながら明確な意思表示をしなかった甚夜を見て、何か思い悩んでいるのではないかと心配してくれていたらしい。

「迷って、いるんですか？」

踏み込まれても無遠慮とは思わない。そのくらい彼女を信頼しており、だからこそ素直に心情を吐露した。

「迷いはない。ただ、戸惑ってはいるのだろう」

泰秀の依頼に即答できなかった理由は迷いではない。自分でもどう言えばいいのか分からなかった。

「無軌道な殺戮《さつりく》を繰り返す人斬りを放っておくわけにはいくまい。畠山泰秀の企みがなんであれ、私はそれを止めようと思った。だが……」

鬼を討ち、貪《むさぼ》り喰い、力へと変えてきた。今までそうやって生きてきたし、これからもそうやって生きていくと決めた。そのはずがいつの間にか余分は増える。

「私の目的から考えればそれに大した意味はない。だというのに、当たり前のように人斬りを止めると考えた自分に愕然とした。だから即答できなかった。そして今でも、そんな自分に戸惑っているんだ」

もしも人斬りの犠牲になるのがおふうだとしたら。店主や直次、野茉莉が殺されたとしたら。もう会えなくなってしまったあの二人が知らぬ間に死んだとしたら。目的のためと今まで散々息巻いていたくせに、過る嫌な想像にほんの一瞬、百年以上先の未来を忘れた。

切り捨てたものが一つ二つ増えたからと言ってなんだというのか。頭では分かっているのに、湧き上がる不安が最善と思える道を選ばせてはくれない。

「私は、弱くなったのかもしれん」

強くなりたくて、それだけが全てだった。にもかかわらず、全てと思ったものに専心できなくなってしまった。強く奥歯を噛み締める。悔しさが焦燥が、甚夜の肩を震わせていた。

「ふふっ」

おふうが笑った。そこに負の感情はない。微笑ましくて仕方がない、そういう母性に満ちた笑顔だった。

「何故笑う」

「いえ。ただ、甚夜君は可愛いなぁと思って」

言葉尻だけを聞けば馬鹿にしているとしか思えない。ただそう言った彼女がどこまでも優しかったから、反論する気にはなれなかった。

「多分、今の甚夜君は私が何を言っても納得できないと思います。でも、貴方の言う弱さを忘れないでくださいね。きっといつか、その弱さを愛おしく思える日が来ますから」

まるで花が咲くような鮮やかさだ。その意図が理解できず、甚夜はただ立ち尽くした。夕暮れの中、雪柳に寄り添うおふうは美しかった。本当は立ち尽くしたのではなく、見惚れていたのかもしれない。

思い出す遠い夜空、今も忘れ得ぬ原初の記憶。それに比肩する夕暮れの美しさに、少しだけ瞳が潤むのを感じた。きっと橙色《だいだい》の光が目に染みたのだろう。

そうして今日は過ぎ、約束の日が訪れた。

3

江戸橋は神田川に架かる橋の中でも規模が大きい。既に日は暮れ、灯りは星と月のみ。昼間の喧騒はなく、月の光を映して流れる川のせせらぎだけが耳をくすぐる。人の気配はない。

おあつらえ向きとは正にこのような状況を言うのだろうと、甚夜は一人ごちた。

橋の中央で待ち構えてから一刻は経ったか。ようやく夜の闇に人影が揺れる。ぎょろりとした目付きが印象的な男。腰には鉄鞘に収められた太刀。その歩みは無造作に見えて隙がない。武術の基本は歩法。ぶれのない歩みに男の実力が見て取れる。男は甚夜の前でぴたりと足を止め、にやついた笑みを向けてきた。

いや、笑みというにはちと物騒だ。隠しきれぬ白刃のような殺気の鋭さに理解する。

この男が件《くだん》の人斬りに相違あるまい。

「岡田貴一殿とお見受けする」

甚夜は夜来に手をかけ、鯉口を切った。同時に左足へ軽く体重をかける。

「いかにも。貴殿は」

「深川の浪人、甚夜と申す。今宵は手合わせを願いたく参上つかまつった」

「ほう。いや、これは、とんだ御足労を恐縮とでも返すべきかの」

茶番だ。二人が放つ殺気は既に抜身。名乗りなど上げずとも死合はもう始まっている。

「手合わせを乞われたとあれば、無下に断るわけにもいかぬな」

一種独特の緊張感が満ちた橋の上で、互いに間合いを測る。

まるで時間が止まってしまったような錯覚。

対峙はほんの一瞬だった。

ゆらりと貴一の体が揺れたかと思えば、瞬きの間に距離が詰まる。前傾、踏み込み、速度を殺さず一歩目から最速へと達する。肉薄して間合いを潰し、振るわれた刀が狙うは首。下位の鬼と聞いたがその技は見事だ。

貴一の動きは速い。並みの相手ならば何が起こったか分からぬうちに斬られている。だが、速いだけの攻撃など見飽きている。横薙ぎの一刀に夜来を割り込ませて防ぎ、下方に大きく払う。そして無防備になった貴一へ、袈裟《けさ》懸《が》けに斬り下ろす。

「ほう、なかなかにやる」

一太刀で首を落とすつもりだったのだろう。それを防いですぐさま反撃に転じた甚夜の実力に、貴一が愉悦《ゆえつ》の笑みを漏らした。

体勢を低くして左足を軸に半身となり、貴一は最低限の動作で甚夜の剣をやり過ごす。それだけでは終わらない。返す刀で逆風、下から上へと斬り上げる。

甚夜は一歩下がり、打ち据えるように刀を合わせる。膂力においてはこちらが勝るようだ。いとも簡単に貴一の刀は弾かれた。

しかし止まらない。貴一は躊躇《ためら》いも見せず、軸をずらして追撃を捌きながら一気に距離を詰める。一足の踏み込みと同時に、心の臓を貫く刺突が繰り出される。

速い、いや、それ以上に無駄がない。回避から構え直し、突きに入るまでの動作の隙が極端に少ない。そのため刺突自体が途方もなく速いと錯覚する。振るわれる白刃以上に貴一の身のこなしは鋭利。恐るべきは、一切の無駄のない研ぎ澄まされた挙動と洗練された肉体の運用。疾風を思わせる突きが心臓を喰らおうと迫り来る。

甚夜は左足を一歩引き、それを迎え撃とうとした。

「が、濁っておるな」

しかし跳ね上がる切っ先。心臓を穿《うが》つはずだった貴一の刺突は突如として軌道を変え、甚夜の首を食い破ろうと襲い掛かった。

咄嗟に体を捌くが遅かった。なりふり構わず上体を横に反らし、それでも避けきれずわずかに首の肉が抉《えぐ》れ、鉄錆のような血液の匂いが鼻腔に届いた。

反応が遅れたのは軌道の変化があまりにも滑らかだったためだ。ごく自然に、あたかも初めからそうだったかのように刃は翻《ひるがえ》った。滑らか過ぎて怖気が走るほどに、奴の剣には無駄がなかった。

貴一の攻めは終わらない。突き出した刀は紫電となって、執拗に甚夜の首を狙う。ここでなすがままになるようであれば、道の途中でとっくに死に絶えていた。崩れた体勢のまま追撃を打ち落とそうと甚夜は刀を片腕で振り下ろす。だが容易に見切られ、斬ったのは空。こちらの剣はすかされた……が、それでいい。空振りの勢いで無理矢理に上体を起こせば、貴一が刀を引いた分両者の間にわずかな空間ができる。それを利用して体を落とし、左肩で鳩尾《みぞおち》にぶつかる全霊の当身だ。

しかし、またも空を切る。

捉えたと思った。高位の鬼さえ怯ませる体術だ、小男の体躯《たいく》では耐えられない。確信を持って完璧に放った。だというのに当身はあと半歩届かなかった。

一寸にも満たぬ隙間。余裕の表情で見下ろす男。向けられた視線に理解する。完全に見切られた。悠々と後ろに退がり、十分に距離をとって人斬りが嗤《わら》う。

「か、かかっ。成程、ぬしは強い。肉の持つ性能は儂を遥かに上回る……が、濁っておる」

……強い。

畠山泰秀は岡田貴一を剣技のみで高位の鬼に匹敵すると評したが、実際途方もない使い手だった。甚夜とて度重なる実戦で剣を磨き、腕には自信があった。しかし剣術という土俵においては貴一の方が明らかに上。尋常の立ち合いでは、十中八九どころか十中十まで負ける。

だから、それ以外の攻め手を使う。

〈疾駆〉——弾かれたように甚夜は駆け出す。人を超える速度で間合いを侵し、その勢いを殺すことなく唐竹一閃。人を超えた膂力から斬撃が貴一の脳天目掛けて振り下ろされる。

「過剰な力」

斬撃などという表現では生温い。甚夜が振るうのは一太刀で敵を砕く豪撃だ。まともにぶつかれば一瞬で終わる。もし完璧に攻撃を受け止めたとしても、力で押し切れるはずだった。

けれど貴一はまともにはぶつからない。動きはあくまで小さく、あくまで丁寧に。まるで硝子細工を扱うような繊細さで攻撃を捌く。刀の腹に沿わせてほんの少しだけ軌道をずらし、できた空白に潜り込んだ。肘を支点に上腕を回し、すり足で進みながら逆袈裟の一刀へと可変させる。

「余分な所作」

防御から回避へ、進軍しながら攻撃へ。流れるような無駄のなさすぎる挙動。

「浮動する心」

一瞬の動揺を見透かされた。

必死に体を捻るが避けられない。すれ違いざま、脇腹を刀が抉《えぐ》る。熱い。臓器には達しなかったが肉を持っていかれ、じわりとまとう衣に赤が広がった。

さらなる追撃が迫り来るも刀で受けに回ってどうにか防ぎ、もう一度〈疾駆〉を使って距離を取る。

「まこと、濁っておる。ぬしには無駄が多すぎる。肉にも、心にもだ」

甚夜の攻めなど意に介さず、無防備とさえ思える構えで悠然と立つ。

今の立ち合いで理解した。貴一の身体能力はさほど高くない。他の鬼と比べればせいぜいが中の上、高く見積もっても上の下といったところだ。人智を超えるような代物ではなく、極めて常識的な範囲に留まっている。

それでもなお、強い。膂力、速度ともに甚夜に及ばず、特異な力も持たない。その上で貴一は、数多の鬼を打倒してきた甚夜を出し抜く程の剣技を誇った。そこに見たのは気が遠くなるほどの練磨、純粋に剣を振り続けた年月。積み重ねた研鑽のみが岡田貴一という男の強さを支えている。

「……お前は、何故人を斬る」

責めるつもりはない、純粋な疑問だった。

「初めに人斬りと聞き、岡田貴一という男は粗野で残虐な気質なのだと想像した。だが、お前の剣は清廉だ。歳月を積み重ね、呆れるほどの練磨を繰り返さねばこうはなるまい。

そこまで真摯《しんし》に剣に向き合える男が、何故殺戮に興じる？」

貴一の口角が歪《いびつ》に吊り上がった。その表情には侮蔑《ぶべつ》の気持ちが混じっていた。

「何故斬る？　これは異なことを。むしろ問おう、何故斬らぬ。刀は人を斬るためのもの。儂にはぬしの言こそ理解できぬ」

語気は至って穏やか。物の道理が分からぬ童に教え諭すような調子だった。

「頑強な鉄を造るには不純物を取り除かねばならぬ。旨い酒を造るには透き通った水が必要となる。それは我らとて同じとは思わぬか？」

戸惑う甚夜に対し、貴一は己の正しさを知らしめるようにきっぱりと言い切った。

「余分は純度を下げる。ならば削ぎ落とさねばなるまいて」

哂う。凄惨な、血の匂いのする笑みだった。

「武士として生まれた。故に剣を与えられ、故に剣を振るってきた。振るったからには人を斬らねばならぬ。刀を手にしたならば斬るのが道理であろう。そのための刀、そのための剣術よ。初めて斬ったのは剣の師であったか。以来儂はただ人を斬り、そして気付いた。武士であらねば刀は与えられず、にもかかわらず人を斬るには武士の生き方は邪魔なのだとな」

納得がいく部分もあったが、肯定はできなかった。貴一に狂気はない。理路整然と、それが常識であるかのように殺戮を是とする。彼は狂っているのではなく、心底剣は人を斬るものだと考え、それを実践しているのだ。

「忠義、名誉、信念、尊厳、道徳……あまりに無粋よ。そのようなものを剣に籠めるから人は濁る。刀は斬るもの、ならば斬ることを鈍らせる武士道なぞ混ぜ物にすぎぬ。故に儂は家を斬り捨て、武士である己を斬り捨てた」

何となくだが理解できた。この男に目的などない。攘夷や開国に興味はなく、それどころか未来にも過去にも自身の生き死ににすら興味はない。敢えて目的を挙げるとするならば、死に絶えるその瞬間まで「岡田貴一」であり続けること。剣に生きたその道行き。それが無意味ではないと証明するために人を斬る。この男にとっては、今まで続けてきた自身の歩みを汚さぬことだけが唯一であり至上の誇りなのだ。

「師を斬り捨て、人を斬り捨て、家を斬り捨て、係累を斬り捨て、友を斬り捨て。何を斬り捨てたのかも忘れるほどに剣を振るってきた。かっ、かかっ、そこまで行くともはや人とは呼べぬらしい。いつの間にか鬼と成っておったわ」

負の感情ではなく求道の果てに鬼へと堕ちた。そうまで剣にこだわった男は薄く笑い、斬って捨てるような鋭利さで語る。

「何故斬る、ぬしはそう問うたな。答えよう。儂は人を捨て、鬼へ堕ち、その果てに……剣へと至るために斬っておる。儂は剣に生きた。ならばひたすらに斬り、剣に至ってこそ意味のある命」

願ったのはただ一つ。剣に生きるということ。刀は人を斬るために造られた。ならばこそ斬る。剣術はより上手く人を斬るために生まれた術。ならばこそ斬る。人であれ鬼であれ、武士であろうと町人であろうと、女子供であったとしても関係ない。己が剣であるならば、ただ斬る。

倫理道徳を排した、その真理こそが岡田貴一の全てだった。

「剣に生きるとは、即ち剣に為ることであろう」

その言葉に打ちのめされた気がした。対峙する敵の眩しさに目を細める。岡田貴一は甚夜の憧れの体現だった。

かつて鈴音《すずね》は現世を滅ぼすと言った。あの時から曖昧な憎悪を胸に、力だけを求める道行きが始まった。強くなれば、きっと振るう刀に疑いを持たずにいられると思った。

「そう、か」

けれどいつの間にか余分は増える。鬼神を止める、それしかないと言いながらも心は揺らぎ、こうして脇道の戦いに興じる無様を晒している。だからこそ岡田貴一の生き方は、甚夜がそうありたいと望んだ理想だ。叶うならばあのように、一つの目的のために全てを切り捨てられる己でありたかった。

「問答は終わりか」

「ああ……。正直に言おう。私には、お前が眩しい。羨ましいとさえ思う」

それは間違いなく本心だった。

なのに何故だろう、奴を歪《いびつ》と感じるのは。

「だから、続きといこうか」

「ほう」

脇腹から血を流しながらも甚夜は脇構えを取る。貴一の顔からはいつの間にか侮蔑の色は消え、凄惨な笑みが浮かんでいた。

「逃げぬか」

「無論。話を聞いて、是が非でもお前を斬ってみたくなった」

何故？

違う、理由は分かっている。憧れたはずの生き方、その体現を美しいと思えないのは貴一が揶揄《やゆ》する濁りに価値を見出してしまったからだ。

花の名前。友と呑む酒。蕎麦の打ち方。今ではおしめだって替えられるようになった。なにもかも無駄だ。願いの純度を下げる混ぜ物にすぎない。だが、それを大切に想える自分がいる。

故に退けぬ。

剣の腕で劣るならば鬼と化し、力を使えばいい。思いながらもそれを選ばなかった。奴のいう濁りによって弱くなった自分が、かつて抱いた理想にどれだけ追いすがれるか、それが知りたかった。

「なかなかに澄んだ言葉を吐く。気に入ったぞ」

初めて貴一が構えた。刀を左へ傾けた変形の正眼。

ようやく敵と認めてもらえたのだろう。

空気が凝固していく。

息が詰まる。口が渇く。

二人は微動だにせず睨み合う。隙を窺っているのではなく、お互い自身に力を溜め込んでいる。

斬る。ただその一点にのみ意識は向けられていた。

じり、とわずかに距離が詰まる。すり足で少しずつ間合いを測る。

沈黙はどれくらいだったろうか。

二人の間にひゅるりと夜風が吹いて。それが合図となった。

甚夜は静止状態から一転、弾かれたように駆け出す。鍛え上げられた体躯、その力を余すことなく発揮した疾走だった。対する貴一も一歩目から最速に達する。肉ではなく、磨き上げた技術における身体操作。同じ疾走であっても二人のそれは意味合いが違う。

距離は瞬きのうちに零《ぜろ》となり、互いに渾身の一刀を放つ。

「────っ！」

言葉にならない雄叫びを上げ、二匹の鬼が交錯する。駆け抜けて足を止め、再び静まり返ったように立ち止まる。

そして、一匹の鬼が膝をついた。

「あ、ぐ」

遅れて鮮血が舞う。胸元が切り裂かれ、皮膚の下の血肉が露わになっていた。

二人は全霊の剣を見せ合った。剣に至ろうとした男。力だけを求め、そうあれなかった男。互いの道に優劣はない。ただ大切なものが違っただけ。どちらが正しいのかは誰にも、おそらくは彼らにも分からない。しかし、どうしようもなく勝敗というものは存在する。

血払いをして、刀を鉄鞘に収めながら鬼は言う。

「かっ、かかっ。見事、久々に剣を見た」

片膝をついたまま動けぬ甚夜に対して、両の足で立っているのは岡田貴一。

死力を尽くした。それでもなお、届かなかった。

ごふ、と口から血が零《こぼ》れ出る。死に至るほどではないが傷は深い。すぐには動けず、無防備を晒してしまっている。勝敗は決したが黙って殺されてなるものか。まだ目的がある。たとえ無様であろうと、足掻いて足掻いて生にしがみ付かねばならない。

四肢に力を入れるが立ち上がれない。けれど、いつまで経っても追撃は来ない。疑問に思い顔を起こせば、貴一は甚夜に背を向けて立ち去ろうとするところだった。

「どこへ…行く……」

息も絶え絶えになりながら鞘を支えに無理矢理体を起こし、甚夜は小さくなる背中を呼び止めた。そこには怒りが混じっている。命は助かったが納得できず、真意を問い詰めようと語気を荒らげた。

「お前の、勝ちだ。何故……斬らん」

「剣の勝負とは即ち命の奪い合い。互いに生きておるのだ、勝ちも負けもあるまいて。それが濁っておるというのだ……が、ぬしは儂を斬った」

甚夜に向き直った貴一が、掲げるように腕を挙げた。上腕の辺り、着物の袖が裂けている。見せつけるように袖をまくれば、わずか二寸にも満たぬ切り傷があった。

「余分に塗れ濁ってはいるが、その剣の冴えは清澄。矛盾した剣との立ち合いはなかなかに楽しめた」

哂うではなく笑う。ぎょろりとした目の小男は、傷を負った事実にこそ満足しているようだった。

「ぬしの命、今は預けておこう」

貴一は純粋だ。結局のところ頭には剣しかなく、その純粋さ故に鬼となった。鬼は己が生き方から逃げられぬ化生《けしょう》。ならばこの男は剣から逃げられず、また逃げる気もないのだろう。

「いずれ、再び相見《あいまみ》えようぞ。その時には濁った剣の答え、改めて見せてもらうとしよう」

心底楽しそうに、空気が漏れるような気味の悪い笑い声を上げながら去っていく。

畠山泰秀からの依頼は果たせず、件《くだん》の人斬りは再び巷へと還った。完全に敗北して何一つ得られなかったが、甚夜の心は晴れやかでさえあった。

橋の真中で寝転がり夜空を見上げた。瞬く星と青白い月を眺めながら先程の立ち合いを、そしていつか雪柳の下で語り合った夜を思い出す。

「くっ、くく…ははは……」

堪え切れず笑ってしまう。負けた。だが余分に塗れ濁った剣で、理想の己に傷を負わせたのが嬉しかった。あの小さな傷の分くらいは、今までの生き方にも意味があったのだと思えたから。

「なんだ、やれるじゃないか」

この手でそれを証明できたことが嬉しくて、甚夜は血だらけのまま笑い続けた。

◆

2009年9月。

さて、時刻は午後五時を過ぎた。そろそろ放課後の生徒達がこぞってこの店に訪れる稼ぎ時がやってきた。

「店長、おつかれさまでーす」

声を掛けてきたのは夏休みから店に入ったアルバイトの少女で、戻川高校の一年生である。

「おお、みやかくん。今日は早かったの」

「急いできたので」

色素の薄い長い髪はうっすら茶色がかっていて、その容姿も相まって彼女を目当てに訪れる男子生徒もいる。なかなかにありがたいことである。しかし最近の娘は、皆このように素っ気ないのだろうか。いやいや、どうもこの娘だけのような気もするが。

みやかがレジに来たため引き継ぎのレジチェックを行う。一円の誤差もない。我ながら完璧であった。

「それでは品出しを」

「はい」

見た目は生意気そうな小娘だが、それに反して性格は素直で真面目に働く。素っ気なくはあるが礼儀正しく、立ち振る舞いも若者らしからぬ。まったく他のアルバイトの者達も見習って欲しいものだ。

「あ、いらっしゃいま……う」

品出しの最中、彼女は入ってきた客に笑顔で挨拶をしようとしたところ、途中で表情をひきつらせた。

「みやかちゃーん、遊びに来たよー」

「邪魔しに来たぞ」

背の低い幼げな顔立ちの娘と、厳めしい面をした男。なんともちぐはぐな男女である。制服は共に戻川高校のもの。おそらくは友人同士なのだろう。この男が友人だなどと、なかなかに信じがたいものはあるが。

「やめてよ、恥ずかしい。……というか二人とも、相変わらず仲いいよね」

みやかは多少戸惑った様子で級友の来店を迎え入れ、しかし妙に仲の良い二人が気になるらしく不機嫌というほどではないが半目で見詰めている。件の男女は全く気にした様子もない。

「へへー、まあね！　なんと言っても古い付き合いだから！」

「古い？」

「うん、百年以上前からの」

「薫《かおる》、ちょっと滑ってるよ？」

「えー、冗談じゃないのにー」

薫と呼ばれた娘が頬を膨らませる。女三人寄ればかしましいというが、二人でも相当なものである。それを横目に男の方は店内を物色し、日本酒の五合瓶を持ってきてこちらのレジに置いた。

「いらっしゃいませ」

「……慣れんな、敬語のお前は」

マニュアル通りの対応をすると、男が疲れたように溜息を吐く。それならば、と普段通りの言葉遣いに変える。

「これは、いや、なかなかに辛辣よの。では態度を改めるとしよう」

「そうしてくれ。その方がありがたい」

話しながら酒をレジに通す。学生服を着ているが、この男は既に二十歳を超えている。別に売っても構わぬだろう。

「学生服で酒を買うのは止めた方がいいと思うが」

「言ってくれるな。他の店では買えないんだ」

近頃は酒類の規制が厳しい。高校生である以上仕方のないことだ。

一度雑誌コーナーの前で談話する娘達を横目で見てから、眼前の男に視線を移す。

「高校生活、楽しんでいるようで何より」

「そういうお前も、店長が板についているようだが」

「生きるために始めた仕事ではあるが、楽しみもある。悪くないとは思っておるな」

コンビニの店主と言うのもなかなかに興味深い。レジで様々な客を眺め、その生き方を想像するようにもなった。店長という立場にも愛着は出てきた。

「しかし余分よ。今も昔も、曲げられぬものがある」

歳月を経て時代は変わり、それでも刀は捨てられなかった。コンビニの店主としての生活も慣れたが、斬り捨てろと言われれば容易に為せる。今の生活を楽しく思うのは、これが己の本分ではないから。余暇や趣味を楽しむ心持となんら変わらない。

「ぬしはどうだ。その濁った剣に意味は見出せたか」

剣とは濁りなきものであるべきだ。しかし、かつて江戸の町でやりあった鬼を斬る夜叉は、濁りを抱えたまま剣に至ろうとしていると感じられた。己とは異なるあり方に興味を抱き、行く末を見たいと一度は見逃した。あれから互いに歳月を重ねた今だからこそ問うた。

「お前は私の理想だ、今も昔も」

男は一度沈黙し、ぽつりぽつりと語り始める。横目で見る先には無邪気に笑う二人の少女の姿がある。

相も変わらず濁り切ったことだ。ただ肩の力の抜けた立ち振る舞いは、以前にはない余裕を感じさせた。

「一つに専心し、他の全てを切り捨てる。あまりにも純粋なそのあり方に、心底憧れていた」

遠い目が映す景色はまほろば。厳めしい面の男から紡ぎだされるのは、驚くほど穏やかな言葉である。

「だが、私もそれなりに長くを生きた。多くのものを失って、それでも小さな何かが残って。そんなことを繰り返して今の私がある。余分を背負いその度に揺らぐ私は、成程、確かに濁っているのだろう。だが積み重ねてきたものは、余分であっても無駄ではなかった。今ではそう思えるよ」

答えというには頼りない。それでも満足していると言わんばかりだ。百年以上経った今も結局は濁ったまま。おそらくこの男は抱えた余分の重さに潰れて死ぬのだろう。

「では、な。お前もたまには足を止めて周囲を眺めてみるといい。きっと、違った今が見える」

彼奴《あやつ》は弱くなった。にもかかわらず堂々としており、以前とは気配が違う。

矛盾ここに極まれり。

だが面白くもある。もう一度斬り結んでみたい、そう思える程度には。

「……店長と、知り合いだったの？」

品出しを終わらせたみやかがレジに戻ってきた。話し込んでいる姿が親しげに見えたのか、不思議そうな顔でこちらと男を交互に見ている。

「古い知人だ」

「うむ、懐かしい顔よな」

誤魔化したわけではなく、事実を言ったに過ぎない。彼女は腑に落ちないのか小首を傾げていた。

「朝顔《あさがお》、そろそろ行くか」

「え？　あ、そうだね。じゃあね、みやかちゃん」

「うん、また、明日」

納得のいく答えを返さぬまま、男は幼げな娘に声を掛けて店を出て行こうとする。本当に遊びに来ただけだったらしい。少女の方は何も買わなかった。

「ああ、そうだ。一つ言い忘れていた」

いつかの対峙とは逆、去り往き小さくなる後ろ姿の甚夜は足を止め、首だけで振り返った。浮かぶ表情は不敵。緩やかに、勝ち誇るように笑みを落とす。

「濁った剣では切れ味は鈍る。だが、おかげで斬らずに済んだものもある……それが、私の答えだ」

気の遠くなるような歳月の果てに至った答えを見せつけ、男は今度こそ去っていく。

斬ってこその刀。だというのに、斬れぬを誇る。なんとも濁った男である。

とはいえそれも剣の真理か。揺らぎのない歩みに、そういうものかと思う。

「なんだかなぁ……」

言葉の意味が理解できず、みやかは眉間に皺《しわ》を寄せている。

反面、岡田貴一は愉悦に浸っていた。以前立ち合った時には掠り傷一つ負わせるだけで精一杯だった男が、ああも強くなるとは。まこと歳月とは不可思議なものである。

追想と現実を重ね合わせれば自然に口角が吊り上がる。

そうして、貴一はかつて夜叉と呼ばれた男の背を見送り、

「かっ、かかっ」

堪え切れず笑うのだった。

幕間　茶飲み話

慶応三年（1867年）・初秋。

「お久しゅう、調子はどない？」

その日、甚夜が住む貧乏長屋に顔を出したのは珍しい人物だった。職人でありながら怪異を討つ付喪神《つくもがみ》使い、三代目秋津染吾郎《あきつそめごろう》。退魔の者が、にこやかに鬼の住処を訪ねてきたのだ。

「なにをしに来た」

「なんや冷たいなぁ。僕、嫌われとる？」

「そうまでは言わないが。ただ、純粋に理由を知りたかっただけだ」

染吾郎は京に住んでいる。気軽に来られる距離ではないのだから、なにかあったのではと訝《いぶか》しむのが普通だろう。

「一緒に茶でも、誘おう思て」

「そのために、わざわざ京から？」

「そやね」

事も無げに言うものだから、甚夜はうまく返答できなかった。警戒したはいいが、特に大きな事件があったのでもないらしい。

「まま、ともかく入れてぇな」

言いながら了解も取らず部屋に押し入ってくる。染吾郎はそのままどっかりと腰を下ろし、室内を見回すと急に険しい顔をした。

「ついに人をさろうたか」

視線の先には野茉莉がいる。そう言えば、以前会った時はまだこの子がいなかった。あらぬ誤解を招いてしまったようだ。

「私の娘だ」

「へ？　娘、なあ」

鬼が堂々と人を自分の子供だと言う。染吾郎は戸惑ってはいたが、否定まではしなかった。少しの間だけ頭を悩ませ、自分を納得させるように一つ頷く。歪《いびつ》な親娘を現実としてちゃんと受け入れてくれたようだった。

「すまんな、お嬢ちゃん。君のおとうはんにちょいと用があってな」

張り付けたにこやかさで染吾郎がそう言うと、野茉莉はぺこりと小さく挨拶をし、話の邪魔にならないよう部屋の隅に座り直した。

「君の子やゆうわりには、ええ子やね」

「だろう?」

「そないな返しが来るとは思わへんかったなぁ」

親の欲目が笑いを誘ったのか、作った表情はかすかに緩んだ。そこで一息を入れ、染吾郎は持ってきた包みから漆器を取り出した。

「これは?」

「平棗《ひらなつめ》。ええ出来やろ」

平棗は茶器の一種で、茶の粉を入れておく蓋《ふた》付きの容器だ。茶の湯で使われる道具なので庶民にはあまり縁がない。染吾郎が持ち込んだそれも金粉で描かれた紫陽花《あじさい》が美しい、一目で高級だと分かる品だった。

「ただこいつ、人気がのうてなぁ。使われんまま埃を被っとった」

「紫陽花ではな」

器物の目利きはできないが、おふうのおかげで花の知識はそれなりにある。紫陽花は植えられた土によって花の色を変えるため、移り気や裏切りを意味する不義の花とされ一般にはあまり好まれなかった。

「ほんでもええ品や、眠らせとくにはもったいない。そやから、これ使って茶ぁでも立ててもらおかな思て」

つまりこの男は、甚夜に茶の準備をさせるために京から来たのだという。厚顔もここまで来るといっそ清々しい。全く悪びれない染吾郎に言いたいことはあるが、そもそも根本から問題がある。

「できると思うのか？」

甚夜は生まれこそ江戸だが、育ちは山間の集落だ。礼儀はともかく、この手の教養とはほとほと無縁だった。茶といえば店で出された煎茶《せんちゃ》を啜《すす》るのがせいぜいで、手順を踏んだ茶は一切できなかった。

「ありゃ、そらすまんかった。ゆうて僕も茶の湯なんて高尚なもんやったことないけどな」

大して落胆もしてない様子で染吾郎がからからと笑っている。けれど諦めてはいないらしく、「ちなみに、やれそうな人知らん？」と聞いてきた。

「心当たりがないわけではないが」

「お、ええやん。ほんなら茶でも飲みながら雑談でもしよか。鬼の話や幽霊の件も含めてな」

大袈裟な笑いに毒気を抜かれ、甚夜は肩を落とした。

野茉莉をおふうに預け、南の武家町にある三浦家を訪ねる。

「はあ、茶ですか。自慢できるほどではありませんが、ひと通りは」

武士にとって茶の湯は必須の嗜《たしな》み、直次ならばと考えたがどうやら正解だったようだ。説明するほどの経緯ではないが一応伝えると、意外にも快く引き受けてくれた。

「いやぁ、お武家様。なんや手ぇ煩わせてしもて」

「秋津殿でしたか。いえ、たまには気楽な茶も悪くありません」

相手が初対面で武士であるためか、普段よりも染吾郎の腰が低い。直次に準備を押し付ける形になったのは申しわけないが、三浦家の一室で男だけの茶会が開かれることとなった。突然だったため飾る花も茶菓子もない。染吾郎の要望通り紫陽花の平棗を使う以外は、なんの変哲もない席だ。

「すまないが、私達は茶の湯など初めてだ。無作法は許して欲しい」

「作法ばかりにこだわるのは茶の本質から離れます。どうぞ肩の力を抜いて楽しんでください」

本当は一礼から始まるのが茶の湯だが、それもしなくていいと直次は言った。わび茶という形式で、豪奢《ごうしゃ》に飾り立てるのではなく簡素さに心の充足を見出すやり方らしい。おそらく甚夜や染吾郎を気遣い、肩肘を張らないでも済むようにしてくれたのだろう。

「では、少々お待ちください」

紫陽花の平棗から粉末を茶碗にいれると柄杓《ひしゃく》で湯を注ぎ、茶を立てていく。ひと通りとは言っていたが、直次の所作は堂に入ったものだ。できあがった茶が、まずは甚夜の前に差し出される。

「どうぞ」

促されるままに口を付けると、菓子がないからか苦味は薄めに立てられていた。正しい応答というものがあるのだろうが、そのあたりの知識もないため素直に感想を返す。

「うまいな」

「それはなによりです」

続けて直次は新しい茶碗で染吾郎の分を立て始める。回し飲みをするのではないかと聞けば、そういったやり方もあるが今回は交流に重きを置くので別々がいいとのことだ。

「さ、秋津殿も」

「すいまへん。お武家様は、なんや懐の広いお方やなぁ」

急の来訪に怒らず、初対面の相手にも配慮を忘れない。染吾郎からすると身分に驕《おご》らない寛容な人物に見えているのかもしれない。甚夜の方は少し驚いていた。直次の変化は知っていても、こうも余裕の振る舞いができるとは思っていなかったのだ。

「いえいえ、甚殿の知己《ちき》ならば私にとっても友のようなもの。気にせず、なんなら足を崩しても構いませんよ」

「あはは、さすがにそこまではしまへんて」

朗らかに茶碗を受け取り、音を立てて啜る。染吾郎はゆったりと茶を味わっていた。

「ん、うまい。この平棗を使うたら余計味がええ気がするわ」

「確かに良い品ですね」

「お目が高い。これはさる職人の逸品でしてなぁ」

二人のやりとりを甚夜がぼんやりと眺めていたのは、小さな後ろめたさがあったからだ。

「どうしました、甚殿？」

「いや……知己というほど染吾郎とは親しくないな」

正体を隠した自分は、直次にそこまで信頼を預けてもらえるような男だろうか。過った疑念が言葉を濁らせてしまった。

「君、ほんま失礼やな。ゆうてる御両人はえらい仲良さそうやけど」

甚夜の意図を知ってか知らずか、染吾郎はこちらをまじまじと見詰めている。

「そう見えているのならば嬉しい。私にとっては一番付き合いの長い友ですから」

「ほぉ。そやけど、お武家様にそない言うてもらえる身分ちゃいますよ、こいつ」

「身分など関係ない、と武士が語るのは卑怯ですね。ただ、私は甚殿との縁を好ましく思っています」

染吾郎の発言の真意を直次は理解してはいないだろう。それでも彼の心をありがたいと思い、甚夜は複雑な気分ながら応えた。

「そうだな。できれば、このまま続けていきたいものだ」

「ええ、本当に」

多少の引っかかりは茶で喉の奥へ流し込む。薄い苦味と香りが心地好い。始まりは染吾郎の突飛な案だったが、こういう席も悪くはなかった。

「ほな、おおきに。ごっつぉはんでした」

「こちらこそ。私も久しぶりに寛がせていただきました」

そうして茶会を終え、甚夜らは屋敷を後にした。手間をかけてしまったが、別れ際に見た直次の顔は晴れやかだった。

「ええ友人を持っとるね」

こちらの背景を知っているからこその言に頷きで返す。含みはあったが揶揄《やゆ》ではなかった。その意味では、染吾郎も決して嫌な人物ではないのだ。

「まあな。で、お前は本当に何しに来た」

「語った以上のことはあらへんよ、茶を飲んでお喋りが目的やし。雑談は終わり。次は鬼の話やね」

そこで彼は初めて目付きを鋭く変えた。職人ではなく退魔としての秋津の顔だった。

「近頃、物騒やろ? 外からのお客さんに、お上もてんやわんや。おかげで京でもあやかしの類がぎょうさん溢れとる」

今は国が荒れており、先が見通せない状況だ。その中でも京の動乱は江戸にも伝わっている。怪異の跋扈《ばっこ》も不思議ではないが、語り口にはそれ以上の重さがあった。

「ま、そこは江戸もおんなじやろ。ただなぁ、こっちの退魔の間では嫌な噂が流れとる。ちっと増え方が妙やし、あやかしの頭目みたいなもんがおるんやないか、ってな」

臓腑《ぞうふ》を鷲掴みにされた気がした。

「秋津染吾郎。そいつの特徴、例えば髪の色は……」

「さあ? 別に直接見たわけやないし。そいつが屈強な怪異か、あるいは鬼女か、そこら辺はなんとも」

曖昧な言い方だが、京に奇妙なあやかしがいるのは事実のようだ。染吾郎はゆきのなごりの一件を覚えていたのだろう。少しの引っ掛かりでも助けになればと、茶飲み話にかこつけてわざわざ怪しい噂を伝えに来てくれたのだ。

「で、どないする?」

確かなことは何も分からない。調べてみる価値はあるかもしれない。そう考えているのに甚夜は即答できなかった。

染吾郎は意外そうに、じっとこちらの反応を窺っていた。

「ま、あくまで噂や。裏もとっとらん。そないな話があったとだけ覚えとき」

「すまなかった。手間をかけたな」

「そこはおおきに、くらいでええよ。茶ぁしたかったのもほんまやし、鬼の話も伝えられて本題の幽霊の件も片付いた。僕も十分満足や」

適当に話を打ち切り、染吾郎は去っていこうとする。甚夜はそれを呼び止めた。不思議そうにしているが、それはこちらも同じ気持ちだった。

「茶も鬼の話も済んだ。では、幽霊の件というのはなんだ」

「そやから、そっちも終わっとるて」

問い詰めるが染吾郎は手をひらひらとさせ、気楽な調子で言葉を返す。

「あの平棗、とある職人が作った逸品なんやけど、どうも人気がのうてなぁ。紫陽花ってだけやなくて持っとると変な現象が起こるゆうて、たらい回しにされとった。そんで最後の持ち主も亡くなって、結局一度も使われんまま捨てられたってわけや」

「では、幽霊というのは」

「平棗に宿る想いが形をもってしもた。僕としても捨て置けんし、こうやって供養したろ思てな」

物の想いを鬼に変える付喪神使いだけに、誰の役にも立てなかった茶器を憐れんでいたのかもしれない。染吾郎は怪異と化してしまった器物を討つのではなく、その無念を晴らすことで解決しようとした。

「派手に斬るだけが退魔やないよ。寄り添うのもあやかしを祓《はら》う術や」

「話も聞かず私とやり合った男がよく言う」

「あはは、それはそれや」

かつて鬼は倒される側の存在だと語った男が選ぶにしては優しい手段だった。染吾郎にもしばらく会わないうちに変化があったのだろう。良い悪いは別にして変わらないものはないのだ。

「ほな、また。次は酒でもやろうや」

染吾郎が今度こそ別れを告げる。

読み切れない相手だが、退魔であっても直接的な行動には出ずにこうして世話を焼いてくれる。鬼であっても無害だと認めてくれてはいるのだろう。それだけに先程の話の信憑性は高い。

「京、か……」

ぽつりと呟く。

茶会が終わり体は温まったが、喉の奥にはほんのわずかな苦味が残った。

確かなことは何一つ分かっていない。それでも胸のざわめきは消せなかった。

流転

1

それは何でもない日のことだった。

　甚夜は喜兵衛に顔を出して昼食をとっていた。隣に座るのは野茉莉だ。子供の成長は早く、ついこの間まで赤子だと思っていたのにもう自分で歩けるようになった。置かれた蕎麦へ手を付ければ野茉莉もそれにならう。以前は気にしなかったが今は人の親だ。子は親の真似をする、だから粗野な食べ方はせず箸使いも丁寧になった。勿論、そのあからさまな変化をおふうや直次に笑われたのは言うまでもない。

「おう、嬢ちゃん。うまいか？」

「んと、ふつう」

「うん、この子、間違いなく旦那の娘ですね」

歯に衣着せぬ野茉莉の物言いに店主は乾いた笑みを浮かべた。そう言えば、昔同じように答えたのだったか。血は繋がらなくとも親娘とは似るのかもしれない。

野茉莉の使っている丼は、以前おふうと買ったものだ。小さくても深さがあり、この娘にはちょうどいい。まだ箸が上手く扱えず食べ物を口で迎えに行っているが、それも可愛らしいと思ってしまう。

まったく、父親とは難儀なものだと甚夜は内心苦笑を零《こぼ》した。

「ほら、野茉莉。口元」

言いながら汚れてしまった口元を拭う。

周りの生暖かい視線が集まる。

「ほんと、お父さんですねぇ」

「なんというか、旦那が親馬鹿とか意外過ぎるんですが」

呆れたように店主は言い、その隣では娘のおふうが優しい瞳で眺めている。

普段は無表情で笑顔をあまり見せない。その自覚は十分にある。やはりというかなんというか、自分が娘を見詰めて笑う姿は彼らにはひどく奇異なものであるらしい。

「何とでも言え」

開き直って愛娘と戯れる。その姿は立派な親馬鹿だった。

「ま、俺も人のことは言えませんがね。どうです旦那、娘ってのはいいものでしょう」

「ああ。父が娘を案じる気持ちも、今なら分かる」

実感の籠った言葉に深く頷く。これからは店主をどうこう言えそうもない。野茉莉に向き直るだけで頬は緩んでしまっていた。

「とうさま、わたし、なにかした？」

「何もしていない。それでも、やはり心配はしてしまうものだ」

こてんと首を傾げる野茉莉の頭を軽く撫でる。気持ちよさそうにしているのを見るだけで嬉しかった。

「はは、父親ってやつは無条件で娘の心配をしちまうもんですから。旦那も大変ですよ、これから」

「そうだな、だがそれも悪くない」

「ところで、その娘にも母親が必要だと思いませんか？　ここはどうでしょう、うちのおふうを妻に迎えるってのは」

やはりそういう話になるのか、とおふうが嘆いている。初めのうちは婿入りどうこうの話に慌てていた彼女も、今では軽く流すようになっていた。

「いや、だがな、おふう」

「はいはい、お話は後で聞きますから」

「……最近、おふうが冷たいような気がする」

「お父さんが馬鹿なことばかり言うからですよ」

見慣れた光景だ、以前は大して気にならなかったが、娘を持った今では見え方も変わってくる。

「……いずれ野茉莉も、ああやって父に冷たくなるのだろうか」

「いや、甚殿。その心配はあまりに早すぎるかと」

直次に指摘されたが、将来を考えると不安が残る。

真面目に悩んでいる姿がおかしかったのか、おふうが噴き出した。

「じ、甚夜君、変わりましたね」

故郷を離れて月日が経ち、ほんの少しだけ余裕ができた今になって考える。近頃は皆が口を揃えて「変わった」と言う。けれど本当に自分は変われたのだろうか。正直に言えば実感はない。目を閉じれば妹への憎しみが瞼《まぶた》の裏で揺らめく。許せないと。それでも殺したくないと。相反する感情を抱いたまま甚夜はこれまで生きてきた。

「変わった……そう、見えるか」

「はい、私はそう思います。前よりも優しく笑うようになりました」

「そう、か」

甚夜にとって江戸での暮らしは葛野の地続きでしかなく、いつまで経っても遠い夜に囚われているような気がしていた。けれどおふうが無様な男の今を認めてくれる。ならば彼女の優しさの分くらいは変化を受け入れてもいいのではないかと、四十年以上を生きてようやく思えるようになった。

「ありがとう、おふう」

胸に灯る得も言われぬ感情を少しでも伝えられるように甚夜は笑った。それを彼女達はちゃんと受け止めてくれた。

うららかな陽射しと心地好い緑風。穏やかな午後の日の店内には、優しい空気が満ちていた。それはいつもと何も変わらない。特別なことなどなにもない昼下がりは、こうして過ぎていった。

そうだ。

日々は過ぎていく。

苦痛に打ちひしがれても幸福に満ちていたとしても、毎日は続き流れ往く。

その是非を問うことは誰にもできず、それでも歳月は無慈悲で。

あらゆるものは、流転する。


慶応三年（1867年）・九月。

晩秋に差し掛かり、雲の厚くなった空が季節の終わりを感じさせる。

南の武家町にある三浦邸の庭では、二人の男が斬り結んでいた。と言っても得物は木刀、詰まるところただの鍛錬である。しかし気迫は実戦さながら庭の空気は冷たく張り詰めていた。

かんっ、と乾いた音が響いた。

「くぅ……！」

甚夜が放った上段からの唐竹割り、尋常ではない速度の振り下ろしを、直次は咄嗟に木刀を盾にして防いだ。手加減をしたとはいえ動きは悪くない。

では次だ。甚夜は守りをこじ開けようと、さらに力を籠めていく。普段ならば取らない粗雑な攻めは、直次がこの状態からどのような反撃をしてくるか期待しているからだ。

「さて、どうする？」

その言葉を機に、直次が一歩を踏み込み木刀をはね除けた。そのまま勢いを殺さず左足で地を蹴りさらに一歩、肩口への切り下ろしに繋げる。

お手本通りの袈裟懸け。この距離ならば確実に捉えられる、そう確信しての一手だろう。だが、それは現実とはならなかった。

「少し遅いな」

直次が袈裟懸けの一刀を振り下ろすよりも速く、甚夜の木刀がぴたりと彼の首に触れていた。

後から動いたはずの甚夜の方が先に刀を突き付けている。直次は訳が分からないといった顔だが、種を明かせばたいそうな技でもない。刀を押し返そうと直次が力を入れた瞬間、自ら力を緩める。その上で右足を下げて半身になり、両手を体に引きつけ切っ先を相手に向けた。

結論だけ言えば、直次の動きを読んですかし、一瞬早くこの構えを取っていたに過ぎない。正確には甚夜が首元に木刀を突き付けたのではなく、突き出した木刀に直次が自分から突っ込んでいっただけである。無駄を削ぎ落とした太刀。以前対峙した人斬りの技を真似てみたが、それなりに上手くいった。

「ま、参りました」

冷や汗を垂らしながら直次が降参する。それを聞いて甚夜はゆっくりと息を吐くと木刀を引いた。

「実直なのはお前の美徳だが、同時に急所だな。狙いが分かりやすい」

「はは、面目ない。しかし甚殿は強い。鬼をも打倒する剣、味わわせていただきました」

「所詮我流だ。私こそお前の剣には学ぶことが多い」

甚夜の剣は、幼い頃に元治《もとはる》に教えられた剣術を我流で磨いたものだ。対して直次のそれは剣術の基礎に忠実な、まるで教本のように綺麗な剣だ。だからこそ基礎を学び直す上で良い手本となる。

今回稽古をつけて欲しいと言い出したのは直次だが、彼との鍛錬は甚夜にとっても得る物があった。

「いえ、そんな。学ぶことが多いのは私の方です。恥ずかしながら、刀を抜く機会などほとんどありませんでしたので。実戦で練り上げた甚殿の剣は私にとって珠玉です」

「ならばいいのだが。しかしどうした、急に稽古をつけて欲しいなどと」

「少し体を動かしたかった。それだけですよ」

ふいと視線を逸らしながら直次は言う。額面通り受け取ったわけではないが追及はしなかった。この男は生真面目で当たりも柔らかいが、本質的には古い武士だ。問い詰めたところで話しはしないだろう。

「力になれることがあれば言え」

「そうさせていただきます……近々、伝えられると思います」

直次が一礼して感謝を示す。強張った彼の気配が秘めたものの重さを教えてくれた。

「旦那様。甚夜様も、お疲れ様です」

二人の会話が終わった頃を見計らって声をかけたのは直次の妻、きぬである。夫と同じく折り目の付いた立ち振る舞いは、やはり元武家の出の女だ。縁側には茶が用意されている。きぬが手拭を持って鍛錬の終わった直次に近付いた。

「きぬ、すまないね」

軽く微笑みながら手拭を受け取った直次は、流れる汗を拭う。既に一刻半は鍛錬を続けている。さすがに疲れたようで、そのまま縁側に向かい腰を下ろす。すると流れるようにきぬがお茶を差し出した。ぴったりとはまった夫婦の呼吸である。

「とうさま」

五歳になった愛娘、野茉莉がこちらに歩いてくる。膝をついてそれを待てば少し足早になった。甚夜の下まで辿り着き、そのまま胸元へ倒れ込む。

「危ないぞ」

元気に育ってくれたが、その分危なっかしい。転びそうだったというのに野茉莉は嬉しそうだ。

「ん」

鍛錬の後でもほとんど汗をかいていないが、突っぱねる必要もないと野茉莉から手拭を受け取る。礼を言って頭を撫でれば、おおげさなくらいに喜んでいた。

「野茉莉、退屈させたか？」

ふるふると首を横に振る。

そうか、と小さく返し縁側へ向かう。そこではきぬが甚夜の分も茶を用意してくれていた。

「……きぬ殿、すまない」

「いえ、この度は夫が無茶を言ったようで」

「気にするな。私としても得る物はあった」

「そう言っていただければ幸いです」

安心したように彼女はゆっくりと頷いた。

直次に紹介されて、きぬとは既に数度顔を合わせている。親としての経験が浅い甚夜に色々と助言をしてくれる貴重な人物だ。おしめの当て方を教えてくれたのも彼女なのだが、実のところ甚夜はこの女性が苦手だった。というのも彼女は少し前までは粗雑なやりとりをしていた相手で、どういう顔で接すればいいのか分からなくなってしまうからだ。

「ところで、甚夜様」

「……なんだ」

「いい加減、この喋り方やめてもいいかい、浪人？」

「……そうしてくれた方が、ありがたい」

「あんたも夜鷹《よたか》でいいんだよ？」

きぬ、というのは彼女の本名らしい。甚夜は名を教えてもらえず、ずっと下級の売春婦を指す夜鷹という名で呼んできた。そのためきぬと呼ぶのにはいまだに慣れなかった。

「人の妻を娼婦呼ばわりはできん」

「固いねぇ」

くすくすと笑う。以前の妖艶さは鳴りを潜め、無邪気ささえ感じさせる。

数年前、彼女は直次の妻となった。どうやら甚夜の知らぬところで二人は逢瀬を交わしていたようで、直次からの報告があるまで二人の関係には気付けなかった。

武士には珍しい恋愛結婚、無論すんなりといったわけではない。直次の母は古い武家の女であり、どこの馬の骨とも知れぬ夜鷹に強い拒否感を抱いていたそうだ。夫婦になるまでは当然のごとく紆余曲折があり直次は大層苦労をしたらしいが、それはまた別の話である。

「息子はどうした？」

「忠信《ただのぶ》かい？　今は私塾、そろそろ帰ってくると思うんだけど」

直次の長子、忠信はいずれ三浦家の当主となる身だが、通う私塾は武士だけでなく庶民にも開かれているらしい。話をしていると、ちょうどよく件《くだん》の忠信が帰ってきた。

「ああ、噂をすれば」

「甚夜さま、野茉莉さん！」

母親似なのか子供ながらに愛嬌のある顔立ちで、反面彼女とは違い人懐っこい。父親の友人である甚夜をよく慕っていて、三浦家を訪ねるといつも笑顔で迎えてくれる。

「稽古ですか？」

「ああ、一段落ついたところだ」

「えぇ、見たかったです」

真面目ないい子ではあるのだが、こういうところはまだまだ幼い。忠信が甚夜を慕う理由の半分は剣の腕にある。どうやらこの子は腕一つで身を立てる甚夜の強さに尊敬の念を抱いているらしく、話す時はいつも目を輝かせていた。

「野茉莉さんも、こ、今日はお日柄もよく」

「はい？　おひがらもよく」

もう半分は野茉莉の存在だろう。親の贔屓目《ひいきめ》を抜きにしてもこの娘は可愛い。関心を引くのはある意味当然だと、甚夜も納得している。野茉莉と話す時の忠信は照れのせいかどこか浮わついていて、微笑ましくなるくらいだ。

「忠信は野茉莉嬢がお気に入りのようで。どうですか甚殿？　娘を武家の嫁にする気はありませんか？」

仲のよい子供達を眺めながら、冗談とも本気とも取れる口調で直次がそんなことを言う。彼の性格上全くの冗談ということもないだろう。ふむ、と一度頷いて甚夜もそれに返す。

「娘はやらんぞ。……と言いたいところだが、お前の息子ならばどこの馬の骨とも知れん輩よりは信が置けるか」

この男、やはり武家の当主らしく息子の教育に熱を入れており、普段の彼からは想像できないほど躾《しつけ》には厳しいのである。武士とは民草を守る刀であるべき。まだ童の域を出ない忠信に、直次は繰り返し教えていた。その結果、忠信はまだ八歳でありながら生真面目で礼儀正しい性格に育っていた。

古臭いと言えばそれまでだが、甚夜自身頑固な古い男だ。一本筋の通った忠信は嫌いではない。このまままっすぐ育てば、野茉莉を嫁に出してもいいと思っていた。

「だが、結局は野茉莉次第だ。大きくなった時、この娘自身が決めればいい」

庭では忠信と野茉莉が楽しそうにはしゃいでいる。将来を想像すれば少しだけ寂しくもあるが、この景色がこれからも続いていくというのならそう悲観したものでもない。娘の意思にそぐわぬ婚約を押し付けるつもりはないが、なんにせよまだ先の話だろう。

「意外ですね。もっと反対するかと思っていましたが」

「私自身が生き方を曲げられん男だ。娘にも無理強いはしたくないな」

野茉莉と忠信が結ばれれば、直次やきぬと家族になるのだ。それは案外面白いかもしれない。

温かな夢想を浮かべていると、気付けば直次が笑っていた。本人は噛み殺しているつもりなのだろうが、隠しきれず肩が揺れている。

「何故笑う」

問い質《ただ》せば、直次はゆっくりと首を振ってそれを否定した。

「いえ、互いに子を案じ、その行く末を話し合う今がどうにも不思議で」

その気持ちは分からないでもなかった。

二人が知り合ったのは今から十四年も前だ。直次の兄・三浦定長兵馬《ひょうま》の失踪事件がきっかけだった。結局、彼の兄は生きていたものの三浦家に帰らなかったが、これを機に甚夜と直次は長らく友誼《ゆうぎ》を結び現在に至っている。

「初めて会った時からは想像もできんな」

「でしょう？　私達も歳を取ったものです」

そうしてまた笑い、ふと直次の表情が陰った。問うよりも先に寂しそうな視線をこちらに向けた友人は、小さくぽつりと呟いた。

「甚殿は……変わりませんね」

いつかおふうが口にした言葉とは逆だった。彼女は甚夜の内面を指して変わったと言ったが、直次のそれは外見を指している。

直次は今年で三十二となり、顔の皺《しわ》も少しずつ目立ち始めている。歳月を重ねれば年老いていく、人として当たり前の変化だった。しかし鬼の寿命は千年を超える。いまだ甚夜の外見は、十八の頃と変わっていなかった。

「申しわけない、忘れてください」

甚夜もおふうも人には鬼であるという事実を隠している。だが、長らく共にあれば老いぬ二人に違和感くらいは覚えるだろう。彼も薄々二人の正体に勘付いているのかもしれない。

「ああ。……さて、そろそろ失礼させてもらおう」

野茉莉に声をかければ、一直線に父の下まで駆けてくる。忠信は残念そうだったが、帰ろうとする甚夜らにぺこりとお辞儀をしてくれていた。

軽く手を挙げて返し、娘をそのまま抱き上げる。まだまだ甘えたい盛りの野茉莉は無言のまま父に頰を寄せてきた。

「待ってください、貴方を責めるつもりでは」

直次がもう一度謝ろうとするが、首を横に振り気にするなと示す。

いつまでも歳を取らない自分に友人として接してくれた。それだけでも感謝している。だが、正体が鬼であるとは言い出せなかった。信頼していなかったからではない。明かせなかったのは、話せばおふうが鬼であることも、果ては三浦定長についても語らねばならない事態を危惧したからだ。わずかに浮かんだ恐怖を否定はできなかったが。

「気にしてはいない。ただ、喜兵衛に顔を出そうと思っただけだ」

「そうですか……」

納得してくれたのか、俯いてそれ以上何も言わなかった。

そうして甚夜達は三浦家の庭を後にした。

もう、無理かもしれない。昏《くら》い不安が脳裏を過った。

「おや、もう帰るのかい？」

門を潜ろうというところできぬに呼び止められる。ああ、と短く答え早々に立ち去ってもよかったが、次いで放たれた言葉に足を止められた。

「随分と暗い顔をしているけど、あの人が何か言った？」

感情を隠したつもりだが、いとも容易《たやす》く見破られてしまった。そう言えば彼女は昔から表情を読むのが上手かった。夜鷹は仕事柄、心の機微に敏《さと》い。普段ほとんど表情の変わらない甚夜の内心を読み取れる数少ない人物だった。

「特には」

「そうかい？　ま、あの人が何を言ったかは知らないけど、懲りずに来てやっておくれよ」

彼女にしては珍しい素直な笑みだった。それが意外過ぎて唖然となる。

「どうしたんだい？」

「ああ、その、なんだ。……正直に言えば、意外だ。私は歓迎されていないと思っていた」

「そんなことはないさ。浪人の方は、あたしが苦手なんだろうけど」

またも見透かされて言葉に窮する。それがおかしかったのか、今度は声に出して笑われてしまった。

「相変わらず分かりやすいねぇ」

「だとしても、こうまで見透かすのはお前くらいだ」

「それは光栄だね。じゃあ、見透かしたついでにもう一つ。あんたは少し自虐が過ぎると思うよ」

肩を竦《すく》めてそう言った夜鷹は、はにかんだような困ったような名状しがたい表情をしていた。

「生きてるんだ。良し悪しはあって当たり前だし、変わるものも変わらないものも同じようにあるさ。捨てようと思っても捨て切れないものがあったようにね」

すっと自然に手が伸びて、夜鷹のしなやかな指が甚夜の頬に触れる。感触を確かめるように、頬から顎《あご》へ指は流れた。

「何を抱え込んでいるのかは知らないさ。でも、それをひっくるめてのあんただろう？自分でどう思っていようが、あたしは浪人をそれなりに気に入ってるよ。多分あの人もね。それじゃあ、納得いかないかい？」

夜鷹は直次とのやり取りを聞いていたわけではない。だからこれは些事《さじ》にこだわって頭を悩ませなくてもいい程度の慰めに過ぎない。だが、少しは楽になったような気がした。

「まさか、お前に気遣われる日が来るとは」

ありがとうと口にするのはどうにも気恥ずかしくて、礼ではなく憎まれ口を叩いてしまう。夜鷹は口角を吊り上げた。彼女がこんな下手くそな照れ隠しを見破れないはずがなかった。

「つれないねぇ」

でも、その方があたし達らしいか。

そう付け加えた言葉が、優しく頬をさすってくれた。

三浦邸を離れて深川へと向かい、喜兵衛を訪ねる。

いつもは暖簾を潜ったところで店主が威勢のいい声で迎えてくれるのだが、今日は何も聞こえない。店主がいつも立っているはずの厨房には誰もいなかった。

「甚夜君……野茉莉ちゃんも」

代わりに、店内の机で俯いている少女が一人。疲れた表情で何とか声を絞り出すおふうの姿があった。

「こんにちは」

野茉莉が甚夜の腕から離れとてとて歩き、お辞儀をしながら挨拶をする。おふうはそれに硬いながらも笑顔を作って返してくれた。

「はい、こんにちは。野茉莉ちゃんは礼儀正しいですね」

だがそれも一瞬、すぐさま陰鬱な雰囲気が彼女を包む。理由は分かっている。だからこそ甚夜は近頃、空いている時間には喜兵衛を訪れるよう心掛けていた。

「店主は」

「奥で寝ています」

「そう、か」

去年の暮あたりから、店主はこうやって寝込むことが多くなった。病気ではなく単に年老いただけだ。しかし、それこそがおふうの憔悴《しょうすい》の原因だった。彼女は店主を父として慕っていたが、鬼と人では寿命が違い同じ時を生きることは叶わない。一緒にいられないと覚悟はしていただろうが、目の前に現実を突き付けられ身動きできずにいた。

「私の、せいで……」

もう一つ、この老衰には少なからずおふうの異能が関与していた。本来ならば店主はもう二十歳ほど若く、まだ寿命を迎えるには早いはずだ。だが、幸福の庭で過ごした日々の分だけ彼は老いてしまった。刻々と近付く別れとともに、自責の念が彼女を打ちのめしているのだ。

甚夜は黙っておふうの隣に腰を下ろした。なにか気の利いた言葉をかけるわけではない。ただ隣にいるだけで、沈黙の時間は長く続く。

「……何も言わないんですね」

重苦しい空気を破ったのはおふうの方だった。

「何か言って欲しいのか」

「いいえ。きっと、何を言われても素直には受け取れませんから」

そうしてまた押し黙る。

言えることなどあるはずもなく、甚夜も口を噤《つぐ》んだままだった。

鬼と人。悔しいが、異なる種族が真の意味で寄り添うことはできないのかもしれない。

音のないかつての憩いの場で甚夜は静かにそう思った。

2

晩秋の折、触れる空気の冷たさが身に染みる午後の日。野茉莉と共に訪れた喜兵衛ではいつも通りの、しかし最近では珍しくなっていた光景があった。

「らっしゃい、旦那」

厨房には以前よりも痩せ衰え、手などは枯れ木のようになってしまった店主がいる。頬はこけて皺《しわ》だらけの顔だが、それでも彼は昔を思い出させる快活さで甚夜達を迎え入れた。

「大丈夫、なのか」

近頃はずっと寝込んでいた。それが急に起き出して蕎麦を打っているのだ、驚かないわけがない。甚夜はかすかな動揺に足を止めるが店主は苦笑する。

「いやいや、今日はえらく調子が良くて。久々に蕎麦を打とうと思ったんですよ」

言葉の通り、衰えた体ではあるがその表情は活力を感じさせる。話しながらも手は動き、板状に伸ばされた生地を包丁で切り揃えるところまで来ていた。

「お父さん……あまり無理はしないでくださいね」

心配そうにしているおふうに軽い笑みを返して店主は作業を続ける。甚夜はその状況に何も言えず椅子に腰を下ろした。隣にいる野茉莉は声を出さず、椅子に座ったまま足をぶらぶらとさせている。おふうも目を伏せ、ただ成り行きを見守っていた。

「へい、おまち」

かけ蕎麦である。ここに来るたびにそれしか注文しないので、いつの間にか何も言わずとも出てくるようになった。そうなってしまうほどに長い時間をこの場所で過ごしたのだと、今さらながら意識する。

「どうぞ」

「……済まない」

備え付けの箸を手に取って蕎麦を啜《すす》る。野茉莉の方には小さな丼が置かれている。思えばこの店とは長い付き合いになった。初めは人目を避けるために客の少ない店を選んだだけ。だというのに足繁く通い続けたのは、口にはしなかったが甚夜にとって居心地の良い場所だったからに他ならない。率直に言えば、喜兵衛で過ごす騒がしい時間が好きだったのだ。

だった、と無意識に過去形で考えていた自分に気付く。予感があった。この機を逃せば、もう触れられないものがあるのだとわけもなく理解した。

「ほれ、おふうも」

「え、でも」

さらに二つの丼を用意した店主は、甚夜達と同じ卓に座った。二つの蕎麦は店主とおふうの分だ。肝心の娘はいきなりの提案に困惑し、困ったような顔をしていた。

「いいじゃねえか、たまには」

「そうだな。こんな機会は滅多にない」

甚夜の同意もあり、戸惑ったままではあったがおふうも席に着く。

一つの卓を四人で囲む。今まで一度もなかった状況に奇妙なくすぐったさを感じた。

「しかし、旦那ともいい加減長い付き合いですねぇ」

「もう、十年以上になるか」

「ええ。初めての時も、旦那はここでかけ蕎麦を食っていた。今と全く同じ姿のままで。あの時嬢ちゃんはいませんでしたが」

視線を向けられた野茉莉は、その意味を理解できず小首を傾げる。それが妙に可愛らしく映って、甚夜は口元を緩めた。

「くくっ、旦那のそんなにやけた面を見れるなんて、長生きはするもんですねぇ」

それを目敏く見付けた店主が、噛み殺しきれなかった笑いを零《こぼ》している。

「そう言ってくれるな。自分でも似合わないと思っている」

表情を引き締め、憮然とした態度を作ってみせる。もっとも今さらそんなことをしても手遅れ。おふうもそんな甚夜の姿を見てくすくすと笑っていた。

「いえいえ、似合ってますよ。……多分、鬼退治なんかよりずっと」

店主の発したひと言に、店内が静まり返る。

「娘ができたんだ。鬼と戦うなんて危ない真似、止めるには頃合だと思いますぜ。仕事がなくなるってんならうちの蕎麦屋で働いたっていい。そうですねぇ、ここはやっぱりおふうと一緒になってうちを継ぐってのはどうでしょう」

冗談めかしてはいるが何の裏もない、純粋に甚夜を案じての提案だ。いつ命を落とすともしれない戦いに身を置くよりも、平穏の中で緩やかに時を過ごした方がいい。店主はそう伝えてくれている。

それは真実だろう。今は野茉莉もいる。争いから離れて平穏を求めるのも悪くないかもしれないと、本心から思う。

「悪いな。それはできそうにない」

しかし硬い声できっぱりと、その優しさを拒絶する。

「そう、ですか」

答えは予想済みだったのだろう、深く追及はしてこなかったが眼には明らかな落胆があった。

このまま誤魔化してもよかったが、彼の気遣いを嬉しく思う自分がいた。店主は、ただの客でしかなかった甚夜を本気で慮《おもんぱか》ってくれている。それが感じられたから、少しでも報いようと甚夜は重々しく口を開いた。

「鬼は鬼である己から逃れられぬ」

自身の左腕を見詰める。軽く開いた掌にはなにもない。多くのものを取り零してきた、頼りない手だった。

「昔、そう語った鬼がいた。鬼はただ己の感情のために生き、為すべきを為すと決めたならばそのために死ぬ。だから私はずっと思っていた。どれだけ歳月が流れても私は何一つ変えられず、胸にある感情のまま生きて死ぬのだと」

全ては妹を止めるために。何もかもを失って、人にも鬼にもなれない中途半端な男のまま掲げた目的だけを標《しるべ》に生きてきた。

「でも、旦那は変わりましたよ」

「少しは変われたのかもしれない。だが違うんだ」

この場所を心地好いと感じた。帰りを待っていてくれる女に会えた。いくらかの友を得て、嘘吐きな妻から娘を託された。そうありたいと願った理想と対峙し、今の強さを証明してみせた。

大切なものはいつの間にか増えて、そのたびに心は変わる。なのに胸を焦がす憎悪だけが今も消えてくれなくて。心は変わってしまったから、それが余計に痛かった。

「寄り道を覚えただけで、抱えたものも目指す場所もなにも変わってはいない。結局はその時が来れば、全てを自ら切り捨ててしまう」

　ここで手に入れたものを本当に大切だと思えるのに、いつかは裏切ってしまう。それは予測ではなく予知だ。かつて相見《あいまみ》えた〈遠見〉の力を持つ鬼と同じように、どうにもならない未来を見せつけられている。

「だから、普通の暮らしはできない？」

「ああ、そうだな」

「旦那は、それでいいんですか」

　向けられた視線は憂慮よりも憐憫《れんびん》を感じさせて、ほんの少し胸が軋《きし》んだ。

「辛いと思ったことはない。私には目的があった。そのためなら他のものなど全て余分と断じることができた」

　だから同胞まで喰らった。多少の縁を失くしても貫くと決めた生き方があれば揺らがず歩いて行けると信じ、事実そうやって生きてきた。

「だけど何故だろうな。今は、そんな生き方が少しだけ重い」

　なのに、どうしてそれでいいと思えないのだろう。いつか対峙した人斬りならば、濁っていると評するに違いない。大口を叩いておいていまだに迷い続けている。そんな自分があまりにも情けなかった。

「なら捨ててもいいでしょうに」

「それができれば鬼にはならなかった」

乾いた自嘲を店主は勢いよく笑い飛ばした。それはおそらく三浦直次が憧れた通りの顔付きだったのだろう。

「まあでも、嬉しい。俺は、そう思っちまいますね」

意味を理解できず怪訝な視線を送れば、彼は勝ち誇るように胸を張る。

「旦那がこれまでの生き方を重く感じるのは、それだけ今の生活が気に入ってるって証拠でしょう。だから切り捨てるのが怖くなる。俺は、俺達は、旦那の目的に肩を並べるくらい価値のあるものになれたってことだ。嬉しくなるじゃねぇですか」

頭が真っ白になる。その言葉は的確に急所を突いていた。

長々と語っても、結局はそういう話だ。

「そうか、私は寂しかったのか」

つまるところ甚夜はだだをこねていた。鬼の寿命は長い。どれだけ長生きしても、店主や直次は先にいなくなってしまう。同じ鬼であるおふうは一緒にいられるが、二人がいなくなればもうここは自分の愛した喜兵衛ではない。それがたまらなく寂しくて、嫌だ嫌だと喚いていたのだ。

「相も変わらぬ軟弱者だな、私は」

不意に見せつけられた己の弱さに少しだけ表情を和らげれば、店主はまるで息子の成長を喜ぶ父親のような顔でこちらを見つめている。

「おふう……それに旦那も」

空気が硬くなったのが分かる。ここからは一言たりとも聞き逃してはいけない、甚夜は自然にそれを悟った。

「二人は俺達よりも遥かに長い歳月を生きて、これから多くのものを失っていく。当たり前だが、失くしたもんは返ってこない。そして、なんでかな。得てしてそういうもんの方が綺麗に見えるんだ。悲しくて寂しくて、泣きたくなる時もあるかもしれない」

眩しさを避けるように店主の眼が細められた。うっすらと開かれた遠い瞳は何を映しているのだろうか。その心情を窺い知ることはできない。

「でもな、それは決して悪いことじゃない。もしもこれからの道行きの途中、ふと過去を振り返って泣きたくなったら、それを誇れ。その悲しみは、お前達が悲しむに足るだけのものをちゃんと築き上げてきた証だ。だから悲しいと思ったっていいんだ」

彼は心底自分達を想い、その行く末を憂いてくれている。それが分かるから、口を挟むことはしなかった。

「ただ頼む。どうか、別れに怯えて今をないがしろにしないで欲しい。過去を、俺達を、お前達を傷付けるだけのものにしないでくれ」

目を閉じた彼が脳裏に浮かべた景色は、いったいどのようなものだったろう。甚夜にもおふうにも、それは見えない。店主は万感の意を言葉に込める。

「お前達は長くを生きる。いつか失くしたものの重さに足を止める日も来るだろう。昔を思い出しては苦しくなって、何もかもが嫌になることだってあるさ」

そして再び目を開き、穏やかな笑みを浮かべて。

「だけどお前達には、悲しんでもそれを乗り越えた先で誰かと笑って、長くを生きるからこそ誰よりも今を大切に生きて欲しい」

愛おしむような声で、彼はそう言った。過去に囚われず今を大切にできるような、そういう生き方をして欲しいと。

「俺は、そうあって欲しいと思う」

いずれ過去になる彼自身が願う。その意味を噛み締めて忘れ得ぬように心へ刻む。

店主は語り終え、一息を吐く。

「……なんてことを言ったら、ちょっとは親父らしく見えますかね？」

そして片眉を吊り上げ、にぃと笑う。おどけたような仕種が店主らしいと思えて、張り詰めていた空気は途端に柔らかくなった。

「らしくも何も、お前はおふうの父だろう。ただ少し、始まりが他と違っただけだ」

「ええ、お父さんは私の自慢なんですから」

たとえ血が繋がっていなくても種族が違ったとしても鬼と人は共にあれるのだと、この男は自身の生涯をもって証明して見せてくれた。それは多分、刀一本で鬼を討つよりも遥かに強いあり方だった。

「と、そうだ。旦那、嬢ちゃんも。すいませんがちょっと立ってもらえませんか」

「どうした」

「ちょっと、ね」

悪戯小僧のような表情を浮かべる店主。その意図は分からないが言われた通りに立ち上がる。

「どうも。あと、おふう。お前は旦那の隣、そうそう、それくらいの位置に立ってくれ」

身振り手振りで指示を出し、満足できる配置になったらしく満面の笑みで大きく頷く。店主の側から見れば厨房を背にして甚夜とおふうが肩が触れ合うくらいの距離で立ち並び、その間には野茉莉の姿がある。

「んで、最後は嬢ちゃん。父ちゃんとおふうの手を握ってやってくれるか?」

「こう?」

素直に頷いた野茉莉が、二人の間に立ったまま手を片方ずつ握ると体重を預けるように力を抜いた。

結果ほんの少しだけおふうが体勢を崩し、二人の距離がさらに近付く。親しい相手とはいえ気恥ずかしかったらしく、おふうの頬には少し赤みがさしていた。

それを見詰める店主の視線はひどく柔らかい。

二人の男女と間にいる娘。繋がれた手はまるで――

「ああ、本当に……いいもんを見せてもらいました」

溢れる何かを吐き出すように和やかに呟く。それは今まで見た表情の中で、最も幸福に満ちた笑顔だった。

「あー、久々に働いてちっと疲れた。おふう、後片付けは頼まぁ」

ぐう、と背筋を伸ばしてそう言った店主は、片手を挙げて寝床に戻った。

「そんじゃ、また明日」

一度首だけで振り返り、今まで何度も見せてくれた快活な笑みを残して。


それが最後。

寝床に戻った店主――三浦定長兵馬は二度と目覚めることはなかった。

鬼にその生を曲げられ、しかし今際《いまわ》の際《きわ》にさえ恨み言一つなく。

彼はおふうの父として、その生涯を終えた。

晩秋の折、触れる空気の冷たさが身に染みる午後の日のことだった。

3

店主の葬儀はしめやかに行われた。

彼の親族はいないも同然、かつての知人との交流もない。大げさなものではなく、とりあえず形だけはという程度の葬儀だ。

葬儀が長くなりそうだったので、野茉莉はきぬに預けてある。店に残されたのは甚夜とおふうだけだ。疲労か喪失感からか、彼女は沈んだ面持ちで呆然と立ち尽くしている。甚夜も何をするでもなく壁にもたれ掛かっていた。

「広い、な」

おふうに話しかけたのではない。ただ思ったことがそのまま口から零れた。店主の死は甚夜にとっても想像以上の傷となった。何かをしようという気にはなれなかった。

「本当に。こんなに、広かったんですね」

もともと客は少なかったが、主のいない店は余計に広く見える。涼やかな秋の空気がひどく冷たい。おふうもきっと同じように感じているのだろう。

彼女は一度だけ自身を抱きしめるようにして肩を震わせた。震えは寒さのせいなのだと、そう思うことにした。

「本当は、分かっていたんです」

つい、と店内の卓を指でなぞりながらおふうは言う。

「私達は寿命が違う。いつまでも一緒にいられない。だから、私はずっとお父さんを……兵馬を幸福の庭から追い出したかった」

独白よりも懺悔《ざんげ》だったのかもしれない。泣き笑うような表情に、悲嘆に暮れる心がよく表れている。

「なのに、結局あの人の優しさに甘えて。分かってたはずの別れに傷付いて。駄目ですね。私は、昔から何も変わってない」

おふうは実の両親を亡くした絶望から鬼へ転じた。本当に大切だったから、人ではなくなってしまうほどに哀しみは深かった。そして今、再び父を失った。三浦定長兵馬を慕っていたからこそ、両親の時に比肩する悲哀が彼女を苛《さいな》む。

瞬きもせず瞳から涙が流れる。痛ましい佇まいに胸が締め付けられた。そう感じた時には無意識に足は動いていた。

そっと肩に触れる。慰めの言葉など持ち合わせてはいない。それでも近くにいてやりたかった。

「甚夜君」

おふうが倒れ込むように胸元に体を寄せた。傍目には男女の抱擁にも映るかもしれない。しかし甚夜には腕の中にいる彼女が、道に迷った幼子のように見えた。

「少しだけ、こうさせてください」

泣き腫らし、それでも零れる涙。胸に縋りつくおふうの姿は頼りなく、ほんの少しでも力を籠めれば壊れてしまいそうだ。

「店主は、よく言っていたな。お前を嫁にしないかと」

「ええ。そう、ですね」

「今になって分かる。あれは冗談などではなく、真にお前を慮《おもんぱか》ってのことだったのだな」

互いに長命ならば、これから続く長い時を共に渡っていける。たとえ自分が死んでも、共に歩める者がいるならきっと寂しくはないはずだ。大方そんな意図をもって二人を夫婦にしようとしていたに違いない。

「全く、店主は私のことを親馬鹿と言ったが、あの男の方が余程親馬鹿だ」

「はい。……本当に、あの人は。いつも、私のことばかりで」

少しだけ強くおふうを引き寄せた。抱きしめる形にはなっているが艶っぽさはない。彼女が迷子であるように、甚夜もまた迷子だった。どうすればいいか、どこへ行けばいいのか、まるで分からない迷子が互いに慰め合っている。

「私達はこうやって……多くのものを失っていくんだろうなぁ」

店主の遺言が脳裏を過る。過去を悲しむことができたならそれを誇れ――しかし、少なくとも今は無理そうだ。失くしたものに目を覆われて前が見えない。

「長いですね」

「ああ、長い」

お互いに主語はなかった。言う必要があるとは思えないし、口にすれば店主の遺した心を汚してしまうような気がした。おそらく自分達はこれからも多くのものを失って、いつかその重さに潰れて野垂れ死ぬのだろう。

ふと過った未来もまた、言葉にはならなかった。

しばらくの後、どちらからともなく二人の距離が離れる。もともと色恋が理由での抱擁ではなかった。離れる瞬間も実にあっさりとしたものだ。それでも恥ずかしかったのか、おふうの頬は朱に染まっていた。

「す、すみません……」

「いや、私こそ」

なんとなく滑稽なやりとりを交わし、互いに顔を見合わせ苦笑する。

何かを失うことは悲しい。しかし同じように悲しいと思ってくれる誰かがいるのは、この上ない幸福なのかもしれない。だからきっと、いずれ別れが来ると知りながら人と繋がっていたいと願ってしまうのだろう。

「ありがとうございます」

「私は何もしていない」

「でも、一緒にいてくれたじゃないですか」

それで十分です、とおふうは涙を拭った。その時にはいつものようなたおやかさに戻っていた。何もしてやれないと思っていたが、少しは助けになれたらしい。

「失礼」

しばらくすると直次と野茉莉が店を訪れた。甚夜達の姿を確認して直次は一礼する。それを真似して野茉莉もまた頭を下げた。ここまでも手を繋いできたようだし、娘は直次によく懐いている。彼の息子と結ばれる未来も冗談では終わらないように思えた。

「三浦様、このたびは」

「いえ。私も、この店で過ごす時間が好きでした。礼を言われるようなことではありません」

葬儀に参列した直次へ礼を言おうとしたのだろうが、おふうの言葉は途中で遮られた。店主の最後に立ち会ったのは、社交辞令ではなく本心から彼の死を悼んだからこそ。直次はそう言っている。

甚夜は小さく笑みを落とした。ここで過ごす時間を大切に想っていたのは何も自分だけではなかった、それが嬉しかった。

「とうさま、ただいま」

舌足らずな幼い声で駆け寄ってくる愛娘に「おかえり」と言いながら頭を撫でる。するとくすぐったそうに、けれど心地好さげに頬を緩ませた。何気ない仕種が心を温めてくれた。

「直次。済まなかったな、無理を言って」

「いえ、構いませんよ。忠信も喜んでいましたし……ああ、ところで甚殿、話があるのですが」

気安い態度に見えて、口調はどことなく固い。まっすぐな目は今まで見たことがないほどに真剣だ。何らかの決意をもってこの場に臨んだのは明白だった。

「分かった。場所を変えよう」

「いえ、おふうさんにも聞いて欲しいので、ここで」

「私も、ですか？」

「ええ。やはり私にとってこの場所は大切なものでしたから。お二人に聞いて欲しいのです」

それは彼なりのけじめだったのかもしれない。安息の時間の終わりを受け入れ、一歩を踏み出す。覚悟を確かなものにする、そのための宣言だ。

「私は弁が立ちません。ですから簡潔に言います」

前置きをして、直次は目を伏せた。

緊張に強張った表情。空気が幾分重くなった。

沈黙はどれくらい続いたのか。確固たる意志を示すように、直次は口を開く。

「京へ行こうと思います」

慶応に改号してから幕府と尊王攘夷派の争いは激化の一途をたどっており、中でも京都は動乱の中心といっても過言ではない。そんな時期に京へ行く。理由など容易に想像がついた。

「江戸を離れて京へ行き、そちらの勢力と合流して倒幕に身をやつすつもりです。もっとも友人らの伝手《つて》を頼ってのことなので、少しばかり情けなくはありますが」

三浦家は徳川に仕える古い武家。しかし直次は、現在の幕府のあり方に疑問を持っていた。その選択は別段意外というほどでもなかった。

以前、夜刀守兼臣という妖刀を巡る事件があった。その結末を知り、直次はなにかを決意した様子だった。おそらくその時から考えてはいたのだろう。急に稽古を申し出たのも、これから斬り合いをするかもしれないからか。

つまり、この話は相談ではなく決定事項の通達に過ぎない。彼はもう生き方を選んだのだ。

「いいのか」

　短い問いは、それなりに長く付き合った友人だからこそだ。今まで仕えてきた徳川に弓引く、それで本当にいいのか。刃のような鋭さで直次を見据えるが彼は揺らがない。その立ち姿は実に堂々としたものである。

「はい。この動乱の世において公儀は既に機能していないと言っていい。事実江戸の人々の生活は困窮し、しかしそれでも諸外国のされるがままになっている。私は武士として徳川に忠を誓っていました。ですが、武士が刀を持つのは力なきものを守るため。この期に及んで形に縋りつき、多くの人々が苦しむ様を見て見ぬ振りするような生き方はできない」

　散々悩んで出した答えだろう。今さら誰に何を言われたところで結果は同じ、撤回などするはずもない。それを証明するかのように、直次は力強く言い切る。

「だから私は戦います。そして、その果てにある新時代を……未来を見てみたいのです」

「そのために命を落とすことになってもか」

「私の命が、未来への礎《いしずえ》となるならば本望です」

　彼はまさしく武士だった。

　いつか畠山泰秀が「武士は時代に取り残されようとしている」と言った。それはおそらく真実だ。掲げた生き方に身命を賭《と》し、曲げられない己自身のために死を選ぶ。その生き様に思う。結局のところ武士という人種は、初めから滅びを約束されていたのだ。

けれど眩しいと感じた。鬼となった甚夜にはない、人としての強さを見せつけられた。

「あの、きぬさんは」

「納得してくれています。京へ共に行ってくれると。……本当は、待っていて欲しかったのですが、あれも武家の女。なかなかに強情で」

「そう、ですか」

おふうの表情が曇る。妻が納得してそれを認めたならば、これ以上は余計なお世話だ。心配は尽きないが黙って見送るのが友の役目だろう。自分に言い聞かせ、甚夜は努めて無表情を作ってみせる。

「ならば行って来い。それがお前の決めた生き方なのだろう」

「はい。私が戦に出たところでどれだけ役に立てるかは分かりません」

それでも命懸けの戦いに身を投じる。生き方を曲げられない甚夜をして、理想のために殉ずる直次は愚かしく感じられる。

「ですが私は武士です。武士に生まれたからには、最後には誰かを守る刀でありたい」

だがその愚かしい決意を、いったい誰が否定できるというのか。直次の言葉は綺麗事ではない。もっと言えば、彼は真の意味で誰かのためにと語っているのではなかった。彼は武士として生きると決めた。だからこそ、そこから食《は》み出ることができない。人のために戦うのもその一環に過ぎない。

結局、三浦直次在衛《ありもり》という男は、自分が自分であるために武士というあり方を曲げられないと言っているのだ。

「全く、難儀な男だ」

「自分でも思います。ですが、甚殿にだけは言われたくないですね」

間髪入れない反論に店内の雰囲気が和らぐ。おふうなど「甚夜君こそ頑固者の代表格ですから」とかすかに笑っている。

黙り込んだ甚夜を見て、直次もまた笑った。本当に楽しくて仕方がないという、底抜けに明るい笑いだった。

昼時、四人は喜兵衛を離れ、深川にある料理茶屋・富善を目指していた。

「せっかくの門出だ。奢ろう」

言い出したのは珍しく甚夜である。

これから直次は京へ赴き戦に身を投じる。その結果、どうなるかは分からない。想像したくはないが、三日と経たず屍《しかばね》を晒すことになるかもしれないのだ。それでも死地へ赴くと言った友に、せめて何かをしてやりたいと思った。

「気を遣っていただいて、申しわけない」

「気にするな。私が勝手にやることだ。それに、この子にも旨いものを食べさせてやりたい」

野茉莉を抱いたまま歩く甚夜は、視線を愛娘に置いたままで答えた。

「今日はごちそうだぞ」

「うんっ」

雑談を交わしながら歩く江戸の町。続く内乱で疲弊した江戸に以前の賑やかさはないが、昼時だからか道行く人はそこそこ多かった。

「出立はいつされるのですか？」

「明日には。できるだけ早い方がいいと思いまして」

「ならば明日に残さぬよう、酒の量は抑えた方がいいな」

「いえ、そもそも昼間から呑む気はありませんが……」

「む。そう、か」

以前知り合った鬼の友人の影響で、甚夜はそれなりに酒を嗜《たしな》んでいる。本当は今日も直次と呑み明かすつもりだったのだが、いきなり本人に拒否されてしまった。

「甚夜君も今日くらいは我慢してくださいね」

「仕方ない、そうしよう」

おふうの念押しに渋々ながら頷く。それを見る直次は懐かしむように目尻を下げていた。

「京へ行くと決めましたが、この景色が見られなくなるのだけは残念ですね」

それを受けて、店主の死からまだ立ち直ってはいないだろうに、おふうも表情を和ませる。

「やめてくださいな、そんな言い方」

「全くだ。今生の別れでもあるまいに」

時代の節目、その動乱に身を投じるのだ。もしかしたらこれが最後になるかもしれない、そう思いながらも敢えて軽い調子で言った。いつか再び会えるようにという甚夜自身の望みだった。

けれど邪魔するように、雑踏に紛れて無骨な声が響いた。

「ほう、京へ行く、か」

即座に野茉莉をおふうに預け、左手は夜来に伸ばす。いつでも動けるように腰を落とす。背後を振り返れば、六尺を超え七尺に届くのではないかという大男がいた。

体格のせいか着ている素襖《すおう》がえらく窮屈そうだ。髪は甚夜以上に乱雑で、縛ることもせず肩まで伸び放題になっている。男の風体には覚えがあった。以前訪れた会津藩の江戸住みの屋敷、畠山家で会ったことがある。

「面白い話をしている」

佐幕攘夷を掲げる先代畠山家当主、畠山泰秀。彼に従いその力を振るう鬼。
男の名は土浦といった。

4

「相変わらず、方々で動いているらしいな」

甚夜はずいと一歩前に出て、おふうと野茉莉を背にかばう。

既に鯉口は切っている。いつでも抜刀できる状態を維持したまま、土浦の一挙手一投足に細心の注意を払う。

「いい加減、私が目障りになってきたか?」

「私情は挟まん。我が主の邪魔にならん以上、俺から言うべきことはない」

互いの意見が合わないことは前回の邂逅《かいこう》で実証済み。再び相見《あいまみ》える時には問答無用の殺し合いになると思っていたが相手は冷静だった。あからさまな警戒を目にしても態度が崩れないあたり、とりあえず今は甚夜と事を構えるつもりはないようだ。

「用があるのはそちらの男だ」

代わりに、冷たく直次を見据える。背中にかすかな怯えが伝わった。土浦は鬼、その気になれば人を造作もなく殺せる。そういう存在から敵意をぶつけられて本能的に恐怖を感じたのだろう。

「私、ですか?」

土浦がつまらなそうに鼻を鳴らす。視線は直次を見下し切っていた。

「我が主には公儀に幾らか伝手があってな。その筋より妙な話を聞いた。なんでも、ある武士が幾つかの文書を盗み出した、と。盗人は表とはいえ右筆《ゆうひつ》。その造反は認めるべきではない、というのが主のお考えだ」

違和感があった。表右筆は城の文書に触れられるが、その多くは一般的な目録でしかない。それらを倒幕派に渡したとしても痛手にはならず、畠山泰秀が気にするほどではないはずだ。

「詰まるところ、お前の主の狙いは直次の命か」

土浦は頷いて肯定の意を示す。泰秀の意図は分からないが、直次の命を狙っているのは間違いない。意図が読めないならば、いくら頭を捻ったところで無駄。そちらに意識を割くよりも、今は眼前の鬼の対処を優先するべきだろう。

「俺の役目は主の弊害となる者の排除」

相手は既にやるつもりだ。他事に囚われている余裕はない。

改めて土浦を注視すれば、奴の体は異形へと変化し始めていた。めきめきと気色の悪い音を立てて土浦の筋肉が膨張する。その圧力に押されて着物は破れ、肌の色が変わると共に四肢が異常に発達していく。

一回り大きくなった八尺近い巨躯《きょく》。額あたりから生えた一角。鈍い青銅の色をした肌。

全身には円と曲線で構成された、漆黒を赤で縁取りした不気味な紋様が浮かび上がっている。

『故に、貴様はここで潰す』

そして瞳は、錆付いたような赤を呈していた。

「お、おい、あれ」

「何だ、あの化け物……!?」

町に動揺の声が走る。いきなり町中に鬼が現れたのだ。悲鳴を上げながら町人達は散り散りに逃げてゆく。中には遠巻きに突如出現した異形を眺めている者達もいた。

喧噪に包まれる大通りの中で、土浦は周囲の騒ぎなど意にも介さない。

ゆらり、鬼の体がぶれた。巨躯はまず位置をずらしてから一直線に疾走する。狙いはあくまで背後の直次らしい。

武士には剣術の嗜みがある。だが、嗜み程度では鬼とは戦えない。速すぎる突進に直次は動けなかった。腰に差した刀を抜くどころか指一本動かせない。

だが、させん。

割り込んだ甚夜の一刀が土浦の進軍を止めた。唐竹に振るう、直次との稽古で見せたものより遥かに速い一撃。しかしそれを予見していたのか、土浦は勢いを殺さず横へ飛ぶ。大幅に距離を空け、不意打ちを易々と躱《かわ》してみせた。

『さすがに鋭い太刀だ。刀一本で鬼を討つというだけはある』

言いながらも大して慌てた様子もない。軽く躱しておいてさすがもないだろう。内心悪態をつきながら眼前の鬼を睨み付ける。

「おふう、野茉莉を頼む」

「甚夜君……はい、わかりました」

おふうは野茉莉の手を引き雑踏の中に紛れる。

二人とも心配そうな顔をしていた。早急に終わらせ安心させてやらねばならない。静かに夜来を構え、土浦と対峙する。

「直次、お前も離れていろ」

「ですが甚殿、あれは私を狙って」

「鬼を討つ。それが私の生業だ」

土浦の挙動に注意を払ったまま、振り向きもせず直次の言葉を切って捨てる。申しわけないが、彼ではみすみす死にに行くようなものだ。本人もそれは分かっているのか、二の句は継げられない。渋々ながらも直次は離れ、その気配を察した甚夜は眼光を鋭く変えた。

「土浦……貴様、正気か」

真昼から、それも町中で堂々と鬼の姿を晒すとは。射殺さんばかりの視線を平然と受け止め、土浦は鼻を鳴らす。

『正気……？　それはこちらの科白《せりふ》だ』

直次を狙うよりも、まずはこちらを片付けると決めたらしい。それは甚夜にとっても好都合。左足を前に出して肩の力を抜く。そのまま刀は後ろに回し、とったのは脇構え。

土浦もまた軽く拳を握り構える。軽く腰を落として左足は下げられている。重心はやや後ろ、しかしそれは防御を考えているのではなく左足ですぐにでも地を蹴り駆け出すため。隙を見せれば、瞬時にあの巨体が襲い掛かってくるだろう。

『結局はこうなったな』

構えを崩さぬまま土浦は呟いた。予想通りと言えば予想通りだ。甚夜と土浦は同じく鬼。通すべき我があり、それが相容れぬならば衝突は必然だ。

『退け……といっても聞く気はなかろう』

「無論」

ならば、後に待つのは殺し合い。道理道徳かなぐり捨てて、ただ対敵の絶殺にのみ専心する。

短い問答を終え、先に仕掛けたのは土浦だった。

すり足で距離を詰めたかと思うと、構えの姿勢から右拳を脇の下まで引いた。同時に逆の手は受けの形をとっている。引き手とした拳を腰の回転を切り返しつつ、甚夜へ向けて最短距離で拳が突き出される。

それに対し、甚夜は脇構えから左足を前へ進めると同時に白刃《ひるがえ》を翻す。狙うは右上腕、振るわれる拳を掻い潜り、その腕を落とす。

互いの一撃は共に空振り。すれ違い、立ち位置を入れ替えるだけに終わった。

放たれた拳を掻い潜ることはできたが、腕を断つ程の斬撃を放つ余裕はなかった。

土浦が見せたのは引き手を重視し、体幹を軸とした螺旋《らせん》の回転力を突き手に乗せた正拳。しかもその全身連動がほぼ一瞬のうちに行われる、拳法の基礎をきっちりと押さえた動きだ。繰り出される拳は速いのではなく早い。生物としての速度ではなく、術理に裏打ちされた早さ。鬼の身体能力ではなく、相応の鍛錬をもって練り上げた人の拳である。

鬼の体躯《たいく》を持ちながら人の業《わざ》をもって戦う。ある意味では以前戦った岡田貴一と同じだが、似ているというならばむしろ甚夜自身の方が近いかもしれない。鬼の体躯と人の技、その両立。つまり土浦は甚夜と同じ強みを持っている。

厄介だが愚痴を言っても仕方がない。さらに意識を鋭く研ぎ澄まし戦いに没頭する。

振り返り、すぐさま踏み込むと同時に袈裟懸けの一刀。土浦はそれを右腕で薙ぎ払い、左拳を腹部に向けて突き出す。

まともに食らえば一撃で動けなくなるほどの剛腕。柄《つか》を握っていた右手を放し、今度は甚夜が掌底を放つ。攻撃のためではない。相手の拳を躱《かわ》して次の一手に繋げるための布石だ。振るわれた左腕、その前腕に当てると同時に一歩を進み、拳撃をいなしながら左側へ回り込む。土浦は自身の左腕に邪魔をされる形となり対応がわずかに遅れた。

それこそが甚夜の狙い。柄に添えた左手は避けながら逆手に握り直されている。右手は土浦の腕を押さえたまま。右足半歩、わずかに間合いを詰めて沈み込むように腰を落とし、両の足はしっかりと大地を噛んでいる。全身の力を余すことなく乗せた逆手の一刀が、真っ直ぐに土浦の頸《くび》を狙って突き上げられた。

この距離では防ぐも躱すも間に合わない。絶対の自信を持って放たれた一閃は吸い込まれるように咽喉《いんこう》へ向かう。

その首、もらった。

白刃が鈍く煌《きら》めいた。逆手で放たれた夜来は、視認すら難しい速度で土浦の首を斬りつける。しかし狙い通りに放った一刀は、それに準じた結果をもたらさなかった。

がきん、と。甲高い、鉄と鉄のぶつかり合う音が響く。

「な……」

驚愕に目を見開く。

甚夜の放った一刀は首を落とせなかった……それどころか、かすり傷さえつけられず皮膚の上で止まっていた。

鬼は人と比べて硬い表皮を持つ。生半《なまなか》な刃物では傷一つ付けられないのは事実だが、決して傷付かないわけではない。名刀と謳《うた》われる業物ならば十分に斬ることは可能だし、相応の技術さえあれば普通の刀でも皮膚を裂くくらいはできる。事実、甚夜は葛野の太刀をもって数多の鬼を葬ってきた。

それ故に驚愕する。葛野の技術の粋を集めた鍛えられた夜来と、長年鬼を相手取ってきた技。それらを背景にした一太刀が、全く通じなかったのだ。

隙を突いて土浦が動いた。潜り込むように一歩を進み、腕を脇に引き付けて勢いのまま左足を軸に旋回する。

まずい。

首を落とすために間合いを詰め過ぎた。この距離では刀よりも拳の方が速い。

土浦は回転を殺さず小さな挙動で右腕を振るう。狙いは腹。敵の体を貫かんとばかりに放たれた拳。甚夜は重心を後ろに崩しながら地を蹴り、自由になる右腕でそれを防ぐ。

「ぐ……！」

その一撃は苛烈で、堪えきれず苦悶が漏れた。

防御の意味もない。受けた腕が軋み、防いだというのに衝撃が内臓を貫く。

だが今度はこちらの番だ。片手ではなく両の腕で振り下ろす渾身の一刀を土浦の頭蓋に叩きつける。しかしまたも響く鉄の音。どれだけ力を込めても刃が通らず、甚夜は間合いを取ろうと一歩下がる。

『無駄だ』

土浦も合わせて距離を詰め、追撃の体勢をとった。左足でしっかりと地を噛み、右のすり足で距離を詰めてくる。拳を脇の下まで引き、腰を切り返しつつ右拳を捩《ね》じり込む。それは大仰なことではなく、あくまで普通の正拳の打ち方に過ぎない。だというのに、ぞくりと背筋に嫌なものが走った。

両腕を交差して防御。加えて後ろへ飛んで少しでも威力を減らす。こちらの思惑などお構いなしに鬼の剛腕が振るわれる。それは決して特別な動きではなく、同時に特別でもあった。

恐るべきは技自体ではなく練度の高さ。正拳突きは腰の回転と拳の螺旋の力を正確に拳頭に集中し、当たった瞬間に炸裂させる技。土浦の動きはその基本から逸脱したものではないが、その要《かなめ》たる全身の連動の完成度の高さに鳥肌が立つ。いったいどれだけの修練を積めば、ここまでのものを身に付けることができるのか。

刹那の間ではあったが、甚夜はその動きに見惚れた。

そして空気が唸りを上げる。防御の上からたたき込まれた鬼の拳。両の腕が爆発したかと思うほどの衝撃が襲う。甚夜の体は吹き飛ばされ、二度ほど地面を跳ねて転がった。

致死と思えるほどの一撃を受けて生き長らえたのは、自らが鬼であったからに他ならない。もし人だった頃ならば紙屑のように体は千切れていただろう。

地に伏したまま自身の状態を確認する。何とか腕は折れていないが、突き抜けるほどの衝撃が内臓を傷つけた。全身が痺れ、体が動かない。口の中に鉄錆の味が広がる。溜まった血を吐き捨て、顔だけを上げて睨み付ける。

『残念だったな、いかな名刀であっても俺を裂くことは叶わん。……この体は、決して壊れんのだ』

そこには無感情に、ただ事実を告げる鬼の姿があった。

死なななかったのは僥倖《ぎょうこう》だが、立ち上がるにはもう少し時間が必要だ。それを待つ理由は相手にはない。ゆっくりと土浦が近付いてくる。止めを刺そうというのだろう。

腹に力を込めれば体が軋んだ。それでもこのまま寝転がってはいられない。

「ぐ、あああ……」

こんなところで死ぬわけには。内心の焦りとは裏腹に体は思うように動いてくれない。

そうこうしている間にも鬼は距離を詰めてくる。

だが、途中で足が止まった。

『ほう』

土浦がもらしたのはおそらく感嘆の声だった。

呻くしかできない甚夜をかばうように、直次が立ちはだかったのだ。

『三浦直次。何のつもりだ』

「この方は私の友だ。やらせはしない」

腰の刀を抜き、正眼に構える。恐れは消えており、鬼を前にして直次は怯まず啖呵を切った。

『笑わせる、お前ごときが勝てるつもりか』

直次では土浦に及ばない。嘲《あざけ》りではなく紛れもない真実だ。反論はなかった。ただの人があの鬼に立ち向かうのは度し難い愚挙だと、他ならぬ直次自身が一番よく分かっているはずだ。

「勝てるとは思っていない。だが私も武士だ。分かっていても退けぬ時がある……！」

それでも彼は退かなかった。友を見捨て敵に背を向けるのは武士の矜持《きょうじ》に反すると、普段からは想像もつかないほどの荒々しさで刃を向ける。

その姿に思うところがあるのか、土浦はどこか物憂げだった。しかし一度目を伏せ、再び開いた時には凄惨な形相に変わった。直次を敵と認めたのだ。

『ならば三浦直次。我が主の命にて、ここで死んでもらう』

甚夜は悔しさに唇を噛む。目の前で心臓を貫かれた想い人や鬼と化した父。状況は全く違うのに、失ったものが視界でちらつく。

「直次、退け。お前では」

「言ったはずです。私が武士である以上、退けません」

振り返りもしない。直次は思った以上に頑《かたく》なだった。けれどその意地を通せば、彼は人から肉塊に変わる。

『潰す』

土浦が拳を振り上げた。

甚夜との距離は三間以上空いている。今からでは間に合わない。

あの頃と同じように、また何一つ守れないのか。

いや、違う。

甚夜は弱気の虫を噛み潰す。幸い土浦と直次の問答の間に少しは感覚が戻った。軋む体に鞭を打って無理矢理に奮い立たせる。

「がぁあああ……っ！」

〈飛刃〉──痛みを振り払い、立ち上がると同時に横薙ぎの一閃を放つ。斬撃を飛ばす力は離れた距離を一瞬で縮めた。直撃しても奴の異能には無意味だがそれでいい。〈飛刃〉はあくまでも牽制。肝要なのは意識をこちらに向けること。

人外の業を使った、その事実に直次が呆然とこちらを見ている。それも後回しだ。横を通り過ぎ、痛みも忘れて間合いを侵す。

先程の突きで終わらせるつもりだったのだろう。土浦からは驚きと微かな称賛が見て取れた。

　その反応に、甚夜は今さらながら自身の間違いを認めた。往来で鬼の姿を晒すなど正気の沙汰ではないと断じたが、正気を失っていたのはこちらの方だった。土浦は今まで対峙した鬼の中でも強大な存在だ。それを人の姿で打倒しようとは我ながら傲慢が過ぎた。まして正体を隠すために全力を出さぬまま相手取ろうとは、奴の言う通り正気ではなかった。

　だから、ここからは出し惜しみしない。

　めき、と気色の悪い音が鳴った。肌も髪も色が変わると共に筋肉が異常なほど隆起し、甚夜の体が人以外の存在に変わっていく。瞬きの間に左右非対称の鬼と化したが、まだ変容は止まらない。

〈剛力〉──口の中で転がせば、ぼこぼこと音を立てながら左腕が沸騰する。骨格すら捻じ曲げて肥大化する異形の腕。ぎしり、握り締めた拳が鳴った。

　赤く染まった両目が殺すべき者を捉えている。

　狙うは心臓、一手で打ち抜く。桁外れの膂力《りょりょく》を秘めた拳だ。並みの相手ならば風穴が開き、即刻死へ至らしめる剛撃が正確に相手の左胸に打ち込まれる。

『〈不抜《ふばつ》〉』

　それでもなお、無傷。

甚夜の最大戦力を持って為せたのは三歩ほどの後退、たったそれだけだった。

「それが、貴様の」

〈剛力〉をもってしても貫けない皮膚は、いくら鬼でも堅牢すぎる。だとすれば土浦の言う〈不抜〉こそが異常なまでの硬さの正体。

『いかにも。壊れない体こそが俺の力だ』

単純にして明快な、絶対の優位である。もし本当ならば甚夜に彼を倒す手段はない。〈剛力〉さえ通じなかった。少なくとも現状では土浦を討つことは不可能だ。だが逃げるという選択肢もない。ここで退けば命は助かるが、代わりに直次が殺される。できるのは逃げる時間を稼ぐくらいか。

「直次、逃げろ」

呼びかけても反応がない。焦りからもう一度強く叫ぼうとしたが、横目で見た直次の様子に言葉を失くした。

「甚、殿……？」

まるで化け物を見るような、怯えと困惑が混じった顔をしている。

「その姿は」

いや、それは間違った表現だ。まるでも何も、今の姿は正しく化け物だった。

奈津の叩き付けた叫びがまだ胸に居座っている。

ああ、そうだ。だから甚夜は誰かの前でこの姿になることを無意識に避けていた。様々な鬼を喰らって得た継《つ》ぎ接《は》ぎだらけの異形。何一つ守れず大切なものを切り捨てて、いつか自分自身さえ失った。そんな弱さを知られるのが嫌だった。己の醜さを曝《さら》け出すのが本当はとても怖くて。直次を友と言いながら、できるならばずっと真実を隠しておきたかったのだ。

「逃げろと言っている！」

苦渋に歪む表情で声を絞り出す。その形相に、わなわなと震えながらも直次が走り出す。去り際に「すみません……」と小さく謝られた。

それでいい。若干の痛みを感じながらも安堵する。友の無事を喜べた事実が、少しだけ嬉しかった。

次はあの鬼をどうにかせねばならない。勝ち筋がない以上、何か策を講じる必要がある。しかし攻撃の通じない相手をどうすれば打ち倒せるのか。

結論の出ない思考をよそに、土浦が構えを解いてだらりと両腕を放り出した。

「何のつもりだ」

急に戦意を失った土浦を問い詰めるが、相手はどうでもいいと言わんばかりの態度である。

『俺の目的は三浦直次。いなくなった以上争う意味はない』

無防備に背を向けたのは〈不抜〉への自信だろう。たとえ背後から斬り掛かられても死なぬと言外に告げている。

突然すぎる行動についていけず、甚夜は茫然と見送るしかない。少し歩いてから土浦は思い出したように首だけで振り返った。

『以前、お前に言ったな。鬼は人と相容れぬと』

先程まで戦っていたとは思えない憐憫の色がそこにはあった。

『どうだ、言った通りだったろう』

甚夜は遠巻きに見る町人達を一瞥する。彼らの瞳には恐怖がありありと映し出されていた。土浦という鬼に対する、そして甚夜の醜悪な姿に対する。

人は人と違うものを排斥する。彼らの反応は真っ当だった。

「とう、さま」

その中には、雑踏に紛れた愛娘の視線も含まれていた。だから当然だと思っているのに泣きたくなる。

『これも以前言ったが、我が主は受け入れてくださる。鬼だろうが人だろうが才あれば認める。そこに偏見は一切ない。逆に才がなければ誰でも切り捨てるがな。その意味、考えておけ』

それだけ残して、土浦はこの場から去った。

残された一匹の鬼に町人の視線は集中している。恐怖。嫌悪。忌諱《きい》。負の感情がべったりとまとわりつく。

「化け物だ」

「知ってるぞ、あいつ」

「ああ、俺も見たことがある」

「鬼だったのかよ」

痛みは土浦の一撃のせいか、それとも他に原因があったのかはよく分からない。

ただ、もう聞きたくなかった。

〈隠行〉――小さく呟くと同時に甚夜の姿が背景に溶けていく。

こうして二匹の鬼は去った。

昼下がり。九月の空には薄く墨を流したような雲が広がっていた。

あらゆるものは流転する。

大切だったはずの平穏はあまりにも脆《もろ》く、流れて転がりどこかへ消えた。

願い

1

強くなりたかったわけじゃない。

ただ、壊れない体が欲しかった。


今も思い出す、美しい景色がある。

川のせせらぎを聞きながら、彼女と語り明かした日々のこと。俺は彼女が好きで、彼女も俺を好いてくれていた。全てがうまくいっていたわけではないが満たされていた。

その日もいつものように呼び出され、小高い丘へ足を運んだ。笑顔で俺を迎え入れてくれた彼女は、何故か悲しそうに言った。

「あたし、あんたが好きだよ」

胸が高鳴ると同時に痛みが走る。

振り返れば刀を持った数人の男。血に塗れた白刃。

体に刀が突き立てられた。でも、彼女には何の動揺もない。

だから気付く。これは初めから画策されたこと。

ああ、俺は、騙されたんだ。

鋭い痛み。鈍い痛み。傷付いたのは体か、それとも別の何かだったのか。薄れていく意識の中で何かが壊れていく。

「鬼め」

男達が発する雑音とひたすらに刻まれる自分。

これ以上は、死んでしまう。そう思った瞬間、体は勝手に動いていた。

膨れ上がる憎悪のままに薙ぎ払えば、血が飛び散り男達は死骸に変わる。

全て殺し、でも止まれなくて。

ずぶり。

嫌な感触。俺の手が、彼女の体を貫いている。

自分を殺そうとしたのは彼女、だからこの行為は正しいはずだ。

なのに彼女は、やっぱり柔らかい笑顔で。

「ごめんね、あたしは、あんたみたいに強くなれなかった……」

響く懺悔《ざんげ》の声。次第に動かなくなっていく彼女の体。肌に触れる血液だけが熱を持っている。

そこに至りようやく正気を取り戻す。

俺は、いったい、何を。

そして暗転。

夢が終わる。

あの日の美しい景色だけが、瞼《まぶた》の裏に残されて。

だから、俺は願ったんだ――


不意に今さらどうにもならない愚かな過去が脳裏に映る。

土浦は表情を変えず、思い出の中にいる女を掻き消した。

くだらない、どうでもいい話だ。自身に言い聞かせて意識を切り替える。顔を上げれば、眼前には忠誠を捧げた主の姿があった。

「ご苦労だった、土浦。して首尾は」

会津畠山家座敷。かしずく土浦の一間ほど先には、以前よりも皺《しわ》の増えた細目の男がいる。畠山泰秀は作り笑いを張り付けたまま、品定めするように土浦を見詰めていた。

「申しわけありません。三浦直次を取り逃がしました」

額が畳に触れるほど深く頭を下げた。

土浦は泰秀の指示を受け、三浦直次を殺すために動いた。しかし甚夜に邪魔され、主命を果たせずおめおめと逃げ帰る形となってしまった。手腕を信じて任されたというのに、この様《ざま》だ。言いわけのしようもない。

「全ては私の失態。いか様な処罰もたまわる所存です」

頑とした物言いだった。土浦は真剣だが、それを聞いた泰秀は軽く流す。

「土浦よ。私は、お前の忠心を疑ったことはない。そして、そんなお前に信頼を寄せている。その念は一度ばかりの失態で揺らぎはしないぞ。不始末は次の機会に取り返せばいい」

言葉通り気にはしていない様子だった。だが勘違いしてはいけない。畠山泰秀という男は決して甘くはない。他人を簡単に切り捨てる冷徹さを持っている。ただ同時に、ある意味では誰よりも公平であった。

泰秀は鬼であろうと人であろうと才能があれば登用するし、自分自身を含めて必要とあらば誰でも切り捨てる。彼が土浦を処罰しなかったのは、まだ価値を認めている証拠だ。これ以上信頼を裏切るわけにはいかない。

「は、ありがとうございます。次こそは三浦直次を」

「ああ、それはもういい。代わりに、お前には京へ行ってもらいたい」

「京へ？」

「うむ。今、京は荒れている。松平《まつだいら》公が尊王攘夷派を抑えているのだが、やはり押されているようでな。お前の力が必要だ」

京都守護職に就任した会津藩主・松平容保《かたもり》は配下である新選組を使い、京都市内の治安維持にあたっていた。容保は幕府の主張する公武合体派の一員として、反幕派の尊王攘夷と敵対している。しかしながら時代の流れは倒幕に傾いており、薩長同盟の締結や各地での農民反乱などによって幕府は、そしてそれに追従する会津藩は、次第に進退窮まる状況へと追いやられようとしていた。

思った以上に事態は逼迫《ひっぱく》している。だが、泰秀の表情には微塵の動揺もなかった。

「下位ではあるが、百ばかりの鬼を京へ送った。お前はそれを追い、陰ながら敵を討って欲しい。先に送った鬼は手駒として使え」

「は。……しかし百もの鬼をどうやって配下に？」

「なに、世には不思議な酒もあってな。もっとも、今となっては手に入れることは叶わんが」

答えの意味は分からなかったが追及しなかった。主がやれと言ったならば、それをやらぬ道理はない。泰秀を信じると決めた。ならばこそ彼の言を疑わず、命ずるままに力を振るう。それこそが土浦が唯一抱く譲れない生き方だった。

実のところ土浦は開国や攘夷、佐幕や倒幕といった思想には全く興味がない。彼が泰秀に仕える理由はただ一点。かつて人に裏切られて全てを失い放浪していたところを拾われた、その恩義ゆえである。

今から十年以上前、泰秀は土浦に手を差し伸べた。

「私を信じろ。鬼と武士は同じく時代に打ち捨てられようとしている。我らは旧世代の遺物、いわば同胞。ならば共に手を取り合うことができるはずだ」

人でありながら、泰秀は自分にはない強さを持っている。傲慢だと感じたが尊敬もした。もしあのように強くあったならと、土浦は決して揺らがぬ泰秀のあり方に憧れていた。

「では失礼いたします。京へ行き、泰秀様の敵を残らず討って見せましょう」

「うむ、頼んだ」

主の願いを預かり座敷を後にする。その途中で土浦は立ち止まり、躊躇《ためら》いながらも信じるべき主に問うた。

「泰秀様。一つだけ、お聞きしたいことが」

「なんだ」

「何故、あの男の前で三浦直次を襲い、正体まで晒《さら》す必要があったのでしょうか」

先刻、甚夜と直次が同道している最中の襲撃は偶然ではなかった。共にいるところを襲い、直次の命を絶つ。それが泰秀の下した命令だった。その状況であれば甚夜が邪魔をするのは当然だ。本当に三浦直次を殺害したいのならば、何故あの男が傍にいる時を狙う必要があったのか。どれだけ考えても分からなかった。

「必要だったからだ。それが答えでは不満か」

「……いえ」

それ以上の追及はしなかった。泰秀を信じると決めた。ならば彼がどんな命令を下そうとも、それに従う。信じるとはそういうことだ。不可解に思える指示も、慧眼《けいがん》を持つ泰秀が出したならば相応の理由があったに違いない。そう自分に言い聞かせて思考に区切りをつける。

「任せたぞ、土浦」

「は」

そっと襖《ふすま》を閉じるとかたりと音が鳴る。

たった一間の隔たりが、やけに分厚く感じられた。

◆

瑞穂寺。荒れ放題のこの寺は二度も鬼が出るという噂が流れたため、ほとんどの者が気味悪がって今では誰も近付かない。そういう場所だから身を隠すにはちょうど良かった。黄昏《たそがれ》が過ぎてあたりは黒に染まり、薄月の青白さがいやに目立つ。夜が訪れてからしばらく経った頃、瑞穂寺の本堂には一匹の異形があった。

甚夜は本堂の壁にもたれ掛かり、力なく座り込んでいる。鬼へと化したまま人には戻らず、何をするでもなくただ視線をさ迷わせていた。

土浦との戦いの後、一直線に瑞穂寺へ逃げ込んだ。何故ここを選んだのかは自分でも分からない。

ここが茂助《もすけ》の、はつの最期の場所だからか。夕凪や野茉莉との出会いがあったからか。それとも人を喰う鬼が出るという寺が、自身に相応しいと思えてしまったからなのか。つらつらと考えていたが、どうでもいいと切って捨てる。無駄な思考に労力を費やすほどの余裕はなかった。

あの後直次はどこへ行っただろう。おふうと野茉莉は逃げてくれたのか。気掛かりだが土浦との戦いで負った傷は決して軽くない。骨は無事でも内臓がいくつかやられた。鬼は頑強だが不死身ではなく、無理ができる状態ではなかった。

動けない理由は傷だけでなく心の負担も大きかった。本当におふう達が心配ならば這ってでも確かめてくれればいいだろうに、足は鉛のようで立ち上がることもままならない。

「また、失くしてしまったなぁ」

町人達は恐怖や嫌悪を甚夜に向けていた。直次や野茉莉の反応も脳裏に焼き付いていている。胸を刺す痛みは土浦が放った拳を遥かに超えていた。

鬼は忌み嫌われていると知りながら覚悟を持って正体を晒したというのに、この体《てい》たらく。化け物風情が人と繋がっていようとすること自体が、そもそも間違っていたのかもしれない。目の当たりにした現実に一層体が重くなる。なにもかもが億劫になり、心身の疲労からか少しずつ瞼《まぶた》が下がってきた。

もう疲れた、このまま眠ってしまおうか。

傷を治すためにも休息は取らなければならない。そう言いわけして意識を放り投げようとしたが、妙な違和感に目を見開く。

ふわりと、どこかで嗅いだことのある甘い香りが鼻腔をくすぐった。

「これは、沈丁花《じんちょうげ》……？」

沈丁花は春を告げる花。今の季節には相応しくない芳香だが疑問には思わなかった。

顔を上げると小柄な娘の姿があった。

見なくても知っている。沈丁花は彼女の花だった。

「ここにいたんですね」

おふうは、いつもと変わらない様子でゆったりと頬を緩ませた。

2

ざぁ、と雨音が聞こえた。

今まで気付かなかったが寺の外では雨が降り出していたようだ。おふうの肩も少しばかり濡れており、どうやらこの雨の中で甚夜を探していたらしい。

「探しましたよ？　急にいなくなるから」

何故と聞こうとして、それが的外れだと気付く。おふうは甚夜が鬼だと知っており、そもそも彼女自身が鬼だ。異形と化しても驚くほどではなかったのだろう。現に左右非対称の化け物を前にしても、たおやかな振る舞いを崩さずにいてくれた。

「よくここが分かったな」

「分かったわけじゃありません。ただ甚夜君が行きそうな場所を全部回ってみただけです」

くすくすと笑いながら近づき隣に腰を下ろす。

触れ合える距離に鬼と娘が並んで座る。傍から見れば奇異な組み合わせだろう。

「大丈夫ですか」

「あの程度で死ねるほど脆《もろ》くはない」

「そうじゃありません」

おふうの物言いには邪気がなく、どう返せばいいのか分からない。

しばらくの間二人はただ並んで座っていた。どちらも何も言わない。だが重苦しさはなく、むしろ沈黙が心を軽くする。言葉はなくとも同じ痛みを共有できる、同族だからこその安らかさがここにはあった。

「これから、どうするんですか？」

ぽつり、思い出したようにおふうが問う。

正体を衆目に晒してしまったのだから、もう江戸にはいられない。可能ならば早々にこの町を離れなければいけない。しかし、その前にやり残したことがある。

「土浦……先刻の鬼を討つ」

力の籠らない、ひどく軽い調子だった。

おふうに驚いた様子はなく、かすかに俯いた。

意外だったのか、それとも予測していたのだろうか。その反応からは判別がつかない。ただ彼女は表情を消して、不安に声を震わせていた。

「……無茶です。甚夜君は、あの鬼に傷一つ付けられなかったじゃないですか」

指摘はもっともである。現実として土浦の力、〈不抜〉を破る方法など見当もつかない。しかしあれは討たねばならぬ。土浦が直次を狙ったのは泰秀の命令だ。奴は手駒の鬼を使って直接的な行動に出始めた。放っておけば土浦は討幕派の志士をことごとく蹂躙《じゅうりん》するだろう。動乱の中で命を落とすならばともかく、鬼の手によって人々が虐殺されるのは認められなかった。

「だとしても私自身の目的のために、逃げるわけにはいかない」

そう切って捨てれば再び言葉がなくなった。先程までの心地好い沈黙ではなく、引き攣《つ》ったような空気だ。

少し雨が強くなったらしい。静まり返った本堂では雨音がやけに響く。

「甚夜君」

続く沈黙を破ったのはおふうの方だった。躊躇《ためら》いながら、しかし同時に決意めいたものを感じさせた。

「ずっと聞きたかったんです。貴方は、なんで鬼と戦うのですか?」

刺すような、まっすぐな問いだ。目は真剣で、それがただの雑談のつもりではないのだと分かる。

そう言えば、今まで話したことはなかったか。彼女になら明かしてもいいだろう。甚夜は目を合わせないまま、ぽつりぽつりと話し始めた。

「今から二十年以上前の話だ。私は葛野という集落に住んでいた」

語るには無様な己の始まり。

何一つ守れず全てを失った、どうしようもなく愚かな男の話だ。

「葛野は産鉄の集落。しかし私には職人としての才能はなくてな。幸い剣が立ったから、いつきひめ……集落の巫女《みこ》の護衛についていた」

「巫女……」

「名を白夜《びゃくや》という」

雨音に紛れてしまうくらいか細く、自分でも驚くほど優しくその名を呼んでいた。隠しきれない愛しさにおふうも気付いたのだろう。お互い妙なくすぐったさを感じたせいか、一瞬だけ間が空いた。

「好き、だったんですか？」

「……ああ。彼女は、葛野の未来のために自身の幸福を捨て巫女となった。それを尊いと思い、だからこそ護りたいと願った」

結局、それは叶わなかったが。

「ある日、葛野を鬼が襲撃した。私は巫女守として護衛についていたが、守れずに彼女を死なせ、結果全てを失った。彼女を殺した鬼は去り際に言ったよ。この世の全てを破壊し尽くすとな」

遠い夜。愛した女を守れず、大切な家族を失い、自分自身さえ踏み躙《にじ》られた。

残されたのは、たった一つの感情のみ。

「私は、憎い。私から全てを奪った鬼が。今から百年以上後、そいつは全ての闇を統《す》べる王、鬼神となって葛野の地に戻るらしい。……私は鬼神を止める。そのためだけに、今まで生きてきた」

人を滅ぼす災厄と対峙するに足る、鬼神へと堕ちた妹を止めるために。

……何を斬るか、何を憎むかなんて。そんなことに迷わないでいられるだけの力が欲しかった。

「鬼を討つのは、彼らを喰らいその力を奪うため。私は、強くなりたかった」

下衆《げす》な所業に何も感じなかったと言えば嘘になる。茂助や夕凪、喰らった中には大切だと思える者達もいた。それさえ切り捨て踏み躙《にじ》った。他の生き方は選べなかった。

「白夜を殺した鬼の名は鈴音。……私の、妹だ」

名を呼ぶだけで苛立ちが募る。沸き上がる憎悪は感情ではなく機能だ。人が呼吸を止められないのと同じで、どれだけ頭で許そうとしても鬼へと堕ちたこの身は憎しみから逃れられない。

「じゃあ、甚夜君は……妹さんを殺すために、強くなりたかったんですか？」

止めると語った甚夜に対し、おふうは虚飾を取り去って殺すと言った。責めるような調子ではなく、平静な抑揚のない問いだった。

「さて、な」

投げやりな返しにおふうは少しだけ目を伏せた。宿る色は怒りではなく寂しさが近い。本心を明かすにはお前では足らない、彼女はそう受け取ったのかもしれない。けれど違う。自身が自らの胸中を把握できておらず、うまい表現が見つからなかっただけだ。

「答えて、くれないのですか？」

「済まない。誤魔化したのではなく、なんと言えばいいのか分からないんだ」

許したいと願っても身を焦がす憎悪は捨てられず、殺したいと望んでもかつての幸福が刃を鈍らせる。どっちつかずのまま、ここまで来てしまった。

「そう、ですか。ならもう一つ。聞かせてください」

要領を得ない言いわけを追及せず、おふうは納得したように頷く。妙な反応を訝しむと、まっすぐな瞳で見詰め返された。

「力を得るために鬼と戦う。それを求めたのは妹さんを止めるため。なら甚夜君は……なんで、鈴音さんを止めたいのですか？」

急所を突き刺され、頭の中が真っ白に塗り潰された。鈴音を止めるという目的ではなく、その道を選ぶに至った理由。それを彼女は問うている。

「もしかしたら殺さないといけなくなる。それでもその道を選んだ理由が、私には分からないんです」

「……それは」

「貴方は人を守るために戦うのですか?」

人のために、その気持ちがなかったわけではない。かつて葛野を旅立つ時、集落の長にも現世を滅ぼす鬼神を止めると宣言した。しかし今はそれを空々しく感じる。

「それとも憎いから……貴方が望んだのは復讐でしょうか」

始まりを思えば復讐のためと言われても否定できない。だが、そのためだけに刀を振るってきたならば、これほど迷いはしなかったはずだ。ただ、殺すにしろ救うにしろ最後の幕はこの手で下ろさねばならないと胸に刻んだ。それは何故だろう。鈴音を止めてどうしたかったのか。

いくら頭を悩ませても納得のいく理由が出てこない。何かがあるはずだと自己に没頭していけば、遠い昔に語った言葉に指先が触れた。

『私がそこまで追い詰めた。ならばこそ、けじめはつけねばなりません』

そうして知る。心の奥底では気付いていながらずっと眼を背けてきた本音を、甚夜はようやく理解した。

「なんで、貴方は。そこまで……」

理由もなく妹と殺し合おうなんて正気の沙汰ではない。おふうには甚夜が常識の外にいる化け物に見えているのかもしれない。

甚夜は首を横に振り、そんな上等なものではないと否定する。

「違うんだ」

おふうは花の知識にかこつけて、多くの大切なことを教えてくれた。居場所を作ろうと心を砕いてくれた。気恥ずかしくて言えなかったが、それをずっと感謝していた。だから彼女になら弱さを曝《さら》け出してもいいと素直に思えた。

「私は、今でも鈴音を大切に想っている。だけど憎しみが消えてくれない。今この瞬間だって思っている。憎い、殺したい。大切な妹だと、そう想っているのに」

遠い雨の日に救われた。共に過ごした日々のぬくもりを覚えている。しかし際限なく膨れ上がる憎悪が、かつての幸福さえ塗り潰す。

「なのに殺すことだって躊躇っている。私は何十年と生きて自分がどうしたいのか、そんなことさえ分からない」

ずっと迷ってばかりだった。けれど今なら分かる。本当に斬りたいと願ったものが何なのか。

「それでも止めると誓った。それはきっと、鈴音が憎いからでも人のためでもない」

ここに告解しよう。

この生き方を選んだのは人を守りたいという義心ではない。

復讐でも、想い人を殺した妹に対する憎悪のためでさえなかった。

「私は……ただ、己の生き方にけじめを付けたかった」

人を滅ぼす。無邪気な妹をそこまで追い詰めてしまったのは甚夜だ。だから鈴音を止めたかった。そうすれば、かつて犯した過ちを払拭できるような気になっていた。復讐だの、怪異の犠牲になる人を見たくないだの、そんなものは全ておためごかし。実際は鈴音の向こうに弱かった自身の影を見ていたに過ぎない。

本当に斬りたかったのは——

何一つ守れず自らの手で全てを壊してしまった。鬼として憎悪に身を委ねることも、人として憎悪を飲み込むこともできなかった。意味もなく意義もなく、ただ無為に生きる醜い鬼人。

——そんな弱い己をこそ、私は斬り捨てたかったのだ。

「……無様だな、私は。あの娘を憎み殺したいと思ったのも、許し救いたいと願ったのも事実。しかし結局、それは己の弱さを誤魔化す言いわけでしかなかった」

異形の鬼は、その外見には似合わぬ弱々しい笑みを落とす。

「きっと私はこの憎悪を消せないまま、最悪の結末に辿り着く。……私は、生き方を間違えていたんだ」

やっと見つけた己の真実は、目を背けたくなるほどに醜悪だった。それに気付かず多くのものを切り捨ててきた。今まで何をやってきたのだろう。頭《こうべ》を垂れるように俯き、甚夜は嫌悪に表情を歪める。

「よかった」

悔やむ甚夜に寄り添い、おふうは安堵したように息を吐いた。

「甚夜君は、やっぱり私の知っている甚夜君でした。貴方は過ちをちゃんと認められる人です」

柔らかい微笑みに、それが単なる慰めではないと知れる。

「正しいって、そんなに大切なんでしょうか?」

雨を通り抜けて冷たくなった風が本堂を流れた。心地好くはない。なのに肌触りを優しいと感じる。きっと優しいのは風ではなく空気。彼女のいるこの場所こそが優しいのだろう。

「お父さんは……彼は、私のために全てを捨てました。今になって思いますけど、それは多分、人として間違っていたんだと思います」

「いや、それは」

「いいえ。どんな理由があっても言いわけにはなりません。……そのせいで、辛い思いをした人だっているのですから」

直次は心底兄を尊敬していた。それを切り捨てた定長は、見方によっては間違っていたのかもしれない。敬愛する父を否定し、けれどおふうは嬉しそうに口元を緩める。

「でも、私は救われました」

まるで鮮やかに咲く花のようだ。いつか見た、見惚れるほどに眩しい笑顔だった。

「正しいことを正しく行うことが、必ずしも最良とは限りませんよ。少なくとも私はあの人の間違いに手を引かれてここにいます」

間違いでもいいと、醜さをおふうは肯定する。冷たい夜風以上に温かな言葉が体に染み渡る。

「妹さんを殺すために戦う。鬼を喰らって力を奪う。その理由は自分のため。そうですね、貴方の始まりも歩んできた道も、きっと間違いだった」

言われないでも分かっている。結局、己がしてきたことに意味なんてなかった。

沈み込むように項垂《うなだ》れ、唇を噛む。その様を見てもおふうの語り口は確信に満ちている。

「だとしても、そんな貴方に救われたものだってあるんです」

否定しようとしたが、ぎしりと床が鳴った。目を向ければ、本堂には新しい二つの人影がある。

「何故ここに」

気まずそうに曖昧な表情を浮かべる直次と、今にも泣きそうな野茉莉。今まで向けられたことのない視線が痛い。

「申しわけない、実は途中から隠れて聞いていました」

「野茉莉ちゃんも三浦様も、甚夜君を探してくれたんですよ。謝りたいって」

直次には怯えがあった。それでも下がろうとはせず、彼はぐっと強く前を見据えた。

「正直に言います。私は、その姿が恐ろしい。人よりも遥かに強大な存在に怯えて、貴方の前から逃げ出した」

「ああ……」

それを責められはしない。誰だって死ぬのは怖いのだ。理不尽に命を奪うあやかしを恐れて排斥しようとするのは人ならば当然だ。

「見ての通り、私は化け物だ。お前の感情は正しい」

「違うっ！」

けれど直次が激昂して叫ぶ。

「甚殿は何が正しいのかを迷い、悩み、それでも曲げられない生き方のために命を懸けてきた。それは私と何も変わらない。貴方は私と同じだ。鬼かもしれない。ですが化け物ではなかった……！」

剥き出しになった感情の激しさに驚き、反応できず固まる。

涙を浮かべて奥歯を食い縛り、それでも直次は目だけは逸らさない。

「甚殿、貴方は私の友人だ。一度は逃げてしまいました。だからもう逃げたくない。私は、最後まで貴方の友人でありたい」

泣きすぎて鼻水を垂らしながらでは、お世辞にも格好良いとは言えない。だが眩しい。支離滅裂な訴えなのに、どうしてこうも心が震えるのか。

「とうさま」

動けずにいる甚夜の胸元へ、倒れ込むように野茉莉が抱き付いてくる。いや、縋っていたのかもしれない。子供らしい弱さが余計に彼を戸惑わせる。

「野茉莉……私が怖くないのか」

怖くない。そう伝えようとしてか、勢いよく何度も首を横に振る。娘は泣いていた。小さな瞳は濡れて、後から後から涙が零《こぼ》れる。拭ってやりたかった。けれど、この手で触るのは罪深いような気がして甚夜は何もできなかった。

「とうさまは、とうさま」

こんな野茉莉を見るのは初めてだ。環境のせいか年の割に手のかからない子に育った。こうやって取り乱すなど想像もしていなかった。

「こわくなんてない。だから、どこにもいかないで……」

少し遅れて娘の態度の意味を悟る。この子は鬼である甚夜を恐れたのではなく、父親がどこかに行ってしまうのではないかと不安に震えていたのだ。

馬鹿らしい。本当に怯えていたのは甚夜の方だった。離れていく手が怖くて怖くて、自分から手を放そうとしてしまった。

「……やっぱり、甚殿は親馬鹿ですね」

「そうですね。野茉莉ちゃんにとうさまって呼ばれただけで、そんな顔をするんですから」

鼻を啜《すす》ってから直次は何とか笑みを作り、おふうもまた親娘の触れ合いを嬉しそうに眺めている。

言われて甚夜は口元に手をやった。自嘲は形にならず、ただのにやけ面になってしまったらしい。気恥ずかしくなって押し黙ると、おふうはくすくすと、直次にいたっては声を上げて笑い始めた。腕の中の娘はようやく泣き止み、うらぶれた廃寺だというのに流れる空気は喜兵衛で過ごした暖かな時間を想起させた。

「これは貴方の間違いが作った景色です。ほら、そんなに悪いものじゃないでしょう?」

おふうが悪戯っぽく片目を瞑る。おどけた仕種に彼女の父親を思い出す。血は繋がっていなくても、父娘の紡いだものがここにあった。

「ああ、そうだな……本当に、そうだ」

ようやく零《こぼ》れた朴訥《ぼくとつ》とした笑み。それはいつかの少年が零したものによく似ていた。

——それでも、貴方は止まらないんだよね?

懐かしい幻を再び見る。

かつて白雪は言った。誰かへの想いよりも自分の生き方を優先してしまう甚夜は、今まで貫いてきた生き方を変えられない。そして、今は大切なものを見失っただけで、いつかは答えを見つけることができると。

ああ、彼女の言うことはいつも的を射ている。故郷に家族に愛した人。取り零したものを想うあまり、その延長にある今を悲観し続けていた。それでも譲れないものがある以上、甚夜はこれからも間違いを積み重ねていくのだろう。

しかし結末が無惨でも甚太の志は過ちではなかった。歪んだ道行きの途中にも、弱く醜悪な鬼人を受け入れてくれる者達がいた。犯した罪にばかり気を取られて、そこから生まれるものに無頓着になっていた。

──大丈夫、私の想いはずっと傍にあるから。貴方は、貴方の為すべきことを。

己の行いの全てを肯定はできない。それをするには多くを踏み躙り過ぎた。けれど捨て切れなかったものが、拾ってきたものがあるならまだ空っぽではない。そうだ、今なら受け入れることができる。

私は、失ってなどいなかった。

先程まであんなにも重かった四肢に力が籠る。痛みは残っていたが問題にもならない。

一度野茉莉に離れてもらい、床を踏み締めてゆっくりと体を起こす。左右非対称の異形の鬼は堂々と力強く立ち上がった。

「甚夜君……」

「認めよう。憎しみを言いわけに自らを正当化する。そんな生き方は最初から間違っていた」

必死に歩いてきたつもりだったが、本当はずっと足踏みをしていたのかもしれない。しかしそれに意味がなかったとはもう思わなかった。

「だが、それに気付けても鬼神の現れる現実は覆らない。おそらく私は憎しみを抱えたまま百年の先、鈴音と殺し合うことになるだろう。それでも……」

血に塗れたこの手でも、救えるものがあるというのならば。

「……私はもう一度、この手を伸ばして誰かを守りたいと願ってもいいのだろうか」

まっすぐに見つめる六つの瞳。皆穏やかに優しく微笑んでいる。

「今までだって多くのものを守ってきました。貴方が、それを信じたくなかっただけです」

「そうか。……たとえ間違えたままだとしても、救えるものはあるのだな」

始まりを間違えた愚かな男でも救えるものがあるのなら、この道の果ても決して過ちだけではないのだろう。彼女の笑顔がそう信じさせてくれた。

「……さて、行くか」

動けるようになったからには為すべきを為そう。土浦が入京すれば必ず開国派の志士を討つために動く。それを放置するわけにはいかない。

直次が悔しそうに歯噛みする。

「すみません……結局、貴方に頼ってしまう」

「気にするな。お前は京へ向かうのだろう。雑事に関わることはない」

「ですが」

「蛇の道は蛇、鬼は鬼に任せればいい」

「申しわけ……いえ、ありがとうございます」

「ああ。私は為すべきを為す。お前も人として武士として、為すべきを為せばいい」

人だから鬼だからではなく、ただ選んだ道が違うだけ。だから卑下はせず、ここで別れようと友なのだと素直に認められる。

「おふう、野茉莉を頼む。いい子にしているんだぞ」

野茉莉の頭を撫でてやれば、今泣いた烏《からす》がもう笑う。甚夜もまたかすかな笑みを落とし、彼女達の横を通り過ぎて本堂の外へと向かう。

「うん、とうさま」

「行ってらっしゃい、ちゃんと帰ってきてくださいね。待ってますから」

彼女はいつもそう言って、心配しながらも見送ってくれる。

だから、甚夜もいつものように返事代わりに軽く手を上げた。

振り返りはせず足も止めない。本堂を出て雨に濡れながら荒れ放題の境内を進む。

人よ、何故刀を振るう。

雨音に紛れ聞こえてくる、いつかの問い。異形の左腕の持ち主が投げかけた言葉に、以前の自分はきっぱりと答えた。

――他がために。守るべきもののために振るうのみ。

思えば若かったのだろう。その答えが間違いではないと根拠もなく信じていた。けれど長い道を歩くうちに、誰かのためになどおこがましくて、いつしか口にすることもできなくなった。想いをまっすぐに言えたあの頃にはもう帰れない。それでも、守りたいと思えるものが少しずつ増えた。血塗れの手でも救えたものがあったのだ。

そうと気付けたから少しだけ強くなれる。今までの強さは鬼を討つためで、妹を止めるためだった。力を求め生き方にこだわることで、他の誰かへ手を伸ばせない弱い自分に気付かないふりをしていた。

しかし、これからは違う。

彼女達がくれたほんの少しの強さは、守りたいものを素直に守りたいと言うために。

降りしきる雨。雨足はさらに強くなっていた。夜の闇も相まって、目指すべき道の先は見えない。

だとしても迷いはない。

踏み締めるように一歩を進む。
冷たい雨に打たれながら、しかし胸には遠い日に抱いたはずの熱が宿っていた。

3

鬼子《おにご》。

幼い頃から異常なまでに体格の良かった土浦は周囲にそう呼ばれて育った。鬼子と呼ばなかったのは馴染みの少女だけ。他の者はこぞって土浦を責め立てた。

それを辛いと思ったことはない。同年代の子供達はよくからかってきたが、腕力に優れた土浦が暴れれば一溜《ひと》《た》まりもないと知っていた。だから彼らにできるのは、せいぜい遠くから負け犬のように吠えるくらい。そんなくだらない連中の罵倒に傷付くはずがない。時折手を出してくる奴もいたが、大抵の場合一発殴れば泣いて逃げる。

疎外されて孤独な幼少期を過ごしたが、辛さよりも納得が勝った。人はわずかな差異をさも大事であるかのように取り上げ、他者を差別するもの。土浦は自身の経験によりそれを理解した。周りの人間になど端から期待していない。大人達から邪魔にされて時には蹴飛ばされもしたが、「やはり」と思う程度で失望も痛苦もなかった。

長らく人に虐げられた彼は、当然のように答えを得る。

人は信じるに足らない。

わずか七歳の時に至った現世の真理である。

二十歳を過ぎた頃、七尺に近い巨躯《きょく》を誇った土浦は鬼と呼ばれるようになっていた。断っておくが彼の両目は黒である。容姿から鬼と呼ばれただけであって、彼は紛れもなく人だった。しかし周りの者には理外の存在と思えたらしく、ある集落に身を置いていた土浦は村八分とまではいかないまでも、いないものとして扱われた。

父も母も既に亡くなり、親しい者もほとんどいない。集落の長がそれとなく庇ってくれたため追い出されはしなかったが、決して住みよい場所ではなかった。けれど、やはり辛いと思ったことはない。ただ、その理由は幼い頃とは少しだけ変わり始めていた。

「おお、土浦。来たか」

鍛冶場で鎚《つち》を振るっていた男は、一段落ついたところで土浦を迎え入れた。

青年になった土浦は集落の鍛冶師の徒弟として腕を磨き、造った包丁などの鉄製品を売って生計を立てていた。鍛冶師になりたかったのではない。虐げられている彼を唯一受け入れた働き口が鍛冶の道だったというだけだ。

「見てくれ、二本目だ。今度のは少し波紋にこだわってみてな。のたれ刃に葉《よう》の組み合わせ。まるで娘子のように涼やかな刀身じゃねえか」

打った刀を見せつけながら満足そうに師は頷く。師匠は稀代の名工だが、同時に奇怪な変人でもあった。古くから続く産鉄の集落、その中でも随一の鍛冶の腕を持ちながら、その時の気分でしか仕事をしない。水へし小割り。積沸かし。鍛錬に皮鉄・心鉄造り。

素延べ火造り土置き焼き入れ。こしらえを作る以外の全ての工程を自分一人で行う頑固者だ。土浦が出入りしているせいで「あの男の鍛冶場には鬼が出入りしている」と陰口を叩かれても、どこ吹く風で平然としている。

『兼臣、それ以上はやめておけ。弟子が困惑している』

そして、何よりも奇怪だったのは妻の存在だ。土浦の件はただの誤解だが、師の鍛冶場には本当に鬼が出入りしていた。それどころかこの男は鬼女を娶《めと》り、人外と夫婦になったのだ。

「いや、でもよ夜刀《やと》、見てくれ。こいつは我ながら美女になった」

『……そんなだから、お前は変人だと言われるんだ』

「何故呆れたような目で俺を見る。我が弟子よ、お前までっ⁉」

「ああ、いや。つい」

三十を超える男と見た目は十四、五といった娘のやりとりに土浦は苦笑いを浮かべ、今日も鍛冶を始める。

人に対する不信は変わらないが、今は心を預けられる者達ができた。生きる術を与えてくれた師匠と、鬼でありながら人に嫁いだ師の妻。そして、もう一人。

「お、嬢ちゃんが来たぜ。ったく、毎度毎度見せつけてくれんなぁ」

誰かが鍛冶場を外から覗いている。目敏く見付けた師が、完全にからかう調子でいやらしく口を歪めた。外にいたのは、唯一、土浦を鬼子と呼ばなかった娘だった。

「そうだな……今日は一段落ついたら切り上げて行っていいぞ」

「ですが」

「いいから行け」

こういう時、大抵師匠は都合をつけてくれる。長い黒髪の鬼女も優しく目を細め、土浦に微笑みかけた。

『せっかくだから行けばいい。たまにはそんな日もいいだろう』

「……わかりました。では、お言葉に甘えて」

「おう！……それはそれとして、なんでこいつの言葉には素直に従うんだ？　俺、師匠じゃねえの？」

師の言葉は聞かなかったことにして、そそくさと片付け鍛冶場を離れる。

表情は変わらず、しかし心は浮き立つ。

その先では彼女が、相変わらずの柔らかな笑顔で――――

降りしきる雨の中、土浦は暗い夜道を歩く。

日本橋より京都・三条まで六十九宿、百三十里余をつなぐ中山道《なかせんどう》。江戸を起点とする五街道の一つで、東海道とともに日の本の主要な交通路として多くの人々が利用してきないのか。

た道である。


ないのか。

雨の夜は視界が悪い。耳を突く雨音、遠くを見ても夜の闇があるばかり。歩いているのは彼だけ。長く続く道は開けているのに先を見通すことができない。そのせいだろう、今日は古い記憶が脳裏を過る。思い出したくもない過去だ。だというのに何故忘れられないのか。

陰惨とした気持ちを振り払おうと数度首を横に振り、無理矢理に古い記憶を追い出す。京には多くの志士がいるだろう。倒幕を画策する者どもを皆殺しにする。主命を果たすため、今は余計な感情に惑わされず進まねばならない。

街道の脇には槐《えんじゅ》の木が立ち並び、その傍らには土盛りがされていた。

全国の街道には旅人の目印として一里毎に土盛りが設置されている。これを一里塚と呼び、多くの場合榎《えのき》や槐の木が塚の近くに植えられている。旅人はこの目印に沿って歩き、時には木陰で休息を取るなどして、通り過ぎた一里塚を数えて行く先までの距離を測りながら長い長い旅路を越えていくのだ。

人は面白いことを考える。

土浦はもともと人であったが負の感情をもって鬼へ堕ちた。しかし幼い頃から鬼子と扱われていたせいで、自分を人とは思えないでいた。

さらに歩き、幾つの槐を越えたか分からなくなり出した頃、一里塚の傍ら、木の下に人影が見えた。

雨宿りしている旅人だろうか。不審に思い目を凝らせば、その姿に驚愕する。木陰に佇んでいるのは人ではなかった。

雨の中で傘も差さず佇む男。腕を組み、左目だけを瞑ったまま槐に背を預けている。くすんだ鉄のような肌。着物の袖口から見える異常に隆起した赤黒い左腕。肩口までかかった銀髪は雨に濡れ、そのせいか鈍い刃物を思わせた。

「遅かったな」

言いながら槐の木陰からゆっくりと離れ、街道の真中へ。

堂々とした振る舞いに迷いは欠片も見られない。

男の、そこには赤の双眸《そうぼう》が。

「貴様……」

男の名は甚夜。

先刻争ったばかりの鬼は悠々と、再び土浦の前に立ち塞がってみせた。

◆

「お前を待っていた」

甚夜は腰のものを抜刀し、構えずにだらりと腕を放り出す。

「先刻、鬼の群れに話を聞いた。京へ向かうそうだな」

土浦がかすかに眉を顰《ひそ》めた。先程街道で出会った町人に偽装した鬼は、やはり泰秀の手の者らしい。偶然だが止められたのは幸いだった。

「片付けたか」

「手間取ったが肩慣らしにはなった」

お互いそこに感情はない。甚夜にしてみれば邪魔なものを斬り伏せただけ。土浦にとっても不要な有象無象《うぞうむぞう》にすぎないのだろう。

「何故だ」

激しい雨の中、冷たい問いが突き付けられる。

「貴様は、何故同胞を討ってまで泰秀様の邪魔をする」

疑問はもっともだ。泰秀らが京で何をしようと甚夜が割って入る理由は薄い。

「来日に正体を晒した今、人のために戦う義理もないはずだ。俺にはお前の意図が読めん」

土浦が怪訝な面持ちでこちらを覗き込む。人は自分と異なるものを排斥するというが、理解の及ばないものを警戒するのは鬼も変わらない。今さらながらそれを悟ると、このような状況でも心が落ち着いた。

「以前も言ったが思想に興味はない。開国でも攘夷でも好きにやってくれ……そう、思っていたのだがな。どうやら私は、畠山泰秀のやりようが気に入らないらしい」

今、京では開国派と攘夷派がお互いの我を張り合って戦い続けている。思想こそ違えど彼らは共に、この国の未来を憂え立ち上がった者達だ。短い命で、それでも何かを成し遂げようと戦っている。儚く咲いて散る命は、長くを生きる鬼にはない美しさだ。

「この先にあるのは人の戦い、時代を決める闘争だ。……私達のような化け物は、関わるべきではない」

「だから邪魔をすると？」

「いいや、さすがにそこまで酔狂でもない。もっと理由は単純だよ」

どこまでいっても鬼は鬼。人同士の戦いに手を出してはならない。その考えに嘘はないが、他に強いるほど傲慢でもない。それでも阻もうとするのは、単純な感情に身を任せると決めたからだ。

「この先は友の戦場だ。……悪いが、通さん」

友でありたいと言ってくれた彼の選んだ道を、妙な横槍で汚されたくはない。直次が人同士の争いの中で命を落とすのは仕方ない。武士としての生き方を貫いた果ての死ならば本望だろう。だが、泰秀の策略に巻き込まれるのは我慢ならない。

「お前は」

「私には資格がないと思っていた。憎悪に塗れ、妹を殺そうとする男だ。口にするのもおこがましいと躊躇ってきた。だが、間違えたままでも救えるものはあるのだと教えてもらった。だから……」

かつての問いに今答えを返す。

いまだ何一つ選べぬこの手にも、まだ守れるものがあるのなら。

「曲げられぬ生き方、そして譲れぬ矮小な意地のために」

正義ではなく己の願うままに、どれだけ醜い偽善だとしても手を伸ばす。

「自身が守りたいと願うもののために……今一度この刀を振るおう」

間違えたままの生き方にも、きっと救えるものはあるはずだ。

もう切っ先に迷いはなかった。

「そうか……」

納得したように頷き、瞬間、土浦の体が膨張する。服を破り肥大化する筋肉。浮かび上がる紋様。彼もまた鬼へと化した。

『貴様にも、信じるものがあるということか』

赤い瞳に憎悪や敵意はなく、むしろ真摯《しんし》でさえあった。

何故そんな目で見るのか。甚夜には土浦が何を考えているかは分からない。しかし感じ取れる。この男もまた何か信じるもののために戦っているのだと。

「ああ。私から譲る気はない」

『無論、俺もだ』

ならば、お互い選ぶ道は一つだけ。

『潰す』

「斬る」

降りしきる雨の中。二匹の鬼は、以前と同じように絶殺を宣言した。

人は信じるに足らない。

分かっていたはずなのに、理解していなかった。

信じるな、誰かが囁《ささや》いた。

だから俺は願った。壊れない体が欲しい。

もし、壊れない体なら——

4

月のない夜だった。

冷たい雨の降りしきる、江戸と京を結ぶ中山道。槐《えんじゅ》の葉が雨に打たれて揺れる。しなる枝は頭《こうべ》を垂れるようで、どこか頼りない輪郭を宵闇の空へ浮かべていた。

人はいない。代わりに蠢《うごめ》く二匹の異形の影があった。

剛腕を掻い潜って懐に潜り込み、鬼の膂力《りょりょく》を持って放たれた一刀。やはり簡単に弾かれてしまう。

迫り来る拳を異形の左腕で防ぐが、勢いは殺しきれない。軋む体。しかし後ろには下がらず返す刀で首を狙う。打ち付けた瞬間、手に痺れが走る。首を断ち切れず、それどころか皮膚を裂くことも叶わない。

軽い舌打ち。次の行動は速かった。地を蹴り後退。十分に距離を取ったところでもう一度構え直し、眼前の敵に正対する。視界には全霊の斬撃を涼風のように受ける鬼。

幾度目かの攻防は、またも傷一つ与えられず終わった。

『何度やっても無駄だ』

その身に受けた太刀は十を超え、土浦はなおも平然としていた。

技量という点で見れば二人は互角。膂力や速力にも大きな開きはない。〈剛力〉や〈疾駆〉で瞬発的に高められる分、甚夜の方が有利である。だというのに、甚夜は一方的な劣勢を強いられていた。相手はいくら受けても傷を負わない。力量がさほど変わらない以上、壊れない体は絶対の優位だ。

「無駄ではない」

劣勢に立たされてはいるが、戦意はまだ失っていない。不敵に甚夜が指差した先、土浦の胸元には二寸程度の傷がある。掠り傷ではあるが、幾多の攻防を経てようやく与えた裂傷だった。たとえわずかでも傷をつけることはできた。不利は事実だが決して相手は無敵ではない。

「〈不抜〉……肉体の極端な硬質化。だが、使用している最中は動くことができない」

ぴくりと反応を示した。それを見るに間違ってはいないようだ。〈不抜〉は絶対の防御力を誇るが、使用中は全身を硬質化するため筋肉や関節も固まってしまって動けなくなるのだろう。

『だからなんだ。それが事実として、貴様が俺を壊せんことに変わりはない』

弱点を指摘されても動揺はしなかった。

それも当然か。仮説に間違いはないが、現実としてなんの問題もなく動き回っている。そのからくりにも当たりは付いていた。

実に単純、奴は攻撃が当たる瞬間にだけ〈不抜〉を行使している。だから壊れない体と高速の挙動を両立できる。鬼の力と人の技、その高次元での合一。鬼人たる甚夜が目指すべき一つの究極がそこにはあった。

この男は本当に強い。

壊れない体は厄介だ。しかし真に恐ろしいのはその特性ではなく、攻撃が当たる刹那を見切る、研ぎ澄まされた判断力。それに比べれば、〈不抜〉も練磨された体術も余技に過ぎない。この男が強いのは膂力に秀でた鬼だからではない。人の技を習得しているからでも、〈不抜〉があるからでもない。能力が優れているのではなく、能力を扱う術に長けていることこそが強み。つまり、この男は鬼だから強いのではなく土浦だから強いのだ。

構えを解かず、意識は敵に向けたまま思考を巡らせる。

どうすれば〈不抜〉を打ち崩せる？

動いている瞬間を狙っても直撃の寸前に力が発動する。〈疾駆〉の速度で距離を詰めても、〈隠行〉で姿を消して斬り付けても防がれた。〈飛刃〉の威力は普通の剣撃と変わらないし〈犬神〉も威力が足らない。〈剛力〉でも破れなかった。残された〈空言〉に攻撃力はない。

現状の手札で効果がありそうなのは……と、思索はそこで中断された。八尺はあろう巨躯《きょく》が、その大きさに見合わぬ速さで襲い掛かってくる。並みの使い手ならば反応すら許されない速度だ。上半身は決してぶれない正中線を意識した歩法。嫌になる程の練度の高さだった。

激しく降る雨はまるで壁だ。それを貫くように突き出された拳。甚夜は避けるのではなく一歩を踏み込む。右腕で夜来を振るい、土浦の腕の下に潜り込ませる。防ぐのではなく正拳の軌道を逸らす。岡田貴一が使った無駄を削ぎ落とした剣。奴には及ばずとも真似事くらいならできる。

しかし、その程度では完全には受け流せない。土浦の拳が左肩の肉を抉《えぐ》る。痛みはあるが無視して、返礼とばかりに異形の左腕で掌底を放つ。

『無駄だと言っている』

鉄を殴ったような感覚。〈不抜〉はやはり破れない。

それを確信しているからこそ奴は掌底を真っ向から受けて見せた。実際、鬼の膂力をもってしても小さな傷さえ与えられなかった。

侮《あなど》りの視線を感じたが構わない。これでお前を倒せるとは端から思っていない。この一撃の目的は打倒ではなく触れること。

左腕がどくりと脈打つ。鳴動する異形の腕。

変化した空気に、何かまずいと感じたのだろう。土浦はすぐさま後ろに下がろうとする。

だが遅い。

甚夜の手札には〈不抜〉を破るほどのものはない。代わりに防御力など関係なく相手に干渉する力ならばある。いかに壊れない体だろうと、壊すのではなく己が内に取り込む異能。

〈同化〉。鬼を喰らう異形の腕。その力をもって、お前を喰らい尽くす。

瞬間、左腕から奴の意識が奔流となって入り込んでくる。

白く染まる遠い景色。

自分のものではない記憶に、何故かいつか見た始まりの場所を思い出した。

◆

小高い丘。

故郷を流れる川が一望できるその場所は、幼かった土浦達のお気に入りだった。今日は子供の頃のように、彼女に手を引かれて丘を訪れた。

集落に娯楽はない。あったとしても鬼子と呼ばれて除け者にされてきた身では混じることはできない。気遣ってくれたのだろう。三つ年下の馴染みの娘は、よくこの場所に連れて来てくれた。

丘から見る清流は陽光を受けて瞬くように光を放つ。二人ともその様が好きで、遠い日にも並んで眼下に広がる美しい景色を眺めていた。

「関白様が亡くなられたそうだ。また世は荒れるな」

時折集落に訪れる商人から師匠がそんな話を仕入れてきた。豊臣のもたらした一時の安寧は秀吉公の死後に乱れ始め、戦の機運が高まってきていた。おそらく近々、この国の行く末を決めるほどの大きな戦が起こる。鉄師の集落も忙しくなるかもしれない。

「どうした」

「……別に、なんでもないよ」

話がつまらなかったのか、彼女は俯いてばかりいる。笑みが硬く誤魔化すには無理があった。

「悩みでもあるなら聞くが」

鬼子と虐げられていた幼い頃、唯一傍にいてくれた。彼女に救われてきたからこそ少しでも力になりたかった。なのに彼女は一瞬だけ、泣きそうな顔をした。

「そっか、なら聞いておくれ」

憂鬱の色は直ぐに消え、代わりに熱っぽく潤んだ瞳がこちらを見る。

「あたし、あんたが好きだよ」

緊張に震えた声だった。

鼓動が高鳴る。まさかと思いながらも湧き上がる喜びに頬が緩んだ。

そして何かを返そうとして。

どすり、と。背中に鋭い痛みが走った。

どすり。どすり。痛みが増える。

おかしい、なんだこれは。何故体から刀が生えている。

ぎこちなく後ろを振り返る。

そこには、いやな笑みを浮かべる数人の男。集落の若い衆だった。

「鬼め」

さらに斬り付けられる。鬼と呼ばれたところで強くなれるわけではない。面白いほど簡単に体は刻まれて血を流す。

もう一度、彼女に向き直る。

泣きそうではあったが、驚いてはいなかった。多分、ここで襲われると知っていたから。いや、違う。今日ここに行こうと言い出したのは彼女だ。

「へへ、よくやったな。おかげで鬼を討てた」

つまり彼女の立ち位置は、男達の側だということ。自分は最初からこの場所で殺されるために呼び出された。

そうか、裏切られたのか。理解した瞬間、膝が砕けた。

ああ、馬鹿な話だ。散々虐げられてきたくせして理解していなかった。彼女なら信じられると誤解していた。

「後はあの鬼女だけだ。最初からこうしてりゃよかったんだよ」

あの鬼女。師の妻を指しているのだろうか。

集落の者達は、鬼を排除するために動いている？　自分も鬼として排除の対象になった？

血を失ってぼやけた頭はまともに働かない。さ迷う視線が彼女を見つけたが、ふいと顔を背けられた。

もう目も合わせてくれない。結局彼女にとっても自分は鬼子でしかなかった。最初から殺すために誘われた。思い出だなんだといっても、ここは彼女にとってその程度の価値しかなかったのだろう。

苦しい。突き付けられた事実が想像以上に胸の内をかき乱す。喪失。絶望。憎悪。把握しきれないどす黒いものが渦巻いていた。

血が止まらない。段々と意識も朦朧《もうろう》としてきた。

もっと疑うべきだった。何故彼女が近付いてきたのか。それを考えていれば、こんなところで命を落とすこともなかったろうに。近付く終わりに後悔が襲ってくる。だけどそれ以上に……のは怖い。騙されて何の価値もなく朽ち果てていくことが、たまらなく怖かった。

…………ない。

体が大きい。それだけの理由で殺されるなんて受け入れられない。

こん……ころで、……たくない。

鬼だ化け物だと虐げてきた奴らがのうのうと生きているのに、何故自分だけが死ななければならない。

こんなところで、死にたくない。

情けないくらいに願う、無様な生への渇望。それが全てを変えた。

「お、おい」

「なんだよこれ……！」

男達から驚きの声が上がる。その慌てように平静を取り戻し、自身に何が起きているのかを正確に理解した。

『何を驚いている……お前達が望んだのだろう』

初めにお前達がそう呼んだ。今さら何を驚く必要があるのか。

肉が作り変わっていく。突き刺さった刀が肥大化する筋肉に押し出され、勝手に抜けた。体躯は一回り大きくなり、額あたりから一本の角が生える。肌は青銅に変色し、全身には円と曲線で構成された漆黒を赤で縁取りした不気味な紋様が浮かび上がっている。

「あ……あ……」

彼女が怯えているのが分かる。だが、なんの感慨も湧かなかった。

預けた心を捨てられたなら、もはや何も信じることはない。

膨れ上がる憎悪。

──ここに、この身は真実鬼となった。

群がる男どもを薙ぎ払う。

人は脆い。簡単に肉は裂け血が飛び交う。断末魔さえなく男達が死骸に変わる。

奴らを殺しても止まれない。次いで狙いを定めたのは、大切だったはずの女だ。

『逃げないのか』

もしかしたら好きだったのかもしれない。けれど鬼となったせいか、憎しみは際限なく膨れ上がる。

向けられた殺気を感じているはずだが、彼女は一歩も下がらない。

「怖い、けど……逃げない。鬼になっても、あんたはあんただから」

かたかたと震えながらも平気だと強がって目じりを下げる。それはいつか鬼子と呼ばれた自分に向けてくれた、小さな頃の無邪気な笑みによく似ていた。

信じるな、そう誰かが耳元で囁いた。笑顔も言葉も単なる命乞いでしかない。ああ、そうだ。彼女は情に訴えかけて生き長らえようとしているだけ。たった今騙した相手に、そんなみっともない姿を晒しているに過ぎない。

思い至ったのと足が動いたのは、ほぼ同時だった。

ずぶり。

おそらく正気を失っていたのだろう。一瞬、自分が何をしているのか本気で分からなかった。気が付いた時には全てが終わっていた。

嫌な感触が広がる。異形の腕が、彼女の体を貫いていた。

「あ………」

漏れた声は誰のものか。それすら分からぬほどに茫然としていた。

殺されそうになったからやり返した。ならばこれは正当な行為だ。そう思いながらも、胸が締め付けられる。

腕を引き抜けば、支えを失くした彼女はそのまま仰向けに倒れ込む。

ふと目が合った。そこにあやかしへの怯えはない。ただ彼女はやはり柔らかい笑顔で、懺悔《ざんげ》と共に一筋の涙を流した。

「ごめんね、あたしは、あんたみたいに強くなれなかった……」

肌に触れる血液だけが温度を持っている。ほとんど無意識に握り締めた手が、次第に冷たくなっていく。

そこでようやく正気を取り戻す。

俺は、いったい、何を。

『違う……』

騙され裏切られたのが悔しかった。大切だったものが全部崩れてしまった気がした。

だが、こんな結末を望んではいなかった。

鬼は鬼である自分から逃れられない。死にたくないという醜い執着は、疑心となってこの身を突き動かしてしまった。

俺は、そういう鬼となったのだ。

そして暗転、夢が終わる。

あの日の美しい景色だけが瞼の裏に残される。

だから俺は願った。

5

「子とろ子とろ」という遊びがある。

まず、鬼と親を決める。残りは全て子となり、子は親のうしろにつかまって列になる。その後は鬼が最後尾の子を追いかけ、親はそれを守る。鬼に触れられた子は新しい鬼となり、鬼は代わりの親となる。単純な図式の遊びは現代でいう「鬼ごっこ」の原型だ。多くの者が幼い頃に経験したことだろう。

だけど子供の遊びには、時に目を覆いたくなるような真実が隠れている。

鬼から逃げ、鬼に触れられた者も鬼となる。子供達は無邪気に走り回りながら語る。周りの者は「鬼と触れ合った者は、鬼と同一の存在と見なす」

いつか、鬼と呼ばれていた自分の傍にいてくれた娘がいた。

虐げられる化け物と共にいた彼女が、裏でどんな扱いをされていたのか。

そんなことに気付こうともしなかった、遠い遠い昔の話。

◆

全身を捻じ切るような激痛と極度の吐き気。頭の中を素手でかき回されているような気分だ。だが、ここはまだ相手の間合い。無理矢理にでも体を動かし離れなければ。

甚夜は敵から手を離し、軋む体で後ろに飛び退く。緩慢な挙動だったが、何故か土浦は追撃をしてこなかった。

『なん、だ、これ、は……』

見れば相手も痛苦に顔を歪めている。先程使った〈同化〉のせいだろう。今までにないほど動揺を晒していた。

攻め入る余裕はなかった。呼吸が荒れる。ここがどこかも分からなくなるほどに絶え間なく痛みが襲ってくる。それ以上に意識が混濁している。朦朧《もうろう》としたままでも、この状態の意味を悟った。

今までは斬り伏せた相手、死にかけた者だけを喰らってきた。だから気付かなかった。〈同化〉は他の生物を取り込み、我がものとする異能。ただしそれを為すには条件がある。自我が強く残る者を喰らうことはできない。〈同化〉によって鬼の力を得る際、肉体だけではなく記憶や意識も同時に取り込んでしまう。しかし、一つの体に異なる二つの自我は混在できない。無理をすれば肉体の方が耐えきれず自壊する。

甚夜が今感じている痛みはそういうことだ。土浦と甚夜の自我がぶつかり合って体を引き裂こうとしている。

幸い咄嗟《とっさ》に〈同化〉を中断したが、もしあのまま続けていれば共倒れになっていただろう。

痛みはまだ続いている。その中で強い悔いもある。かつて土浦の抱いた後悔が、まるで我が事のように感じられた。疑いと過ちの果てに殺してしまった女。それを悔やみ抱いた狂おしいまでの願い。それを知ってしまった今、心から思う。

この男には、負けられない。

痛みをねじ伏せ眦《まなじり》は強く、眼前の鬼を見据える。

その先では土浦もまた痛みから立ち直ったのか、こちらを鋭い眼差しで射抜いていた。

『鈴音……』

驚きはなかった。おそらく土浦も甚夜の記憶を垣間見たのだろう。

『それがお前の戦う理由か』

「ああ」

『……お前は、俺と同じだな』

「かも、な」

一瞬、戦っている最中とは思えぬほどに和やかな空気が流れた。

共に人から鬼へと堕ちた。大切なものを己が手で切り捨てた。それでも生き方を変えられず、無様なまでに生へしがみ付く。同じ痛みを背負ってここまできた。だから互いに通じ合うものがあり、だから互いに譲れない。

『止める気はないだろう』

「止められるのなら鬼にはならなかった」

『違いない』

緩んだ空気が引き締まる。鬼だからではなく意地のため、一度刀を抜いた以上は斬り伏せなければ鞘に収められない。土浦の意志も変わらないようだ。構えに隙はなく、目には一片の迷いもない。

『だが、幾らやってもこの体は壊れん』

勝ち目はない。そう告げられても焦りはなかった。

「壊れない体、か」

小さく呟き、甚夜は姿を消した。

土浦に動揺はない。既に見せた力だ、種の割れた手品に驚く者はいない。

逆袈裟。胸元を切り裂くはずだった一撃は軽々と避けられる。見えないだけで音はそのままだし足跡までは消せない。雨でぬかるんだ地面では動いた足跡が残ってしまう。

次に甚夜が姿を現したのは街道の脇、三間は離れた場所だった。

『無意味だな』

馬鹿な真似を、と侮蔑が投げ付けられるが意に介さず淡々と語る。

「茂助は鬼からも人からも隠れて生きていたかった」

だから彼の力の名は〈隠行〉。それは何者からも姿を隠す力、しかし願ったはずの平穏は崩れ去った。

踏み込む。甚夜は異常なまでの速度で距離を詰める。土浦も回避は間に合わない。放った剣は正確に咽喉《いんこう》を捉えるが、金属音と共に硬い感触が手に伝わる。またも〈不抜〉に遮られた。

「はつは誰よりも何よりも早く夫の下へ行きたかった」

故に誰よりも速く駆け出すための力、〈疾駆〉を得た。彼女は事実誰よりも速く、それでも夫の下に辿り着くことはできなかった。

もう一度距離を取るが、相手も隙を見逃さない。土浦が突進し、一撃で仕留めようと拳を繰り出す。けれど甚夜は平然と、避けようともしなかった。

「おふうは幸福の庭に帰りたいと願った」

帰る場所を失くした童女は、かつての幸福を求め〈夢殿《ゆめどの》〉を造り上げた。映し出されるは過ぎ去りし日々。触れることさえ叶わぬ幸福の庭。

『な……』

剛腕は正確に脳天へと突き刺さったはずだった。けれどそれは嘘だ。拳は蜃気楼を殴ったかのようにすり抜けた。

「夕凪はたった一つの感情を隠したかった」

鬼は嘘を吐かない。〈空言〉はその理を曲げた。それでも隠したかった愛情にだけは嘘を吐けなかった。

幻影に紛れ、既に背後をとっている。だが不意は打たず、刀をだらりと放り出したまま待つ。不合理な戦い方に振り返った土浦が怪訝の目を向けてくる。

「昔、未来を見通す鬼がいた。あれは鬼の行く末を憂いたが故に得た異能なのだろう。どんなに願っても見るしかできない。それが〈遠見〉という力だった」

では、鬼を喰らう異形の腕を持っていたあの鬼は何を求めていたのか。それは分からないが、おそらく奴にもまた譲れないものが、叶えられなかった願いがあったのだろう。

「今になって分かった。鬼の力とは才能ではなく願望だ。心からそれを望み、なおも理想に今一歩届かぬ願いの成就。人は負の感情をもって鬼に堕ちるが、鬼は叶わぬ願い故に力を得る。あるいは、その執着こそが鬼の素養なのかもしれんな。だとすれば、ままならぬものだ」

人は己が手で為し得ぬ願いを抱き、その重さに潰れゆくもの。しかし鬼はその重さに耐えられてしまったが故に長い時を苦しむ。その是非は分からない。だがどちらにしても報われぬことには変わらない。

結局、人も鬼も失った何かにしがみ付き、無い物ねだりをしながら生きていくしかできないのかもしれない。

「だから分かる。お前は強くなりたかったのではない。土浦……何故、壊れない体を欲した」

『……黙れ』

無遠慮に内面へと踏み込まれ、土浦が怒りを露わにしている。会話しながら甚夜はゆっくりと腰を落とす。左腕が嫌な音を立てながら肥大化していく。〈剛力〉。彼が持つ手札の内で最も威力のある異能だ。

「ならば問いを変えよう。お前は、何のために戦う」

『俺を拾ってくれた泰秀様への恩義のため。武士と鬼は共にあれる、そう言ってくれたあの方を信じるが故に』

予想通りの返答に記憶の断片が蘇る。想い人を殺した後、土浦は集落を離れた。それからの長い年月を彼は失意に苛《さいな》まれ過ごす。十年ほど前、畠山泰秀と出会うまでは。

『泰秀様は、鬼である俺を受け入れてくれた。全てに裏切られた俺にとっては、あの方への忠義が全てだった。俺には、それしかないのだ』

苦しみに唇を噛み、土浦は忠義を語る。そういえば、どこかの馬鹿が似たようなことをほざいていた。

「だけど、それしかないなんて嘘だ」

口調が崩れたのは、本音に近い場所から言葉を取り出したせいだ。

土浦が何を望み〈不抜〉を得たのか、大方の見当は付いていた。記憶を覗いた甚夜がそれに気付けるのならば、本当は土浦自身も分かっているはずなのだ。なのにこの男は何も言えなかった。それは多分、答えを知りながらも目を逸らしていたいからだ。

「お前は、私に似ていると思った。だが違ったな」

似てなどいなかった。甚夜はただ失ったような気になっていただけ。けれどこの男には、本当に何もない。何もかもを失くして、ただ一つ残された生き方に縋って他の全てを切り捨てた。痛みに軋む体を抱え、それでも壊れなければ耐えられると歯を食い縛った。そうしなければ生きていけなかった。

「土浦……多分、お前は私よりも強い」

疑念から鬼に堕ちながら泰秀を信じると公言して憚《はばか》らず、ひたすらにこだわり続ける。たった一つの何かのために全てを捨てられる、多分以前は甚夜も持っていたであろう強さだ。

逆に己は弱い、と甚夜は思う。力を求めてきたはずが余分はいつの間にか増え、かつて妹を憎んだ時のようには刀を振るえなくなってしまった。もう鈴音を止めるために全てを切り捨てることはできないだろう。だが、そんな弱さが今は少しだけ嬉しい。

店主は鬼と人が共に生きられるのだと、自身の生涯をもって示してくれた。

おふうは間違ったままでも救えるものがあるのだと教えてくれた。

直次は鬼である己を友と呼んでくれた。
野茉莉は今も家族であろうとしてくれた。
多くのものを失ってきた。だけど悪くはない、そう思えたのだ。
「だが負けんぞ。全てを切り捨て、自分を騙して造り上げたお前の強さなどに
だからこそ負けられない。ここで退けば認めることになる。手に入れたものに意味は
ないと。失ったものに勝るものなど得られないと。積み上げてきた日々を無価値だと受
け入れるに等しい。そんな無様、許せるはずがない。
「いまだに斬るべきを迷う私の弱さが負けてなるものか……！」
今まで貫いてきた間違った生き方、その途中で拾ってきた大切なもののために。これ
から先も自分が自分であり続けるために、ここで奴を打倒する。
『大仰なことを。どれだけ粋がろうと貴様にこの体は壊せん』
それは単なる傲慢ではない。実際今まで一度も〈不抜〉を破れてはいない。付けた傷
は偶然に過ぎず、奴の優位は揺るがない。だからこその真っ向勝負、正面から打ち砕く。
甚夜はべた足でしっかりと地面を噛み、腰を落とし力を溜め込む。〈剛力〉で膂力を
強化するがそれだけでは足らない。〈不抜〉を上回るにはあと一手が必要になる。それ
は向こうも承知の上、なにか策があると察しているはずだ。
『いいだろう、受けてやる』

にもかかわらず土浦はどっしりと構えている。なにを企もうが小細工ごと叩き潰す、そういう気概が感じられた。

図らずも二匹の鬼の衝突は尋常の勝負となった。

雨足が弱くなっている、もうそろそろ雨は止むだろう。それまでに決着をつけよう。示し合わせたように両者は動く。土浦が体を前傾にして、倒れ込むように一歩を進む。屈強な外見からは想像もつかない疾走だ。甚夜も左腕を大きく後ろに引き、拳で迎え撃つ。

だが遠い。間合いはまだ詰まっておらず、この距離では空振りするだけ。そもそも徒手空拳の技術でならば土浦に分がある。いくら膂力が高かろうと問題なく捌けるし、当たったところで結局は〈不抜〉を破れない。それは甚夜自身が誰よりも理解している。

「……〈疾駆〉」

だから〈剛力〉による一撃を、〈疾駆〉の速度をもって打ち出す。異常な速度で空白を踏み潰し、届かないはずの拳が敵を捉える。甲高い鉄の音は鳴らなかった。代わりに左腕には鐘を打ったような重い響きが、全身には裂くような痛みが走った。

二つの力の同時行使は、さすがに負担が大きいらしい。そもそも鬼は一つの力しか持ち得ない。本来ならあり得ない使い方であり、鬼はそれに耐えられるようにはできていない。ただ一撃振るっただけで甚夜の体は壊れそうになる。

『ぐ、ああ……』

だが手応えはあった。ここに来て初めて土浦は苦悶の表情を見せた。口元から一筋の血を垂らし、あまりの衝撃に頼りなくふらふら揺れている。

〈不抜〉を使用している最中は硬質化するため動けない。だとすれば体が動いている今は〈不抜〉が解けているということだ。

この機を逃せば、もう勝機は訪れない。

体の痛みは無視する。そんなものに構っている暇はない。

ここで決める。甚夜は全霊をもって夜来を振るった。

◆

久しく感じることのなかった痛みに土浦は嫌な過去を思い出す。

想い人をこの手で殺した、その少し後の話だ。

もうここには居られない。旅支度を整え出ていこうと集落に戻れば、偶然彼女の父母と顔を合わせた。彼らは一瞬驚いたが、すぐに泣いて謝った。

何故だろうか。彼女の死がまだ伝わっていないとしても、謝る理由などないはずだ。

不思議に思って話を聞けば、彼らも今回の企みを知っていたらしい。自分の娘がそれに関わっていたことも。

動揺はない。端から信じていないのだから、裏切られたという気にはならなかった。

だが、続く言葉が心を揺さぶる。彼女は鬼子と一緒にいたせいで集落の民から疎まれていた。裏では迫害も受けていたらしい。

それでも傍にいようとしてくれたが、今回は違った。企みに集落の長は関わっていない。あくまでも一部の暴走だった。それだけに歯止めは利かず過激な手段をとった。つまり「土浦を殺す手引きをせねば父母も村八分にする」。両親を人質にとられて裏切りを強制された。鬼が集落にいるのは、それほどまでに認められなかったのだろう。

どんな理由があったとしても彼女の行いを許せるわけではない。

だが、それでも。

「あの娘は、ほんとにあんたが好きだったんだよ」

母親の漏らした言葉に、柔らかな笑みが重なる。

「ああ。鬼であってもなくても、あいつはあんたを信じてたんだ」

父親が零した声に、泣きそうな顔が脳裏を過る。

騙し裏切った事実は覆らない。それでも彼女は何一つ嘘を吐いていなかった。

だからといって何が変わるでもない。間違いに気付いても失くしたものは戻らない。

全てを疑い、なにも信じられなかった男の弱さが証明されただけの話だ。

古い記憶に囚われていた思考が痛みで現実へと引き戻される。

目の前には嵐のように剣を繰り出す一匹の異形がいた。

どうやら先程の一撃で異能が解けかけているようだ。もう一度〈不抜〉を行使する。

壊れない体、遠い日に渇望した力だ。これで攻撃は通らない。だというのに男は止まろうとせず、さらに勢いを増した。

あまりにも苛烈すぎる攻撃に、〈不抜〉を解いて反撃に転じる暇がない。

刺さった棘《とげ》は抜けない。愚直な刃が皮膚に触れるたび、耐えがたい痛みが走る。体にではなく、この男のあり方が心のどこか大切な何かを抉《えぐ》っているような気がした。

『黙れ』

言葉を発していない相手に黙れという。意味の分からない行為だが、そうせずにはいられなかった。

攻め立て責め立てる。物言わぬ瞳が問うている。

お前は何のために戦う。お前は、何を願っているのだと。

『黙れと言っている……っ！』

もう一度、大きな衝撃が襲ってくる。先程見せた尋常ではない速度の正拳。駄目だ、あれだけは〈不抜〉でも防げない。体は壊れない、けれど痛みが伝わってくる。

同じ鬼のくせに青臭い理由であがく男。忌々しいと思いながらも目を離せない。もしかしたら羨ましく思っていたのかもしれない。他がために刀を振るう鬼の姿は弱くて無様で醜く、なのにどうしようもないくらい眩しく見えた。

『やめ、ろ……』

奴は己を強いと言った。だが刃を受けるたびに心が揺らぐ。

強くはない。強くなんてなれなかったのだ。

人は信じるに足らない。そんな言葉、大嘘だ。本当はただ怖かっただけ。誰かを信じて裏切られるのが怖かった。最初から信じなければ何があっても傷付かないで済む。自分は弱い。弱かったから、人にはそれだけの価値がないのだと嘯《うそぶ》いて何も信じないことを正当化した。

その結末は語るべくもない。

疑いの果てにありもしない何かを恐れ、大切な人をこの手で殺した。彼女が口にした想いに偽りはなかった。なのに信じられなかった。傷付くのは怖い。死にたくない。そんな醜い弱さから生まれた疑念は全てを壊してしまった。

だから、願ったんだ。

誰かを疑うのは傷付くのが怖いから。痛みに怯えて弱い心は戦《おのの》いてしまう。傷付くのが怖いのは、この体が簡単に壊れてしまうから。容易に訪れる終わりがこの足を竦《すく》ませる。ならば強さではなく、壊れない体が欲しい。

もし壊れない体なら、傷付くことを恐れないで済む。

もし壊れない体なら、訪れる死に怯えないでいい。

もし壊れない体なら——あたし、あんたが好きだよ——彼女が絞り出した精一杯の愛情を、最後まで信じてやることができたのに。

そうして百年を経て望んだ力を得た。けれど誰かに心を預けられるほど強くはなれなくて。

泰秀に従ったのもそれが理由だ。与えられた都合のよい救いに縋り、裏切られても騙されていたのだという言いわけを作った。そのくせ疑わず付き従うことで、かつての過ちを帳消しにできると思い込んでいた。

何が忠義だ、何が信じているだ。結局は何一つ変わっていない。壊れない体を手にしても、心はこんなにも脆いままだ。

鮮血が舞った。

もう〈不抜〉を維持できるほどの体力が残っていない。死が目前に迫り、だというのに心は追想に囚われている。

望んだものは何だったのか。

近付く終わりと愚かな鬼の姿に、ようやく分かったような気がする。

『俺はただ……誰かを信じていたかった』

きっと多くのものに裏切られてきたから、何も知らなかった頃のように無条件で信じられる大切なものが欲しかった。

それが、できるなら彼女であって欲しかったのだ。

奥底にあった憧憬《どうけい》が見つかった。その瞬間、体に熱が走る。

袈裟懸けに振るわれる一刀。放たれた全霊の斬撃がこの身を裂いた。

◆

雨はいつの間にか止んでいた。

渾身の一刀が土浦を斬り伏せ、強大な鬼はゆっくりと仰向けに倒れる。

ここに勝敗は決した。

『お前は、強いな』

土浦が焦点が定まらない瞳で空を見上げる。もう力は残っていないのだろう。体からは白い蒸気が立ち上り始めている。

「弱いさ」

弱いから妹を止めるなどという生き方を選んだ。もし本当に強かったなら、あの夜、全てを憎むと言った鈴音を受け入れられたはずだ。

「だが土浦。多分、私達は弱くてよかったんだ」

今になって心からそう思う。

「失くしたものを取り戻そうなんて思うから鬼になった。弱いくせして中途半端に強くなろうとするから間違った生き方に囚われた。もし、もっと弱かったなら……自分の弱さを認められたなら。多少はましな死に方ができただろうよ」

もっと弱くあったなら、弱い自分を認められていたならば……。

土浦は惚れた女に騙されたまま死んでいたし、甚夜も妹に殺されていた。救いはないかもしれないが、そちらの方が余程真っ当な人生だったろう。

『そう、か。お互い、死に場所を間違えたな』

「全くだ」

命の遣り取りをしたばかりだというのに、両者は古くからの友のように気安い。

『だが悪くない。俺は自分の願いに気付くことができた』

そうして土浦は左手を、天を掴むように突き出した。

『〈不抜〉、持って行け』

甚夜の記憶から鬼を討つ理由も知ったのだろう。顔を覗き込めば、満足そうな笑みを浮かべていた。

『無様な執着から生まれた力だが、何かの助けにはなるだろう』

願いは途絶えてしまったが安らかな表情だった。まるで天寿を全うしようとしている老人のように見えた。

『貴様には、感謝をしている。死に場所を、悪くない死に様を与えてくれた』

彼の手を取る。せっかくの厚意だ、無下にすることもない。

〈同化〉。自我が消えようとしているからか、先程のような痛みはない。それどころか穏やかなのは上辺だけではないと伝わってきた。

『泰秀様、すみません。俺は貴方の願いを叶えられなかった』

小さく零したのは掛値のない本心だ。色々と言いながらも、彼は畠山泰秀に感謝していたのだろう。形はどうあれ自身を救ってくれた相手に抱いた忠誠は嘘ではなかった。

『不思議だ、この身を喰らう貴様が少しも憎くない。あるいは、出会う形さえ違えば』

「ああ、肩を並べて戦う機会があったかもしれんな」

『は、は。そうだ、な』

分かり合えなくても、似た痛みを知っていれば同じ方向を見ることもできる。

土浦が口角を吊り上げた。そして消え往く意識の中、今際《いまわ》の際《きわ》に幻視した景色を甚夜も垣間見る。

江戸にある小さな蕎麦屋。

調子のいい性格の店主。たおやかに笑う看板娘。

生真面目な武士に年端もいかぬ女童。

仲がいいのか悪いのか、いつも言い争う商家の娘と番頭。

鬼の討伐を専門とする浪人。

「さて、行くか。土浦」

「ああ」

いつも通り一杯の蕎麦を食べ、彼らは鬼退治へ出かける。

看板娘はいつものように、いってらっしゃいと浪人に声をかける。

その隣には、彼女がいて。

暖かい、けれどあり得ぬ景色に包まれたまま土浦はゆっくりと瞼を閉じた。

あれだけ恐れた死を心地好いと感じている。

本当に悪くない。ただ心残りもあった。

だから願う。もし来世というものがあるのならば、次こそは何も疑わぬように――

横たわる骸《むくろ》は完全に消え去った。代わりに甚夜の体には円と曲線で構成された、漆黒を赤で縁取りした不気味な紋様が浮かび上がっている。土浦の残してくれたものがその身に宿った証だ。

「さて」

人に戻り刀を収める。

無理をし過ぎたせいで、手足が錆付いたかのように軋んでいる。できれば少し休息を取りたいところだ。しかし、まだやらなければならないことが残っている。

雨は止んで雲も薄まり、空には月が顔を見せている。あたりが薄らと青白く染まり往く。雨上がりの静謐《せいひつ》な空気が肌を撫ぜた。こんないい月夜に風情はないが、けじめは付けねばなるまい。

痛みの残る体を引きずって江戸への道を辿る。

槐の立ち並ぶ街道は長く続いていた。一度立ち止まり、ふと振り返った。

誰もいない。何一つ痕跡はない。土浦の体は残さず喰らい想いも既に消え失せた。

多分この暗闇には、叶わなかった願いだけがたゆたっている。

「では、な」

簡素な別れを告げて再び歩き始める。

叶わなかった願いは、いったいどこへ行くのだろう。

朧月夜《おぼろづきよ》。滲むような夜の色に、少しだけそんなことを思った。

幕末編終章　いつかどこかの街角で／雀一羽

会津畠山家中屋敷。花の散った白木蓮《はくもくれん》が並ぶ庭に面した自室に畠山泰秀はいた。

何をするでもなく、その姿は何かを待っているようにも見えた。

がさり。誰もいないはずの座敷に響いた畳を踏む音。その違和に泰秀は目を開く。

「おお、これは甚夜殿」

そこには、挨拶一つなく屋敷に入り込んだ甚夜の姿があった。

「貴方がここにいる……つまり、土浦が討たれたということですか」

動揺はなく、こちらが驚くほど素直に現状を飲み込む。泰秀にとっては忍び込んだこ
とも事の顛末《てんまつ》も、予想外ではなかったのかもしれない。

「ああ」

「そうですか……もはや倒幕の流れは止められない。土浦を失った今、私に打てる手は
ない。終わり、ですな」

他人事のように泰秀は言う。以前熱弁を振るった男とは別人のようだ。

「そうだな、だから」

　甚夜は無遠慮に近付き、夜来を抜刀する。一挙手一投足の間合いに泰秀を収めて上段に構える。

「お前の願いを叶えに来た」

　無表情にそう告げた。

「私の願い、ですか」

「ああ。私は土浦を討ち、喰らった。ならば、あの男の責任を果たすのが筋だろう」

「では、貴方が代わりに仕えてくださると？」

　ここに至ってもとぼけたようなことを言う。向けられた視線を受け流し、甚夜はゆっくりと首を横に振る。

「違う。私は、お前の願いを叶えに来たのだ」

「ふむ。ならば私の願いとは」

「最初からおかしいと思ってはいた。以前、妖刀を追っていた私達に、お前は杉野の行方を教えた。岡田貴一と戦うよう仕向け、さらには直次を殺せと土浦に命じた。お前の行動は私を挑発するようだった。何故そんな真似をしたのか」

　杉野の件はともかく、もしも直次を目の前で殺されていたとしたら甚夜は間違いなく報復に出た。それが想像できないほど泰秀は愚鈍ではない。佐幕攘夷を為したいのならば、こちらに接触するべきではなかった。正直なところ今回の件がなければ、土浦を討つことも泰秀が京へと送ろうとした下位の鬼を斬り伏せることもなかった。最初に言った通り甚夜は攘夷に興味はない。余計な茶々を入れなければ、そもそも関わり合う気すらなかったのだ。

京へ送ろうとした鬼どもを討てたこともおかしい。もっと早く行動をしていれば、例えば直次を襲うと同時に京へ鬼を送っていれば甚夜は間に合わなかった。

泰秀の遣り様ははっきり言って下策ばかり。何かを行うたびに自身を窮地へと追い込んでおり、ここまで行くとわざとやっているようにしか思えない。土浦を喰って記憶に触れ、多少なりとも畠山泰秀という人物を理解できた。だから奇妙な行動の理由にも思い至った。

「考えて、前提を間違えていたのだと気付いた。お前の目的は夷敵を討ち払い、お上をもう一度立て直すことだと思っていた。だが違ったんだな」

泰秀は横槍を全く気にしていなかった。おそらく邪魔が入ろうと結末は変わらないと確信していたからだろう。

「本当はお前自身が、誰よりも攘夷など叶わないと思っていた」

どちらにしろ失敗すると読めていたからか、敢えて邪魔者を誘導していた節さえある。むしろそれこそが彼の狙いだったと言っていい。

「真の望みは、計画の達成ではなく頓挫《とんざ》。邪魔され討たれることをこそ、お前は願っていた」

証拠のない推測だが絶対の確信があった。

座敷は静まり返っている。互いに押し黙り、しばらくして泰秀が重々しく溜息を漏らした。

「隠し事は、無駄のようですね」

疲れたような諦めたような、力の籠らない声だった。

泰秀は自身の両の掌を眺めている。手の中には何もない。それとも彼には何かが見えているのだろうか。

「その通りです。本当は、分かっていたのですよ」

全てを認め、泰秀はその真意を語り始める。

「どれだけ抗おうとも、外来の文化がこの国に入り込むことも。公儀が滅び武士の世が終焉を迎えることも。決して止められない。……本当は、全て分かっていた」

泰秀は慧眼《けいがん》だった。それ故に早くから時代の流れが見えてしまっていたのだろう。武士が歴史に淘汰されて往くという、避けようのない未来が。

以前、〈遠見〉という力を持つ鬼がいた。彼女は避けようのない未来を見せつけられ、それを回避するために狂気とも思える行動に出た。この男もまた同種の絶望を抱いていたのかもしれない。

「多くの武士は時代の流れに身を任せた。剣を捨て、新時代の権を得るために刀を振るう。本当は、新しい時代を受け入れ変わっていく彼らの方が正しいのでしょう。けれど私にはそれができなかった。今まで貫いてきた生き方を曲げることが、どうしようもなく醜く思えた」

攘夷を掲げ、佐幕に半生を捧げた。けれど鬼の力を使っても武士の世の崩落は止められない。ならばせめて晩節を穢《けが》されたくはなかった。

「だから私は殺されたかった。最後まで、公儀のためにあった一個の武士として」

三浦直次の願いが最後まで武士として生きることなら、畠山泰秀の願いは最後には武士として死ぬこと。武士の世が続かぬと誰よりも理解できるからこそ、新時代を生きるのではなく、それに最後までこだわった男として死にたかった。

「攘夷に身をやつしたのもそのため。そうしていれば、いつか誰かが殺しに来てくれると思った。……くくっ、貴方は確かに私の願いを叶えに来てくれたようです」

彼は望んだ己を貫こうとしただけで、邪《よこしま》な動機はなにもなかった。なのに曲げられなかった生き方は幕末の動乱にあって、何よりも歪《いびつ》に曲がって見えた。

きっと傍目には自分も同じように映るのだろう、そう思ってしまった。

「お互い、難儀なことだ」

「いや、まったく。ですが、己があり方を貫くというのはそういうことでしょう」

「違いない」

いつかも交わした言葉だ。本当にこの男は何一つ変わっていない。だから、ここで幕を下ろしてやらなくては。

決して嫌いではないが、根本的なところで甚夜と畠山泰秀とは相容《あいい》れない。それでも彼がこだわった生き方くらいは認めよう。同じく間違った生き方にこだわり続けた同胞として。

「私を斬りますか」

「ああ。お前の願い、叶えよう」

柄《つか》を握る手に力が籠った。

殺す者と殺される者、立ち位置は明確。しかし流れる空気は和やかでさえある。

深く息を吸う。夜の冷たい空気が肺に満ちる。

ぴたりと止める。迷いはなかった。

「さらばだ、畠山泰秀。お前はここで武士の世を守り切れず、しかし武士のまま死んでいけ」

一歩踏み込み、上段に構えた夜来を振り下ろす。鬼を相手取る時と変わらない全霊の一刀。手加減はしない、せめてもの礼儀だ。

その剣は正座したままの泰秀の胸元を裂き、致命傷を与えた。

薄暗い座敷に鉄臭い血の香が漂う。だが倒れない。座位を維持したまま、残された命を振り絞るように彼は言う。

「予言しましょう」

にたりと嗤《わら》う。

悪辣な、悪意に満ちた、そういう表情だった。

「これから訪れる新時代は、武士も刀も必要としない。諸外国がもたらした技術により日の本は発展し、代わりに大切な何かを失っていく」

がふ、と血を吐く。

死に至る傷を受け、なおも悠然と語り続ける。

「刀に縛られた鬼よ。この先に貴方の居場所はない。鬼も刀も、打ち捨てられて往く存在だ」

そこで糸が切れたように泰秀は前のめりになった。頭《こうべ》を垂れる形になり、それでも彼の嘲笑は止まらない。

「急流の如く過ぎ行く時代の中、貴方がどうやって生きていくのか。冥府にて、ゆっくりと、観覧させ、ていただ、きま、しょう」

不吉な予言を残し、畠山泰秀は息絶える。

甚夜には不安も恐怖もない。ただ複雑な心境ではあった。

「不器用な男だ」

最後に、敢えて彼がその言葉を残した意味を理解してしまった。

それは間違いなく甚夜のためだ。武士のまま死ぬという願いを叶えてくれた男に報いようと、畠山泰秀は最後の最後に呪言を残すという、分かりやすい悪役を演じてみせた。お前には何の咎《とが》もないと、斬ったのは正しかったのだと言いわけを与えるために。彼は、そういう死に方を選んだ。

「恩義に報いるのも武士故に、か」

相容れない男だった。しかし武士としてのあり方を、最後まで守りぬいたことだけは認めないといけないだろう。だからその死を悼んではならない。彼の死を悼むのは、事切れる瞬間まで貫いたであろう誇りを奪うことに他ならない。

この男は最後まで武士だった。それで十分。くだらない感傷で末期を台無しにするような真似はしてはならない。

「……では、な。お前の名は忘れん」

零《こぼ》れた言葉に感慨はない。そんなもの、あっていいはずがない。

最後に一度だけ泰秀の死骸に目を向け、甚夜は座敷を後にした。

慶応三年某日、会津藩士・畠山泰秀が暗殺される。

既に家督を譲った身のため会津藩にさしたる混乱はなかったが、陰ながら幕府に援助をしていた彼の死は佐幕攘夷派に大きな衝撃を与えた。下手人は長州か薩摩かと物議を醸したが、結局最後まで分からず真相は歴史に埋もれていく。

史書に鬼の姿が描かれることはなかった。

◆

眠っていれば朝はすぐに訪れるというのに、誰かを待っている夜は長い。日は昇ったが、まだ甚夜は戻らなかった。

「とうさま、おそいな」

足をぶらぶらさせながら野茉莉は椅子の上で暇を持て余している。昨夜は寝てしまったが、そのぶん早起きをして父を待っていた。

「本当、ですね」

おふうは一睡もしておらず、その隣で俯いている。

炎に飲み込まれた両親をいまだに忘れられないせいだろう。大丈夫だと自身に言い聞かせるには返らないものが多すぎて、不安な夜はいつも眠れない。

「起きていたのか」

甚夜が喜兵衛の暖簾をくぐって目にしたのは、そんな風に沈んだ様子の娘達だった。疲労の色が濃い。どうやら随分と気を揉ませてしまったらしい。

「悪い、待たせたようだ」

野茉莉が驚きに全身を強張らせ、けれど安堵から徐々に頬を緩ませていく。おふうの方がまだ落ち着いていた。最初は憔悴《しょうすい》していたが、無事を知るとゆっくりと喜びをかみしめて努めて普段通りを演じてみせた。

「違いますよ。帰ってきた時の挨拶は違うでしょう？」

うまく返せない甚夜を責めず、おふうはただ微笑んだ。その距離のくすぐったさに、ようやくここに戻れたのだと強く実感した。

「とうさま」

「野茉莉、いい子にしていたか？」

「ん」

頭を撫でると愛娘は幸せそうに目尻を下げる。この子を悲しませてしまわずに済んだ、そう思えるくらいには芽生えた親心が嬉しい。些細でも変わっていけるのだと義父に認めてもらえたような気がした。

「これから、どうするんですか？」

おふうの問いに甚夜は表情を引き締める。

「江戸を離れようと思う」
正体を晒してしまった。まだ大きな騒ぎにはなっていないが、もうこの街にはいられない。できれば早いうちに動きたかった。
「そう、ですか……」
反応を見るに予想はしていたのだろう。一度決めた以上は撤回しない。甚夜のそうい
う面倒な性格を知っているおふうなら、否定せず静かに受け止めてくれると思った。
「……例えば、ですよ。例えばお父さんが言っていたみたいに、このまま蕎麦屋を営む
というのは選択肢にないでしょうか」
だから、その提案に虚を突かれた。まさかおふうがそんなことを言い出すとは思って
いなかったのだ。
「屋号は、そうですね。鬼そば……なんてどうでしょう。鬼の夫婦が営む蕎麦屋。面白
いと思いませんか?」
それは遠回しな求愛だったのかもしれない。艶っぽい感情があったのかどうかは分か
らない。けれどお互い、夫婦として寄り添う将来を描けるくらいには想いがあった。
返答を待つおふうから視線を外し、甚夜は厨房を見詰めながらぽつりと呟く。
「悪くは、ないかもしれんな」
「でしょう? なら」

二人で蕎麦屋を切り盛りして、幼い娘が成長していくのを見守る。人である野茉莉は甚夜達よりも早く逝ってしまう。けれど互いは鬼。それから続く長い長い年月を一緒に越えていける。きっとそれは力を求め続けるだけの生き方よりも、遥かに幸せな日々に違いない。

「済まないが」

だとしても、それを選ぶことはできない。

「やっぱり、できませんか？」

「今さら生き方は曲げられない。そこまで器用にはなれんさ。お前だってそれを承知で言ったのだろう」

「それは、そうですけど。……本当にあなたは頑固ですね」

「全く、我ながらままならないな」

少し手を伸ばせば届く幸福をとり逃したが不思議と後悔はなく、続く道を苦痛とも思わなかった。

「なあ、おふう。私は間違っていたかもしれない。けれど、そんなに悲観はしていないんだ」

元はお世辞にも美しいとは言えない旅立ちだった。けれどその途中で拾ってきたものは、決して間違いではなかった。同じように鈴音を慈《いつく》しんだ過去も嘘ではない。許したいと願ったのは、彼の中にある数少ない正しさだった。

「あの娘を許せるのか、まだ答えは出せない。だが間違えたままでも救えるものがある
と、お前が教えてくれた。だからもう少し迷ってみようと思う」

憎悪を拭い去れる日が来るのかは分からない。あの娘が人の滅びを願うならば己は斬り捨てるのだろうと、小さな不安はいつも胸にある。しかし諦めたくはなかった。

我ながら優柔不断な決意だと甚夜は自嘲する。それでも血に塗れたこの手でも救えるものがあるのなら、もう少しだけ足掻いてみるのも悪くはない。

「なら、鈴音ちゃんを」

「憎しみは消せない。だが今なら、少しだけ優しくなれる。そんな気がするんだ」

この町で沢山の優しさに触れたから。その分くらいは濁った胸の内を拭うこともできるだろう。

「逆に聞くが、一緒に行くか?」

言いながら右手を差し出す。誘ったのは本心だ。もし望んでくれるなら連れて行くつもりだった。

「……すみません」

おふうは悲しそうに目を伏せた。

一緒にいたい、その気持ちは互いに同じだったように思う。なのに手を取らなかった

のは心変わりではない。おそらく彼女にも譲れないものがあったのだ。

「駄目ですね、私は。甚夜君を見て思ったんです。貴方は変わったけど、私は何にも変わってないなって。お父さんに手を引かれて外へ出て、それからずっとあの人に守られてきました。……寄り掛かる場所が思い出からお父さんに変わっただけなんです」

瞳は遠く、いつか失くした幸福の庭を眺めている。

「もしここで貴方の手を取ってしまったら、私はまた寄り掛かってしまう。それじゃあきっと幸福の庭に逃げ込んだあの頃と変わらない。そんなの悔しいじゃないですか。だから先に誘ったのは私ですけど、貴方の手は取れません」

一度俯き、何かを逡巡するように黙りこくる。

顔を上げた時には晴れやかで涼やかな、春風のような微笑みがあった。

「まずは一人で立てるようになろうと思います。そうじゃないと、貴方の隣にいても寂しいだけだから」

締めくくったその一言に、甚夜は呆れ交じりの溜息を吐いた。散々頑固者だと指摘したくせに、彼女だって相当だ。

「お互い、不器用だな」

「本当ですね」

明確になった別れ。なのに何故か嬉しい。笑顔で別々の道を選べたことが、いつかの自分よりも少しは成長できた証のように感じられた。

「お前の誘いを断っておいて悪いが、一つ頼みがある。済まないが野茉莉を――」

預かってくれないか、と言おうとした。しかし、袴にしがみ付き泣きそうな目で睨み付ける愛娘に何も言えなくなった。自分はこれからも鬼を討ちながら生きる。できればこの子には平穏な生き方をして欲しいと思ったのだが。

「いや。とうさまといっしょにいる」

「だそうですよ？」

小さな体で精一杯、離されないように力を籠める。

頑固者がここにも一人。おふうのからかうような口調に苦笑いを零すしかできない。

「分かった。一緒に行こう」

満足そうな仕種が可愛らしい。思い通りにはならなかったのに、傍にいられることを喜ぶ自分がいる。

「では、そろそろ」

名残は尽きないが、これ以上いても離れ難くなるだけ。そろそろ行こうと野茉莉を抱き上げる。おふうは別れを前にして少し目を潤ませていた。

「また、逢えますか？」

後ろ髪を引くような真似はしない。ただ軽く、何気なく彼女が問いかける。

「さて、な。だが互いに長命だ。生きていればどこかですれ違うこともあるだろう」

「そこは嘘でも逢えるって言うところだと思いますけど」

「鬼は嘘を吐かないものだ」

融通の利かない返答に彼女は頬を膨らませる。噛み合わないやり取りが面白く、お互いに小さな笑みを落とす。

最後の瞬間にも悲痛はなくて、それだけで胸が熱くなる。

「ではな、おふう」

「はい。いつか、また」

そうして彼らは、短い言葉ではっきりと別れた。

どれだけ隠しても寂しさはあるが、同じくらい満たされてもいた。

甚夜は少しだけ目を瞑り、ここで過ごした日々を思い返す。

もらったものは山ほどある。

もう一度目を開き、暖簾を潜る。

離れていく距離。けれど心は傍にあると感じられる。無論それは錯覚だが、今はその暖かな勘違いに身を委ねていたかった。

町並みが流れていく。まだそれほど噂になっていないらしく、甚夜を見て鬼だと騒ぎ立てる者は少ない。心も空も旅立ちに相応しい清々しさだ。

「とうさま、うれしい？」

店から離れしばらく経って野茉莉が言った。堪えきれず笑みが漏れていたらしい。抱き上げた娘に指摘されて気恥ずかしくもあったが、誤魔化しはなかった。

「ああ、多分嬉しいんだろう。また、逢えるといいな」

おふうはまた逢えるかと問うた。甚夜はまた逢いたいと願った。ならば幾つもの歳月を越えて流れゆく季節の中、いつかどこかの街角でまた巡り合うこともあるだろう。その時には、一緒に雪柳でも眺めようか。

江戸はいつものように賑わいを見せていた。長く過ごしたような、あっという間だったような。奇妙な感覚を胸に慣れ親しんだ場所を後にする。

ふと立ち止まり振り返る。

人混みの中に、懐かしい誰かの姿を見つけたような気がした。

「……さよなら」

戻らない日々を惜しみながらも人混みに背を向ける。

二十七年前、憎しみと夜来だけを供に訪れた江戸の町。まさか、こんなに穏やかな気持ちで離れられるとは思っていなかった。けれどまだ道の途中だ。腕の中にいる野茉莉を抱え直して前を見据える。

「行くか」

「ん」

行く先も決めずあてどなく、一匹の鬼が江戸から姿を消した。

それから一か月後、慶応三年十月十四日。

江戸幕府第十五代将軍徳川慶喜《よしのぶ》が政権返上を天皇に上奏し、翌十五日に天皇がこれを勅許《ちょっきょ》した。俗に言う大政奉還である。その後同年十二月九日、王政復古の大号令をもって江戸幕府・摂関制度の廃止と明治新政府樹立が宣言された。

長く続いた武士の世の終焉。そして新時代の幕開けだった。

（鬼人幻燈抄　幕末編　完）

……何故か、その声はやけにはっきりと聞こえた。

「とうさま、うれしい？」

「ああ、多分嬉しいんだろう。また、逢えるといいな」

すれ違う親娘の何気ない会話に耳を傾け、私は立ち止まった。

娘を抱く父親はとても優しい顔で、その分だけ胸が痛くなる。でも表情には出さない。

幼かった頃は生意気だとよく言われたけど、今では淑《しと》やかな女で通っている。

ああ、だけど。こんな時に素直な感情を見せられないのだから、結局、私はあまり変わっていないのかもしれない。

そっと振り返る。見えたのは大きな背中だけ。彼の歩みは止まらない。私達は言葉さえ交わさず、ただすれ違って別れた。当たり前なのに、勝手に傷付いている自分がいた。

「どうかしたか？」

急に立ち止まったのを心配して、隣にいる夫が声を掛けてくれた。沈んでいるのに気付いたのだろう。ちゃんと気にかけてくれるのが嬉しくて、だけど返す笑顔はぎこちなくなる。

「懐かしい人に会いました」

見ました、ではなく会いました。

未練がましい表現に思わず自嘲する。

「懐かしい人？」

この日はまだ遠く離れていく背中を眺めている。呼び止めることはできない。傷付けてしまった人だ。でも、あの人は笑っていた。腕に抱いていたのは娘だろう。あんな優しい表情を見たことがなかった。向けては、もらえなかった。

「ええ。あなたも知っている人ですよ」

かつて私の放った言葉に何も言えず目を伏せたあの人が、今はあんなに幸せそうに笑っている。嬉しいと思う反面、少し悔しかった。私がいなくても笑えることが。傷付いた彼を癒したのが、自分でなかったことが。

本当は少しだけ夢を見ていた。何かの偶然で二人はまた出会い、私があの時の言葉を謝って、彼はいつものように仏頂面で許してくれる。そうしてまた、あの楽しかった日々の続きが始まるのだと心の片隅で思っていた。

なんて所詮は妄想だ。現実はそう上手くはいかない。名を呼び合うどころか肩をぶつけることもなくすれ違う。それが今の私達の距離だった。

仕方がないけれど少しだけ考えてしまう。もしもあの時優しい言葉をかけてあげられたなら、腕に抱かれた小さな女の子に私の面影があったのだろうか。頭に浮かべて、馬鹿みたいだと思ってすぐに消す。自分から手を放したのだから、それを想像するのは間違っている。

「ごめんなさい。急に立ち止まってしまって。さ、あなた」

泣くのをこらえようとして顔は酷いことになっているだろう。夫がとても心配そうにしている。しばらく考え込むように俯いていた夫が何か思いついたのか、にっこりと笑いながら言った。

「……なら、そろそろ店に帰りましょうか、奈津お嬢さん」

その懐かしい呼び方に、目を見開いた。

父が死んでから、私は彼と祝言をあげた。彼は言ってくれた。「旦那様には及ばないかもしれないけど、これからは俺が貴方を支えます」と。普段は頼りない彼だけど、その時ばかりは頼もしく見えたことを覚えている。

その言葉通りに結ばれてからの彼は須賀屋《すがや》を、私を支えてくれた。

歳月を重ねて子が生まれ、穏やかな幸福の日々を過ごす。

いつしか私達は、周りが羨むほどの夫婦になっていた。

「あなた……？」

呼び名は、私達が馴染みの蕎麦屋へ通い詰めていた頃のものだ。意図が読めず目を見ると、彼は照れたように頬を掻いた。

「いや、なんとなく。なんとなくなんですけど、今はそう呼んだ方がいいような気がしたんです。なんででしょうね？」

彼自身、どうしてそう言ったのか分かっていないのかもしれない。突飛ではあったが慰めようとしてくれたのだろう。そう考えられるくらいには、同じ時間を過ごしてきた。だから私は心からの笑顔を夫に向けた。

「じゃあ、行きましょうか善二《ぜんじ》」

歳月に流され、もう懐かしい場所には帰れない。けれど、今だけはあの頃と変わらない私になれたような気がした。

「はい！　ははっ、なんかこれ恥ずかしいな」

「そんなの、私もですよ」

お互いに笑い合って、すっと距離が近くなる。

不意にあの人が振り返った。

勿論ただの偶然だ。視線が交わったように感じて少しだけ胸が熱くなる。それは名残のようなもの。熱はすぐに引いて、彼はまた背を向け歩き出す。

「……さようなら、甚夜」

遠く離れていく背中に、届かない別れの挨拶。返る言葉なんてあるはずもなく。瞬きの後にはもう見えなくなっていた。

私もまた歩き始める。

夫と並んで江戸の町を見れば、その忙《せわ》しなさに漠然と思う。

徳川の御世は、もう終わりを迎えようとしている。きっと新時代はすぐそこまで来ているのだろう。それはほとんどの人にとって喜ばしいことのはずだ。けれど歳月は人の心を置き去りにする。江戸の町は新しい時代を迎えどうなっていくのだろうか。今よりももっと栄えるのか、それとも衰退の道を辿るのか、残念ながら私には分からない。

ただ一つだけ言えるのは、幼い頃に過ごした江戸がなくなってしまうということ。大切なものが沢山あるこの町は、伝わらなかった想いだけを残して変わってしまう。

福良雀《ふくらすずめ》の羽毛に包んだ想いが、いつか素直に合貝《あわせがい》の愛を伝えられますように。

昔買った小物にそんな願いを込めた。けれど部屋に飾った福良雀は、あの頃から何も変わっていない。同じように、胸に燻《くすぶ》って恋にすらなれなかった心もまた。何一つ変わらないままに時代は流れる。

ふと見上げた空の青さに目を細める。

いるはずのない雀の姿が、遠い空に見えたような気がした。

こうして彼と私の物語は、終わりを迎えることなく幕を下ろした。

蛤《はまぐり》になれなかった雀だけが、江戸には一羽遺《のこ》されて――

(明治編へ続く)

双葉文庫

な-50-04

鬼人幻燈抄《きじんげんとうしよう》（四）

幕末編《ばくまつへん》　天邪鬼《あまのじやく》の 理《ことわり》

2022年9月11日　第1刷発行

【著者】

中西《なかにし》モトオ

【発行者】

島野浩二

【発行所】

株式会社双葉社

〒162-8540 東京都新宿区東五軒町3番28号

［電話］03-5261-4818（営業部）　03-5261-4804（編集部）

www.futabasha.co.jp（双葉社の書籍・コミックが買えます）

【印刷所】

中央精版印刷株式会社

【製本所】

中央精版印刷株式会社

【フォーマット・デザイン】

日下潤一

ISBN978-4-575-52606-6 C0193

Printed in Japan

鬼人幻燈抄④

幕末編　天邪鬼の理

中西モトオ

双葉文庫